Anna-Sophie Caspar

Verzaubert

Gefährliche Freunde

im.press

Verzaubert 2: Gefährliche Freunde

Im.press
Ein Imprint der CARLSEN Verlag GmbH
Juli 2017

Lektorat: Christin Ullmann
Umschlagbild: © PhilippKunze
Umschlaggestaltung: Philipp Kunze k-arts.info, formlabor
Schrift: Alegreya, gestaltet von Juan Pablo del Peral
Satz und Umsetzung: readbox publishing, Dortmund
Druck und Bindung: CPI, Birkach
ISBN 978-3-551-30083-6
Printed in Germany
www.carlsen.de/impress

Alle Bücher im Internet: www.carlsen.de

Prolog

Sie schlug ihre Augen auf. Der Untergrund, auf dem sie lag, war hart und kalt. Bei dem Versuch, sich zu bewegen, wurde sie zurückgehalten. Einzig ihren Kopf konnte sie heben. Ihr Herz raste so schnell, dass es ihr die Luft abdrückte. Immer noch trug sie das Satinkleid, das sie für die Verwandlung anziehen sollte. Dreckig und zerrissen hing es an ihr herunter. Metallschellen fesselten ihre nackten Arme und Beine. Eine große Schelle um ihren Bauch drückte sie fest auf den kalten Untergrund. Panisch versuchte sie, sich freizukämpfen, aber je mehr sie sich bewegte, umso tiefer schnitten die Fesseln in ihr Fleisch.

Anstandsbesuch

Pünktlich um 18 Uhr klingelte es an der Haustür. Effie schnappte ihr kleines Täschchen mit ihrem Kosmetik-Equipment und rannte die Treppe hinunter, vorbei an zwei Koffern und einer mit ihren Lieblingsbüchern und Kissen bepackten Kiste, die im Flur zum Mitnehmen bereitstanden. Die restlichen Kartons stapelten sich noch in ihrem Zimmer.

Sie stellte die Tasche im Flur ab und riss die Haustür auf. Eden stand vor ihr, in Jeans und Hemd, die Hände in den Hosentaschen vergraben. Sein Wagen parkte an der Straße zum Vorgarten. Es war ein warmer Septembertag und auch wenn die Spätsommersonne längst hinter den Dächern verschwunden war, färbte sie den Himmel noch in warmen Rottönen.

Wie immer, wenn Effie ihn sah, machte ihr Herz einen kleinen Hüpfer. Die Sommersonne hatte auf seiner Haut einen schönen Teint hinterlassen, als wäre er gerade aus dem Urlaub zurückgekommen. Dabei war er den ganzen Sommer über kaum von ihrer Seite gewichen. Seine dunkelbraunen Haare wirkten nur flüchtig gekämmt und trotzdem lagen sie perfekt. Sie ignorierte die unfaire Tatsache, dass er keine fünf Minuten im Bad benötigte und trotzdem so gut aussah und sie mindestens eine Stunde am Tag dort verbrachte. Umso mehr freute sie sich darauf, ihm später durch die Haare zu wühlen.

Seine grünen Augen wanderten über ihr Top und ihren Ballonrock, dann lächelte er. »Du siehst sehr hübsch aus heute Abend.«

»Danke schön.« Grinsend zog sie ihn ins Haus.

Obwohl er lächelte, wirkte er angespannt. Zwar war er ihren Eltern in den letzten Wochen hin und wieder begegnet, aber sie hatten nie viel miteinander geredet. Da Effie nun allerdings zu ihm zog, bestanden ihre Eltern darauf, ihn ganz offiziell kennenzulernen. Ausschließlich dafür hatten sie ihn heute zum Abendessen eingeladen.

»Da sind Sie ja schon!« Ihre Mutter kam aus der Küche und begutachtete Eden interessiert. »Kommen Sie doch herein. Das Essen ist auch schon fertig.« Sie begrüßte ihn mit einem herzlichen Handschlag und führte ihn ins Esszimmer. »Schön, dass Sie so pünktlich sind. Ich mag es, wenn mein Zeitplan aufgeht.«

Konnte ihre Mutter bitte aufhören, Eden zu siezen? Das war ja schrecklich. Er war schließlich kein Versicherungsvertreter, sondern ihr Freund.

Leicht genervt folgte Effie ihnen. Der Tisch war bereits für das Abendessen gedeckt und es duftete nach ihrem Lieblingsgemüseauflauf. Anlässlich des Kennenlernens hatte ihre Mutter das »gute Geschirr« aus dem Schrank geholt. Im Raum breitete sich ein schummriges Licht aus – ihre Mutter hatte den Tisch sogar mit Kerzen dekoriert. Ein bisschen viel des Guten, oder? Aber Effie sagte nichts dazu. Sie hoffte einfach, dass ihre Eltern und Eden sich gut verstehen würden.

Ihr plötzlicher Umzugswunsch hatte ihre Eltern überrascht. Nach dem ersten Schock hatten sie begonnen, wild durcheinanderzureden: »Du hast doch einen Studienplatz in Hamburg, warum willst du dann schon ausziehen?«, »Kathy ist während ihres gesamten Examens zu Hause geblieben.«, »Das ist doch viel zu teuer. Rausgeschmissenes Geld.«, »So schnell findest du doch keine Wohnung.«

Ihre Einwände waren berechtigt. Nur konnte Effie ihren Eltern leider nicht erzählen, was ihre wahren Beweggründe waren … Also ließ sie sie in ihrem Glauben und versuchte sie, mit dem Argument zu beschwichtigen: »Ich ziehe zu Eden. Er hat eine eigene Wohnung, also entstehen für euch überhaupt keine Kosten.«

Allerdings erzielten ihre Beschwichtigungsversuche nicht die erwünschte Wirkung.

»Aber ihr kennt euch doch erst seit einigen Wochen.«,

»Möchtest du dir nicht lieber ein paar Wohngemeinschaften anschauen? Vielleicht ist ja etwas Nettes dabei.«

Weder Eden noch das bevorstehende Studium waren der Anlass für ihren Umzug. Ganz davon abgesehen, dass sie sich nur als Vorschub für einen Studienplatz eingeschrieben hatte. Sie rechnete nicht damit, dass sie die nächsten Monate dazu kam, Zeit in ihr Studium zu investieren.

Den wahren Grund für ihren plötzlichen Freiheitsdrang konnte sie ihren Eltern nicht sagen. Ihr 21. Geburtstag näherte sich. Eine Woche noch, dann war es so weit. Sie würde sich endgültig in einen Phönix-Elementar verwandeln.

Sie wusste, was auf sie zukam, wie sie sich verändern würde ... Und sie traute sich kaum, es sich einzugestehen, aber ... sie hatte Angst. Es stand für sie fest, sie musste so schnell wie möglich ausziehen. Wie sollte sie ihren Eltern sonst erklären, dass sie plötzlich nur noch vom Plastikgeschirr aß und alles zerstörte, was sie anfasste? Schwer vorstellbar, dass sie ihr glaubten, wenn sie ihnen sagte, dass es ihre übernatürlichen Fähigkeiten waren, die sie nicht unter Kontrolle hatte.

Josh und Valentina saßen bereits am Tisch. Während Valentinas Gesicht strahlte, als sie Eden erblickte, kratzte Josh ungeduldig mit seinem Besteck auf dem leeren Porzellanteller herum. »Da seid ihr ja endlich«, meckerte er.

»Bitte setzen Sie sich.« Ihre Mutter zog einen Stuhl heraus und bot ihn Eden an.

»Vielen Dank, Frau Berger.« Er schenkte ihr ein charmantes Lächeln und setzte sich. Mensch, war das steif! Das war ja kaum auszuhalten.

Valentina konnte sich offenbar noch sehr gut an Eden erinnern und er schien ihr alles andere als unsympathisch zu sein. Sobald er saß, erhob sie sich von ihrem Platz und beschlagnahmte den Stuhl neben ihm. Sie beugte sich zu ihm hinüber, legte ihre Hand auf seinen Arm und fragte: »Wie kommt es, dass du doch länger in der Stadt bleibst?«

Dass sie sich daran noch erinnerte ... Es waren mindestens zwei Monate vergangen, seitdem er ihr im Auto erzählt hatte, dass er beruflich in Jork wäre und nicht genau wüsste, wie lange er noch bleiben würde.

Doch gerade als er ihr antworten wollte, betrat Effies Vater mit brummiger Miene das Esszimmer, stellte eine Salatschüssel in die Mitte des Tisches, gab Eden flüchtig die Hand, murmelte ein »Hallo« und setzte sich.

Na, sehr schön. Die übertrieben euphorische Stimmung ihrer Mutter wurde durch die schlechte Laune ihres Vaters wieder ausgeglichen. Da war sie gespannt, wie der weitere Abend noch verlaufen würde.

Effie seufzte und wollte sich auf den Stuhl neben Eden setzen, aber ihre Mutter kam ihr zuvor. Also nahm sie zwischen Josh und ihrem Vater Platz, was die Stimmung ihres Vaters zu erhellen schien. Zum ersten Mal an diesem Abend verzog sich sein Mund samt Schnauzbart zu einem Lächeln.

Sobald alle saßen, begann Josh, sich den Auflauf auf den Teller zu schaufeln. Dem Gesichtsausdruck ihrer Mutter zufolge gefiel ihr diese Unhöflichkeit ganz und gar nicht. Aber sie sagte nichts und reichte Eden stattdessen die Salatschüssel.

»Und?«, fragte ihr Vater, nachdem er sich ebenfalls Auflauf aufgetan hatte, und betrachtete Eden skeptisch. »Was machen Sie beruflich, Eden?«

Verdammt. Sie hätte mit dieser Frage rechnen müssen. Was sollte Eden denn bitte darauf antworten? Er konnte ja schlecht sagen, dass er ein sogenannter Elementar war, über magische Fähigkeiten verfügte, und offiziell einem Mann diente, der Effies Tod wollte.

Edens Blick ruhte auf ihr, als versuchte er herauszufinden, was sie von ihm erwartete. So unauffällig wie möglich hob sie ihre Schultern, um ihm zu verstehen zu geben, dass ihr keine passende Antwort dazu einfiel. Sein rechter Mundwinkel zog sich nach oben und deutete ein kaum merkliches Grinsen an.

Schnell stach sie ein Brokkoliröschen auf ihre Gabel, leider etwas zu fest. Das grüne Stück Gemüse flog durch die Luft und landete auf Joshs Shorts.

»Boah, kannst du nicht aufpassen!« Genervt fegte Josh den Brokkoli von seiner Hose, woraufhin er einen bösen Blick ihrer Mutter erntete. Effie hob ihn hastig vom Boden auf und entsorgte ihn in der Küche.

»Ich bin Sicherheitsbeauftragter bei einem größeren Stahlunternehmen«, sagte Eden, als sie zurück ins Esszimmer kam. Gut, so konnte man es natürlich auch beschreiben. Mit viel Fantasie ...

»Mh«, machte ihr Vater, »ist man da nicht oft auf Geschäftsreisen?«

»Hin und wieder schon.« Eden griff nach seinem Glas, das ihre Mutter zuvor bis zum Rand mit Orangensaft gefüllt hatte, und trank einen großen Schluck.

Ihr Vater warf ihrer Mutter einen vielsagenden Blick zu, den Effie nicht deuten konnte.

»Und was verschlägt Sie gerade nach Jork?«

»Ich muss morgen unbedingt noch einen Blazer für mein Referendariat kaufen.« Kathy stürmte ins Esszimmer, ließ sich auf den letzten freien Stuhl sinken und rettete Eden vor einer weiteren Notlüge. Vorerst. Wie immer kam sie viel zu spät zum Essen. Aber ihre Eltern beschwerten sich schon lange nicht mehr deswegen.

Vielleicht rührte die schlechte Laune ihres Vaters auch daher, dass nun nicht nur Effie, sondern auch Kathy bald auszog. Sie hatte ihr Juraexamen erfolgreich bestanden, in einer renommierten Kanzlei eine Rechtsreferendariatsstelle ergattert und sich in der Hamburger Innenstadt eine kleine Wohnung genommen. In zwei Wochen zog sie endgültig aus und es schien, als könnte sie es kaum erwarten.

»Du kommst doch morgen mit, oder?« Kathy betrachtete Effie mit prüfendem Blick. »Sag jetzt nicht, du hast es vergessen. Wir sind schon seit einer Woche zu unserem Shoppingtag verabredet.« Ihre Augen zogen sich grimmig zusammen.

»Auf jeden Fall«, beschwichtigte Effie sie. »Der Tag ist in meinem Kalender rot markiert.«

»Findest du es nicht ein bisschen stressig, heute Abend umzuziehen und morgen den ganzen Tag einkaufen zu gehen?« Klang da etwa ein bisschen Neid in Valentinas Worten an? Dabei hätte sie ja mitkommen können, wenn sie Zeit gehabt hätte. Aber sie musste arbeiten. Ihr duales Studium hatte bereits vor einem Monat begonnen und Effie kam es vor, als hätte Valentina noch weniger Zeit als Kathy während ihres Examens.

Effie schüttelte den Kopf. »Ich nehme heute nur die wichtigsten Sachen mit. Die restlichen Kisten holen wir in den nächsten Tagen ab.« Ihre Möbel ließ sie zurück und es waren nur noch wenige Kisten, die sie abholen mussten. Immer wenn sie zu Eden gefahren war, hatte sie schon ein paar Dinge mitgenommen, so dass jetzt wirklich nicht mehr viel übrig war.

»Voll cool, dass Effie auszieht.« Josh grinste frech, lehnte sich zurück und strich sich über den vollgegessenen Bauch.

»Warum?!«, fragten ihre Eltern beinahe gleichzeitig.

»Weil ich dann ihr Zimmer bekomme.« Verschmitzt lächelnd sah er zu Effie. »Das ist viel größer als meins.«

»Du kannst auch mein Zimmer haben«, sagte Kathy.

»Auf keinen Fall!« Josh sah sie entsetzt an. »Dein Zimmer ist viel zu dunkel. Da könnte ich ja gleich in den Keller ziehen.«

»Wie lange haben Sie denn vor, in Jork zu bleiben?« Die Aufmerksamkeit verlagerte sich wieder auf Eden. Ihr Vater durchbohrte ihn mit seinem Blick.

»Es hängt immer davon ab, wie mein nächster Auftrag aussieht«, antwortete Eden ausweichend.

»Und so eine Geschäftsreise dauert dann bestimmt mehrere Monate, richtig?«, hakte er weiter nach.

Eden räusperte sich. »Das kann vorkommen.«

Ihr Vater gab ein unverständliches Brummen von sich.

»Das schmeckt sehr gut, Frau Berger«, versuchte Eden, das Thema zu wechseln. In die Augen ihrer Mutter trat ein Leuchten.

»Sie haben doch kaum etwas gegessen.« Ihr Vater schielte auf Edens Teller.

»Er hat alles aufgegessen.« Leicht pikiert rückte ihre Mutter ihr Besteck zurecht und beugte sich über den Tisch, um nach der Auflaufkelle zu greifen.

»Die kleine Portion«, brummte ihr Vater, schob sich eine Kartoffel in den Mund und kaute mürrisch.

»Möchten Sie noch etwas, Eden?« Ohne eine Antwort abzuwarten, löffelte ihre Mutter ihm bereits eine weitere Portion Auflauf auf den Teller.

»Gerne.« Er bedankte sich mit einem Lächeln. Überhaupt hatte Effie ihn in letzter Zeit viel öfter lächeln sehen als in den ersten Wochen, was sie glücklich machte.

»Eden«, beherzt schlug ihre Mutter die Hände zusammen, »wollen wir uns nicht duzen? Das ist doch irgendwie schöner, finden Sie nicht?«

Na endlich. Das wurde aber auch Zeit. Dieses steife Gehabe war unerträglich.

Er schluckte schnell seinen Bissen herunter, den er sich gerade in den Mund geschoben hatte, räusperte sich und sagte: »Sehr gerne, Frau Berger.«

»Marie«, korrigierte ihre Mutter ihn zufrieden.

Alle Blicke richteten sich auf ihren Vater. Mit finsterer Miene sah er in die Runde, schob sich eine weitere Kartoffel in den Mund und sagte nichts.

»Dein Mitbringsel aus Spanien funktioniert übrigens wieder.« Josh kramte in seiner Hosentasche und zog ein glänzendes Eichenblatt heraus, das ihm im nächsten Moment wie Flüssigkeit durch die Finger glitt. In letzter Sekunde fing er es mit der flachen Hand auf und zeigte es Effie. »Ich hatte es die letzten Wochen auf dem Tisch liegen und wollte es schon wegschmeißen. Es war braun und vertrocknet und sah aus, als würde es zerfallen. Aber heute Morgen hat es dann wieder geglänzt und sich bewegt.«

Effie sah zu Eden, der mit gerunzelter Stirn das Blatt in Joshs Hand betrachtete. Er nahm sein Handy, warf einen Blick darauf und legte es dann wieder weg. Nach einem erneuten nachdenklichen Blick auf das schimmernde Blatt, musterte er Effie. Möglicherweise hatte sie vergessen zu erwähnen, dass sie Josh das Blatt, das sich durch Trixis Magie verformte, geschenkt hatte.

»Was ist das überhaupt für ein Teil?« Josh legte den Kopf schräg. »Ich verstehe die Technik dahinter nicht. Ich hätte ja gedacht, dass es ein stinknormales Blatt ist, aber das wäre unlogisch.«

»Ich weiß nicht genau«, unterbrach Effie ihn schnell. »Ich ... habe es von ... von einem Strandhändler.«

Unwillkürlich griff sie nach dem Phönix-Stein, den sie in die Tasche ihres Rocks gesteckt hatte. Einen Moment später pulsierte Wärme durch ihren Körper, als wollte er sie beruhigen. Warum war sie nicht früher auf die Idee gekommen, ihn bei sich zu tragen? Vielleicht aus Angst, ihn zu verlieren ... Die letzten Wochen lag er sicher aufbewahrt in einem kleinen Schmuckkästchen unter ihrem Bett. Erst angesichts des Umzugs hatte sie ihn aus seinem Versteck genommen. Es erschien ihr sicherer, ihn bei sich zu tragen, als ihn in einer der Kisten zu verstauen.

»Darf ich?« Eden hielt Josh seine Hand hin. Dieser brauchte einen Moment, bis er verstand und das Blatt in Edens ausgestreckte Handfläche legte.

»Das ist moderne Kunst«, sagte Eden, nachdem er es einen Moment lang betrachtet hatte.

»Aha«, machte Josh, offenbar nicht sicher, was er mit dieser Information anfangen sollte.

»Wer hat Lust auf Nachtisch?« Ihre Mutter stellte eine große Schale Tiramisu auf den Tisch. Effie hatte gar nicht mitbekommen, dass sie aufgestanden war, geschweige denn, dass der Tisch bereits abgeräumt und kleine Schälchen gedeckt worden waren.

»Wäre es für dich in Ordnung, wenn ich es mir ausleihe?«, fragte Eden Josh, der bereits sein Schälchen mit Nachtisch füllte.

Josh runzelte die Stirn, als könnte er sich nicht vorstellen, was Eden damit anfangen wollte. Dann zuckte er mit den Schultern, steckte sich einen großen Löffel Tiramisu in den Mund und sagte: »Klar.«

So sehr hing er also an den Souvenirs, die Effie ihm mitbrachte. Schneller als sie blinzeln konnte, steckte Eden das Blatt weg. Wieder blickte er auf das Display seines Handys und begann, ungeduldig seine Hände zu kneten.

War er verärgert, dass sie Josh das verzauberte Blatt geschenkt hatte? Oder gab es da noch etwas anderes, was ihn beunruhigte? Sie musste dringend mit ihm unter vier Augen reden.

Böse Überraschung

Später trugen Eden und Josh ihre Sachen hinaus zum Auto. Valentina war bereits gegangen und ihre Eltern und Kathy räumten die Reste des Abendessens auf.

Effie stand im Flur und zog sich ihre weiße Strickjacke über. Sie betrachtete sich im Spiegel, der über der Kommode im Korridor hing.

Die Sonne hatte einen sanften Teint auf ihre Haut gezaubert. Sie sah frisch und erholt aus. Und sie fühlte sich auch so. Ihre blauen Augen glänzten und ihre dunklen Haare hatte sie zu einem Zopf nach oben gebunden.

Bis jetzt war sie noch nicht dazu gekommen, mit Eden allein zu sprechen. Ein merkwürdiges Gefühl überkam sie. Seitdem die anderen Elementare Jork vor einigen Wochen verlassen hatten, hatte sie keinen von ihnen mehr gesehen. Das war auch besser so. Keiner von ihnen sollte erfahren, dass sie der Phönix-Elementar war. Nur was bedeutete es, dass Trixis Magie wieder aktiv wurde? War es nur ein Zufall oder bedeutete es womöglich, dass sie zurückgekehrt waren? Musste sie sich Sorgen machen?

Wieder pulsierte der Stein in der Tasche ihres Rocks. Sie nahm ihn in die Hand und atmete ein paarmal tief ein und wieder aus, wartete, bis die Wärme sich in ihr ausbreitete und sie beruhigte. Aber da war noch etwas anderes. Ein eigenartiges und dennoch angenehmes Kribbeln. Ob der Stein Kontakt mit ihr aufnahm, jetzt da die Verwandlung kurz bevorstand?

Das Mal auf ihrem Rücken hatte sich in den letzten Wochen jedenfalls deutlich verändert. Als sie am Morgen zum letzten Mal nachgesehen hatte, zeichnete sich auf ihrer linken Schulter ein Vogel ab. Eden hatte es stutzig gemacht. Normalerweise zeigte sich das Seelentier erst einige Wochen nach der Verwandlung. Aber vielleicht war es bei ihr anders, weil sie sich sowieso an ihrem 21. Geburtstag verwandeln würde. Ob mit oder ohne Elixier.

Sie seufzte, steckte den Stein zurück in die Tasche und wandte ihrem Spiegelbild den Rücken zu. Ja, sie war so weit. Bereit auszuziehen. Bereit für die

Veränderung, die Verwandlung und bereit für das neue Leben, das dort draußen auf sie wartete.

»Du hättest ruhig etwas freundlicher zu Eden sein können«, hörte sie ihre Mutter in der Küche sagen, als sie die Tür öffnete, um sich zu verabschieden.

»Und du etwas skeptischer«, entgegnete ihr Vater. »Wir kennen diesen Kerl überhaupt nicht. Wie alt ist er eigentlich? Und diese ständigen Geschäftsreisen. Das ist doch nichts für Effie. Mit Leon ist es in die Brüche gegangen, als er verreist ist.«

Es war doch immer wieder schön, wenn Eltern darüber debattierten, was gut für einen war und was nicht. Sie seufzte und trat zu ihnen.

Ertappt sah ihre Mutter sie an. Dann lächelte sie.

»Wir fahren jetzt«, sagte Effie mit belegter Stimme.

Mit offenen Armen kam ihre Mutter auf sie zu und umarmte sie fest. »Ist gut, Maus.« Sie drückte ihr einen Kuss auf die Wange. »Du kommst uns aber bald besuchen, ja?«

»Natürlich«, sagte Effie, »ich muss auch noch meine restlichen Sachen holen.«

»Damit kannst du dir doch Zeit lassen«, sagte ihr Vater und umarmte sie ebenfalls.

»Nein, kannst du nicht!«, rief Josh entsetzt, der gerade in die Küche kam. »Ich will so schnell es geht in mein neues Zimmer ziehen.«

Schneller als er reagieren konnte, hatte sie ihm das Basecap vom Kopf genommen und die Haare durchwuschelt. Er beschwerte sich mit einem »Hey!« und holte sich sein Cap zurück.

»Ich hol dich morgen um neun Uhr ab.« Kathy drückte ihr einen Kuss auf die Wange. »Also stell dir den Wecker und sei fertig, wenn ich komme. Meine Einkaufsliste ist lang.«

»Ja, Sir«, sagte sie und salutierte, dass ihre Schwester lachen musste.

»Tut mir leid, ich bin gerade etwas gestresst.«

Jetzt musste Effie lachen. Kathy war doch immer gestresst. Zumindest konnte sie sich nicht erinnern, wann Kathy das letzte Mal entspannt war. Vielleicht änderte sich das ja, wenn sie jetzt anfing zu arbeiten ... In einer

Anwaltskanzlei ... Nein, vermutlich wurde es noch schlimmer. Ganz davon abgesehen, freute sie sich richtig auf den Schwesterntag morgen. Es war Ewigkeiten her, dass sie etwas zu zweit unternommen hatten. Und ... sie wusste nicht, wann sie das nächste Mal Zeit dazu haben würden. Alles, was in der Zukunft lag, war gerade so ungewiss.

Augenblicklich beschlich sie Panik. Wieder begann der Stein zu pulsieren und beruhigte sie. Ja, egal, was auch passierte. Es würde schon gut werden.

Auch Eden kam noch einmal herein, um sich zu verabschieden. Er reichte ihrer Mutter die Hand und sagte: »Vielen Dank für das leckere Essen, Marie.«

»Sehr gern.« Die Wangen ihrer Mutter röteten sich leicht. »Ich hoffe, wir sehen uns bald wieder.«

»Ich habe den Salat gemacht«, brummte ihr Vater, als Eden sich ihm zuwandte.

»Der war auch sehr köstlich«, sagte er.

Effie unterdrückte ein Grinsen.

»Passen Sie gut auf meine Tochter auf.« Ihr Vater drückte sie noch einmal.

»Das werde ich, Herr Berger.« Dann drehte er sich zu ihr. »Bist du soweit?«

Noch einmal tief ein- und ausatmen. »Ja.« Sie nickte. Sie war bereit zu gehen.

***

Schweigend liefen sie zu Edens Wagen. Obwohl die Sonne längst untergegangen und es bereits dunkel war, wehte immer noch ein laues Lüftchen. Als Effie die Beifahrertür öffnen wollte, nahm Eden ihre Hand und zog sie zurück zu sich. Er lehnte sich mit dem Rücken an das Auto, legte seine Hände um ihre Hüften und sah sie an. »Dein Vater mag mich nicht besonders«, stellte er fest.

»Ach Quatsch«, sagte sie, traute sich aber nicht, ihm dabei in die Augen zu sehen. Stattdessen strich sie über sein Hemd, spürte seine warme Brust darunter und hielt für einen Moment den Atem an. Dann zog sie ihre Hand wieder zurück. Wenn er ihr so nah war, fiel es ihr schwer, einen klaren Gedanken zu fassen. »Er braucht einfach ein bisschen Zeit und er muss noch verdauen, dass ich tatsächlich ausziehe.«

»Mein Angebot steht noch. Wenn du möchtest, verändere ich seine Erinnerungen. Er wird sich einfach für dich freuen, dass du endlich ausziehst.«

»Eden!« Sie bedachte ihn mit einem tadelnden Blick. Er wusste genau, dass er nicht in das Gedächtnis ihrer Eltern und Geschwister eingreifen durfte, wenn es nach ihr ging. Und zwar solange sich dies vermeiden ließ.

Edens Lippen umspielte ein Lächeln, aber er sagte nichts mehr dazu. Stattdessen wanderten seine Augen zu ihrem Mund. »Was machen wir, wenn ich mich verwandelt habe?« Bisher hatten sie nur geplant, wie sie sich auf die Verwandlung vorbereiteten. Dass sie bei ihm wohnte, damit niemand etwas merkte. Im Notfall, wenn es mit der Verwandlung zu schlimm wurde, würde sie erzählen, dass sie ein Auslandssemester machte, und zwar ohne Edens Eingriff in die Erinnerungen ihrer Familie.

»Wir werden uns verstecken.«

»Die ganze Zeit?« Sie schaffte es nicht, das Entsetzen in ihrer Stimme zu unterdrücken.

»Ja«, sagte er ernst. »Du darfst die Wohnung erst einmal nicht verlassen. Denk daran, dass du deine Kräfte vermutlich nicht unter Kontrolle haben wirst.«

»Was?« Schockiert klappte ihr der Mund auf.

Eden grinste breit. »Was möchtest du denn machen?«

Erleichtert atmete sie auf. Manchmal war es wirklich schwer herauszufinden, ob er gerade einen Scherz machte oder nicht. »Mh«, überlegte sie. »Wir könnten irgendwohin fahren, wo es schön ist. Dann kommt es mir nicht so vor wie eine Strafe.«

»Eine Strafe?« Er begann zu lachen.

Sie wusste nicht, was daran lustig war. Wochenlang in einer Wohnung zu hocken und nicht raus zu dürfen, fühlte sich bestimmt nicht wie Urlaub an.

Er beugte sich zu ihr herunter. Kurz bevor seine Lippen ihre berührten, hielt er inne. Vorsichtig strich er eine Strähne zur Seite, die ihr der Abendwind ins Gesicht wehte.

Man sollte meinen, dass sie sich allmählich an ihn gewöhnt hätte und ihr Herz nicht mehr zu rasen begann, wenn er sich ihr näherte. Aber dem war nicht so. Und viel schlimmer war, dass sie dies nicht überspielen konnte, weil er jeden ihrer Herzschläge wahrnahm. Er lächelte und kam noch etwas näher. Beinahe berührte er sie. Die Wärme seines Gesichtes streichelte über ihre Wange. Sie hielt den Atem an. Sanft legten sich seine Lippen auf ihre.

Gerade als sie die Augen schließen wollte, um den Kuss zu genießen, sah sie einen Schatten an der immer noch leerstehenden Kaiser-Villa vorbeiflitzen. Sie zuckte zurück und sah genauer hin.

»Was ist los?« Eden runzelte die Stirn.

»Ich weiß nicht genau.« Sie betrachtete die Umgebung. Es war nichts zu sehen. Vielleicht hatte sie es sich eingebildet.

Seitdem die Villa urplötzlich renoviert war, kamen immerzu Interessenten vorbei, um sie sich anzuschauen. Aber bis jetzt war sie noch nicht verkauft worden, soweit Effie wusste. Sie löste sich von ihm und näherte sich der Villa. Alles war ruhig. Vermutlich hatte sie nur einen Vogel fliegen sehen. Oje, wurde sie schon paranoid?

Sie machte kehrt und ging wieder zu Eden. Besorgte Fältchen hatten sich zwischen seinen Augenbrauen gebildet.

»Alles gut.« Sie schlang ihre Arme um seinen Bauch und blickte zu ihm auf. »War wohl nur ein Tier.«

Er musterte sie. Dann griff er in seine Hosentasche und holte das verzauberte Blatt hervor. Fast hatte sie es schon wieder vergessen.

»Wir müssen vorsichtiger sein.« Er sagte nicht, *du musst vorsichtiger sein.* Auch wenn sie wusste, dass er das meinte. »Je weniger wir auffallen, umso sicherer sind wir. Vor allem sollten andere Menschen nicht von unserer Magie erfahren.«

Ja … Darüber hatte sie nicht nachgedacht, als sie Josh das Blatt geschenkt hatte.

Er ließ es durch seine Finger gleiten, beobachtete, wie es wie flüssiges Gold in seine andere Handfläche floss und steckte es dann wieder zurück.

»Es ist merkwürdig, dass Trixis Kraft bei dem Blatt nun wieder funktioniert. Ich würde ja sagen, es bedeutet, sie ist wieder in der Stadt. Durch ihre Nähe kann es vorkommen, dass Gegenstände, die sie schon einmal mit ihrer

Magie belegt hat, wieder aktiviert werden. Aber niemand hat sich bei mir gemeldet.« Jetzt nahm er sein Smartphone in die Hand. Er hielt das Display so, dass auch Effie es sehen konnte. Keine neuen Nachrichten. »Vielleicht hat es auch andere Gründe. Trotzdem ... wir müssen vorsichtig sein und vor allem aufmerksam.«

Er seufzte, steckte das Handy weg und legte seine Hände wieder an ihre Hüften. Jedoch wirkte er gedanklich abwesend. Wie so oft ... Nur sprach er so selten über das, was ihm durch den Kopf ging. Besorgt war er andauernd, immer um ihre Sicherheit bemüht. Aber was wirklich in ihm vorging, das war ein Mysterium, das Effie noch nicht gelöst hatte. Jedes Mal, wenn sie versuchte herauszufinden, wie er sich gerade fühlte, wich er ihr aus. Er sagte dann so etwas wie: »Alles gut«, stand auf und machte ihnen einen Kaffee oder räumte etwas weg. Aber so schnell würde sie nicht aufgeben. Was das anging, konnte sie geduldig sein.

Sie nahm seine Hand und streifte dabei sein Armband. »Musst du das eigentlich immer tragen?« Es schien ihr wie eine Fessel. Eine Fessel, die ihn an Nathaniel band.

»Es ist nicht so leicht zu entfernen.« Er drehte sein Handgelenk und betrachtete es näher. »Nathaniel hat es an unsere Arme geschweißt, es gibt keinen Verschluss, um es zu öffnen. Und das Material ist verhärteter Stahl. Kaum zu durchtrennen, selbst für einen Elementar. Oder zumindest wäre es mit ziemlich großen Schmerzen verbunden, weil es so eng anliegt.« Er legte den Kopf schräg und dachte kurz nach. »Mit meinem Gift würde es wohl funktionieren. Aber«, er stockte, »dann ist es zerstört. Das würde bedeuten, ich wende mich offiziell von Nathaniel ab. Außerdem ist es immer noch der beste Aufbewahrungsort für das Elixier.«

Plötzlich horchte Eden auf. Ein Auto fuhr in die Siedlung. Im nächsten Moment zog er sie hinunter und sie versteckten sich hinter seinem Wagen.

»Was ...«

Er legte ihr einen Finger auf die Lippen.

Das Auto stoppte und der Motor wurde ausgeschaltet. Kurz darauf ging eine Tür auf, jemand stieg aus und die Tür wurde wieder zugeschlagen.

Absätze klackerten über den Asphalt. Vorsichtig lugte Effie hinter Edens Wagen hervor und erhaschte einen kurzen Blick, bevor Eden sie schnell zurückzog. Aber es hatte gereicht. Eine Frau in engen schwarzen Sachen war auf die Eingangstür der Villa zugelaufen. Eine Frau mit schwarzen Haaren, die sie hoch zu einem Dutt gebunden hatte. Und trotz neuer Frisur hatte Effie sie sofort erkannt.

Greta.

In der neuen Wohnung

»Sie hat uns nicht gesehen«, flüsterte Eden. »Schnell«, er öffnete die Beifahrertür. »Steig ein.«

Während sie noch hineinkrabbelte, saß er bereits auf dem Fahrersitz und startete den Wagen. Noch bevor sie die Tür zugezogen hatte, fuhr er los. Sie sparte es sich, ihn darauf hinzuweisen, dass in der Siedlung Schrittgeschwindigkeit vorgegeben war, ebenso auf der Landstraße nur 70 Stundenkilometer erlaubt waren. Erst, als sie sich seiner Wohnung näherten, ihrer neuen Wohnung, drosselte er das Tempo.

»Und ich dachte noch, ich hätte einen Schatten an der Villa gesehen«, sagte sie, um das unangenehme Schweigen zu brechen.

Eden kaute nachdenklich auf seiner Unterlippe herum und sah zum gefühlten hundertsten Mal auf sein Smartphone.

Vor dem Haus parkte er den Wagen, atmete tief aus, lehnte den Kopf zurück und schloss die Augen.

Das Licht einer Straßenlaterne warf einen trüben Schein in das Auto und zeichnete dunkle Linien auf Edens Gesicht.

Es war merkwürdig, dass Greta hier plötzlich unangemeldet auftauchte. Allein. Wenn sie denn auch allein war. Wieder musste Effie an den Schatten denken, den sie vor dem Haus gesehen hatte. Was, wenn es doch kein Tier gewesen war?

Dass Eden jetzt so reagierte, verunsicherte sie. Nervös knetete sie ihre Hände.

Nach einer gefühlten Ewigkeit atmete er erneut aus. »Gretas Auftauchen ist kein gutes Zeichen.« Wieder sah er auf sein Handy. »Wenn wir einen Auftrag bekommen, dann informiert Nathaniel mich als Erstes.« Er fuhr sich durch die Haare. »Normalerweise. Aber ...« Seine Augen huschten in ihre Richtung, dann sah er schnell wieder weg. »Er hat mir nicht geschrieben. Niemand hat mich kontaktiert.«

»Vielleicht hat sie nur etwas vergessen«, überlegte Effie hoffnungsvoll. Man musste ja nicht immer gleich alles schwarzmalen. Effie vergaß ständig etwas, wenn sie im Urlaub war. Letztes Jahr, als sie mit Kathy eine Woche in Rom gewesen war, hatte sie ihre Lieblingsuhr im Hotelzimmer liegen lassen. Als sie im Hotel angerufen hatte, damit sie in ihrem Zimmer bitte noch einmal nachsahen, konnten sie nichts mehr finden. Zu gern wäre sie zurückgeflogen, um das Zimmer selbst zu durchsuchen. Und wenn Greta die Möglichkeit hatte, warum denn nicht?

Eden hob skeptisch die Augenbrauen. »Es ist schon etwas auffällig, dass sie so kurz vor deiner Verwandlung hier auftaucht, findest du nicht?«

»Meinst du, sie weiß etwas?« Ungewollt überschlug sich ihre Stimme.

Wieder kaute er auf seiner Unterlippe herum. »Keine Ahnung«, sagte er dann.

»Und wenn Greta auf eigene Faust hierher zurückgekommen ist? Vielleicht weil sie eifersüchtig ist.« Wollte sie gerade Eden oder sich selbst davon überzeugen?

»Unwahrscheinlich«, machte er ihre Hoffnung sofort zunichte. »Ich habe ihre Erinnerungen an uns beide gelöscht. Und ich kann mir nicht vorstellen, dass Nathaniel sie allein schickt. Ich frage mich nur, was sie in der Villa macht. Wollen sie und die anderen Elementare diesmal ganz offiziell einziehen und alle Aufmerksamkeit auf sich ziehen? Das passt nicht zu Nathaniel. Ted könnte die Villa unsichtbar machen, aber die Anwohner vergessen lassen kann nur ich. Außer …«, er schluckte. »Nathaniel könnte es noch oder er hat einem der anderen Elementare meine Fähigkeit übertragen.«

Nathaniel verfügte nicht nur über die Kraft, die Fähigkeiten anderer Elementare zu kopieren und sich zu eigen zu machen. Wenn er wollte, konnte er sie auch auf andere übertragen. So hatte er beispielsweise jedem seiner Elementare die Fähigkeit gegeben, jede Sprache fließend sprechen zu können. Allerdings hatte Eden ihr auch erzählt, dass er es sich sehr genau überlegte, bevor er einem anderen Elementar eine neue Kraft schenkte.

Eden schüttelte den Kopf. »Ich kann mir nicht vorstellen, dass er …« Er sprach den Satz nicht zu Ende.

Na großartig. Wie hatte sie nur davon ausgehen können, dass der Umzug heute Abend ihre größte Sorge bleiben würde? Es hatte bisher alles so gut geklappt. Niemand außer Eden und ihr wussten, dass sie der Phönix-Elementar war. Vespa glaubte, da Eden ihre Erinnerungen verändert hatte, der Phönix-Elementar wäre männlich – sie hatte ihre Kräfte verloren und befand sich in der Psychiatrie –, und die restlichen Elementare ahnten nicht, dass sich der echte Phönix-Stein in Effies Besitz befand. Und jetzt, da die Verwandlung bevorstand, brachte sie sich mit Eden in Sicherheit. Es war doch alles so gut nach Plan gelaufen ...

Mit einer für ihre Augen viel zu schnellen Handbewegung öffnete er die Tür und war draußen, bevor sie blinzelte.

Während sie ausstieg, schloss Eden bereits die Haustür auf.

Die Loftwohnung befand sich im zweiten Stock eines Mehrfamilienhauses. Effie war gern hier. Sie liebte die große Fensterwand und den Balkon. Auch wenn Eden bisher keine Blumen oder Ähnliches darauf anpflanzt hatte. Immerhin standen zwei Gartenstühle dort und ein kleiner Tisch. Hin und wieder hatten sie hier schon zusammen gefrühstückt, wenn es das Wetter zugelassen hatte. Neben dem Wohnraum, der mit einer großflächigen Couch und einem Fernseher möbliert war, befand sich die Kochnische. Und daneben führte eine Treppe hoch zum Schlafraum.

Sie hatte nicht mitbekommen, wie Eden wieder verschwunden war, um ihre Sachen zu holen. Aber sie befand sich gerade mal einige Sekunden in der Wohnung, da standen auch schon ihre Koffer und die Kiste im Eingangsbereich. Manchmal waren diese Superkräfte wirklich praktisch.

Auf der Couch schmiegte sie ihren Kopf an Edens Brust und atmete seinen frischen, holzigen Duft ein.

»Nathaniel hat immer mich zuerst gefragt, wenn ein neuer Auftrag bevorstand«, sagte er nachdenklich. »Wenn er wirklich Greta mir vorgezogen hat, dann ... dann bedeutet das: Er traut mir nicht mehr«, beendete er seinen Satz.

Sie genoss es, wie sich die Muskeln unter seinem Hemd ganz leicht bewegten, während er redete, und drückte sich noch etwas näher an ihn.

»Ich frage mich, was sie hier wollen«, sagte Eden mehr zu sich selbst.

»Vielleicht sind sie wieder auf der Suche nach Vespa«, überlegte Effie und setzte sich auf.

»Möglich«, sagte Eden. »Aber auch abwegig. Keine einzige Spur führt von hier aus zu Vespa. Ich habe es genau geprüft. In der Psychiatrie ist sie unter einem anderen Namen registriert. Ich denke, sie hat selbst einen falschen Namen angegeben, um sich vor Nathaniel zu schützen. Schließlich habe ich ihre Erinnerungen so verändert, dass sie immer noch weiß, dass er auf der Suche nach ihr ist.«

Effie nahm seine Hand und schob ihre Finger zwischen seine.

»Und wenn Nathaniel einfach vergessen hat, dich anzurufen?«, fragte sie.

Zweifelnd zog Eden seine Augenbrauen hoch. »Ich versuche es herauszufinden«, sagte er dann.

Eine Weile ruhten seine grünen Augen auf ihr. Immer noch wirkte er gedanklich abwesend.

Dann, ohne Vorwarnung, hob er sie hoch und trug sie in den offenen Schlafbereich. »Ich bin froh, dass du hier bist.« Rücklings ließ er sich mit ihr aufs Bett gleiten.

»Ja.« Effie vergrub ihre Hände in seinen Haaren. »Das bin ich auch.« Langsam näherte sie sich ihm und schon wieder begann ihr Herz wie ein verrückter kleiner Vogel zu flattern. Das war doch wirklich nicht zu glauben. An Edens Mund bildeten sich kleine Grübchen, wie immer, wenn er lächelte. Abwechselnd wanderte sein Blick zu ihrem Mund und wieder zu ihren Augen. Dann zog er sie sanft zu sich herunter und küsste sie.

***

Es musste schon sehr spät in der Nacht sein. Der Mond warf etwas Licht in die Wohnung. Effie konnte nicht schlafen. Sie schmiegte sich an Eden, der mit geschlossenen Augen neben ihr lag, seinen Arm um sie gelegt, und langsam und tief atmete.

Vorsichtig tastete sie nach dem Phönix-Stein, den sie auf die Nachtkommode gelegt hatte. Sie betrachtete ihn genauer. Seitdem sie sich wieder zurückverwandelt hatte, leuchtete er nicht mehr. Obwohl er diese Wärme ausstrahlte, die sie so beruhigte. Zuvor hatte sie es nicht so stark empfunden, aber seit einigen Tagen verspürte sie das Verlangen, ihn immer zu bei sich zu tragen. Es fühlte sich an, als gehörte der Stein einfach zu ihr. Morgen in der Stadt würde sie schauen, ob sie ein Säckchen oder Ähnliches fand, worin sie ihn gut aufbewahren und dennoch bei sich tragen konnte.

Im Internet hatte sie ein paar Nachforschungen zu den verschiedensten Legenden des Phönixes angestellt. Der Mythos stammte ursprünglich aus dem antiken Griechenland. In der Spätantike galt der Phönix als Symbol der Unsterblichkeit, da er über die Fähigkeit verfügte, sich zu regenerieren, wenn ihn der Feind verwundet hatte. Deshalb wurde dem Phönix auch der Name *Der Wiedergeborene* zugeschrieben.

In der Mythologie verbrennt der Phönix am Ende seines Lebens und ersteht aus seiner Asche wieder auf. Dies konnte eine mögliche Erklärung dafür sein, dass der Phönix-Elementar nicht dauerhaft vernichtet werden konnte und immer wieder neu geboren wurde.

Aber auch in den Legenden anderer Kulturen tauchte der sogenannte Feuervogel auf. In China zählte der Phönix zu den heiligen Wächtern, die Glück, Schutz und Wohlstand bringen sollten. Bei den Christen symbolisierte der Phönix die Auferstehung Jesu. Und in Ägypten war der Phönix unter dem Namen *Benu* bekannt.

An anderer Stelle hieß es, dass nach Erlöschen der Flammen des Phönix ein Ei zurückblieb, aus dem der neue Phönix wieder schlüpfen würde.

Eine wieder andere Quelle beschrieb den Phönix als den König der Vögel. Es wurde davon ausgegangen, dass es den Phönix wirklich gab und die Menschen ihn nur noch nie zu Gesicht bekommen hatten, weil er an einem unbekannten Ort auf der Erde lebte. Auch die Heilkraft seiner Tränen wurde hin und wieder erwähnt.

Am meisten verunsicherte Effie jedoch eine Behauptung aus der slawischen Mythologie. Dort war die Rede von einem Feuervogel aus einem fremden Land, der seinem Empfänger gleichzeitig Segen und Unheil brachte.

Segen und Unheil ... Was sollte das denn bedeuten?

Verwirrende Begegnung

Um neun Uhr parkte Kathy draußen vor der Wohnung und hupte dreimal. Na klasse, jetzt war auch der letzte Nachbar wach. Kurz an der Tür zu läuten oder mit dem Handy durchzuklingeln, war wohl zu viel verlangt. Effie schnappte sich ihre Tasche, gab Eden einen Kuss, der mehr als unglücklich aussah, und rannte die Treppe hinunter auf die Straße.

Nachdem sie Greta gestern gesehen hatten, gefiel es Eden überhaupt nicht, dass sie nun ohne ihn in die Stadt fuhr. Aber es war nun mal ein Mädelstag und Kathy würde sie lynchen, wenn sie Eden mitbrachte. Dafür hatte Effie ihm mehrmals versichert, vorsichtig zu sein. Und insgeheim bezweifelte sie, Greta über den Weg zu laufen. Schließlich gingen sie in der Innenstadt von Hamburg einkaufen. Und wenn sie ihr doch begegneten? Greta hatte Effie nicht ausstehen können. Aber Eden hatte ihre Erinnerungen verändert. Am Ende hatte Greta sie nur noch ignoriert … Effie hoffte einfach, dass Kathy schnell fündig wurde.

Sobald sie die Beifahrertür zugezogen hatte, brauste Kathy auch schon los.

»Du hast bestimmt noch nicht gefrühstückt, oder?« Kathy deutete auf einen Kaffeebecher in der Halterung unter dem Radio und auf dem Armaturenbrett lag eine gefüllte Brötchentüte. Wie immer hatte sie an alles gedacht und sie kannte Effie zu gut. Am Morgen hatte Effie es gerade mal geschafft, sich frisch zu machen und war weder dazu gekommen, etwas zu essen, noch einen Kaffee zu trinken.

»Hach, das wird ein schöner Tag.« Kathy sprach mit ihr, ohne den Blick von der Straße abzuwenden. »Wir haben schon ewig nichts mehr zu zweit unternommen. Ich hoffe, ich bekomme alles, was ich brauche. Schau mal«, sie deutete auf die Handtasche, die sich in Effies Fußraum befand. »Ich habe eine Liste gemacht von den Läden, in die ich gehen möchte. Hol' sie mal raus.«

Im Seitenfach der Handtasche fand Effie den besagten Zettel. Nachdem sie die Liste überflogen hatte, schielte sie skeptisch zu Kathy hinüber, die gerade den Autofahrer vor sich anbrüllte: »Hast du Schleichwasser getrunken? Die 45-km/h-Zone gibt es nicht. Fahr schneller, du Idiot!«

»Bist du sicher, dass das die richtige Liste ist?«

»Ja, warum?«

»Das Alsterhaus? Manufactum? Neuer Wall und Große Bleichen?« Die einzelnen Boutiquen las Effie gar nicht vor.

»Also, wenn ich da nicht finde, was ich brauche, dann weiß ich auch nicht«, sagte Kathy.

»Dir ist schon klar, dass das nicht gerade ein Schnäppchen-Einkauf wird, ja?«

»Effie, ich bin eine angehende Rechtsanwältin. Da kann ich doch nicht in einem billigen Blazer herumlaufen. Kleider machen Leute. Ob ich respekteinflößend wirke oder nicht, hängt unter anderem davon ab, wie ich angezogen bin.«

»Gut.« Wenn Kathy 400 Euro für einen Blazer ausgeben wollte, dann sollte sie das machen. Es war schließlich ihr Geld. »Wo gehen wir denn zuerst hin?«

»Ins Alsterhaus.« Ihre Schwester trat fest auf die Bremse, weil sie zu spät gemerkt hatte, dass die Ampel auf Rot gewechselt war.

Da sie gerade standen, nutzte Effie die Gelegenheit, einen Schluck von ihrem Kaffee zu trinken. Nur, um sich daran die Oberlippe zu verbrennen. Wie lange blieb ein Kaffee denn bitte in einem Pappbecher heiß? Etwas vorsichtiger setzte sie zum nächsten Schluck an, bevor Kathy weiterfuhr.

»Und?«, fragte Kathy. »Wie gefällt dir dein neues Zuhause?«

So wie sie das sagte, klang es merkwürdig. »Gut«, antwortete Effie knapp und trank noch einen Schluck.

»Ich mag deinen neuen Freund«, sagte ihre Schwester ohne Vorwarnung. »Aber ich kann ihn nicht einschätzen. Er ist ziemlich verschlossen, oder?«

Dem konnte Effie nicht widersprechen. »Er braucht ein bisschen Zeit, um aufzutauen«, sagte sie daher. Sie wollte ihr nicht sagen, dass sie selbst manchmal das Gefühl hatte, viel zu wenig von ihm zu wissen. Er redete einfach nicht gern über sich. Insgeheim hegte sie die Hoffnung, dass sich das jetzt, da sie zusammenwohnten, änderte. Denn schließlich verbrachten sie viel mehr Zeit miteinander.

***

Zum Einkaufen war es wirklich noch früh. Die Geschäfte öffneten gerade erst, als sie das Kaufhaus betraten, und die Kunden waren noch spärlich gesät. So machte Shoppen doch Spaß. Kein Gedränge auf den Gängen und kein Warten vor überfüllten Umkleiden.

Im Alsterhaus fühlte Effie sich ein bisschen wie in dem Einkaufsbereich eines Flughafens. Vielleicht lag es an den offenen und riesigen Läden, die kaum voneinander abgetrennt waren, und den vielen teuren Marken. Der einzige Unterschied zum Flughafen bestand darin, dass es hier mehrere Etagen gab. Als sie die Etage für Damenbekleidung im vierten Stock erreichten, steuerte Kathy zielgerichtet auf die Abteilung mit den Blazern und Kostümen zu.

»Ich brauche mindestens zwei, am besten sogar drei.« Sie zog einen schwarzen, einen grauen und einen beigefarbenen Blazer von den Kleiderstangen. »Was meinst du? Mit den Farben kann man nichts falsch machen, oder?« Mit schräg gelegtem Kopf musterte sie ihre Auswahl. »Ich probiere sie mal an.« Sie ging zu den Umkleiden und verschwand in einer Kabine.

Effie schlenderte durch die Abteilungen, bis zu einer Abteilung mit Accessoires. Eine Kette mit einem kleinen Säckchen als Anhänger fiel ihr sofort ins Auge. Sie ließ es sich von der Verkäuferin aus der Vitrine reichen. Die Größe war perfekt. Außerdem entdeckte sie ein sehr schönes Männerarmband. Es war aus Stahl und mit Holz verziert. Sie kaufte beides. Während die Verkäuferin damit beschäftigt war, das Armband einzupacken, legte sie sich die Kette um, nahm den Stein aus ihrer Hosentasche, packte ihn in das Säckchen und versteckte es unter ihrem Shirt. So fühlte es sich gleich viel besser an. Sie nahm das Tütchen mit dem Armband entgegen, das die Verkäuferin ihr reichte, und ging wieder zurück zu ihrer Schwester. Hoffentlich gefiel Eden ihr kleines Geschenk.

Wieder zurück bei der Damenbekleidung lief sie an dem fein arrangierten Kleidersortiment entlang. Es waren wirklich schöne Stücke darunter. An der Wand entdeckte sie ein schwarzes Etuikleid. Warum wollte Kathy sich eigentlich nur mit Blazern eindecken? Mit diesem Kleid würde sie seriös und gleichzeitig sehr schick und elegant aussehen. Man durfte doch wohl im Job auch ein bisschen die Waffen der Frau einsetzen, oder war das unter Rechtsanwälten nicht erlaubt? Sie nahm das Kleid von der Stange. Kathy sollte es zumindest einmal anprobieren. Sie sähe darin sicher wunderbar aus.

»Es ist nicht einfach, dich ohne Eden anzutreffen«, sagte eine tiefe Baritonstimme hinter ihr.

Sie versteifte. Langsam drehte sie sich um.

»Ted«, entwich es ihr.

Er stand einfach nur da. Allein. Von den anderen Elementaren war niemand zu sehen. Wie immer spannte sein T-Shirt über seinen Brust- und Armmuskeln. Vielleicht sollte er mal darüber nachdenken, sich seine Oberbekleidung in einer größeren Ausgabe anzuschaffen. Seine Haut war tief gebräunt, als käme er frisch aus dem Urlaub. Er wirkte weder böse noch freundlich. Was die Situation nicht gerade entspannter machte. Das Schweigen wurde unangenehm. Und plötzlich wünschte sie sich nichts mehr, als das Eden bei ihr war. Aber das war er nicht. Sie war auf sich allein gestellt und sie musste irgendwie versuchen, sich aus dieser Lage zu retten.

»Nichts verstehen«, sagte sie so schlecht, wie sie es hinbekam. »Kein sprechen Deutsch.«

Ted zog eine Augenbraue hoch und grinste, als sie weitersprach.

»Por desgracia no sé quiénes son.« Oh Gott, ihr Spanisch war grottig. »Me tienen confundido con otra.« Mit ganz viel Glück würde er ihr das abkaufen. Sie lächelte entschuldigend und drehte sich um.

»Ein niedlicher Versuch, aber ich habe dich nicht verwechselt«, sagte er. »Wir können uns auch gern auf Spanisch unterhalten: Estoy aquí porque quiero llevarte.«

Verdammter Mist! Sie hatte vergessen, dass Nathaniels Elementare fließend sämtliche Sprachen beherrschten. Und ihr Spanisch war so schlecht, dass sie nicht einmal verstanden hatte, was Ted gesagt hatte. Sie hätte sich in der Schule wirklich mehr anstrengen sollen.

»Ich bin hier, weil ich dich bitten möchte, mit mir zu kommen«, sagte er auf Deutsch.

Sie schluckte. Vorsichtig sah sie sich um. Von den anderen Elementaren entdeckte sie immer noch keinen. Abgesehen von drei Männern in grauen Anzügen, die etwas deplatziert in der Damenunterwäscheabteilung standen und schweigend zu ihr herüberblickten, hielt sich niemand sonst hier auf. Davon abgesehen, was wollten sie bei der Damenunterwäsche?

»Nathaniel hat uns erneut nach Jork geschickt, um Vespas Spur wiederaufzunehmen«, sagte Ted. »Offenbar hat er einen falschen Stein von Eden bekommen.«

Ihr rutschte das Herz in die Hose und sie unterdrückte den Impuls, nach dem Säckchen unter ihrem T-Shirt zu greifen.

»Trixi, Greta und ich sind gestern angekommen«, redete Ted weiter. »Die anderen werden in den nächsten Tagen eintreffen.«

Effie versuchte, ruhig zu bleiben. In einem war sie sich sicher: Sie konnte ihm nicht entkommen. Unmerklich sah sie sich um. Egal, wohin sie rannte, Ted hätte sie in Sekundenbruchteilen eingeholt.

»Und was hat das mit mir zu tun?« Ihre Stimme klang piepsig und nicht so sicher, wie sie gehofft hatte.

»Ich weiß, wer du bist.« Ted sagte es mit einer so ruhigen Stimme, als stellte er fest, dass er Hunger hatte.

Er wusste, wer sie war ... Plötzlich konnte sie die Panik nicht mehr unterdrücken. Sie kroch in ihre Brust, schlang sich um ihren Hals und drückte ihr die Luft ab. Hektisch sah sie sich um. Ted war stärker als sie und wenn er sich unsichtbar machte, dann konnte ihn niemand sehen außer Effie. Aber sie befanden sich in der Stadt. Überall waren sie von Menschen umgeben. Wärme drang aus dem kleinen Säckchen unter ihrem T-Shirt und beruhigte sie. Einige tiefe Atemzüge. Sie schaffte es wieder, einen klaren Gedanken zu fassen.

Aufsehen zu erregen, passte nicht zu den Elementaren. Ganz im Gegenteil. Sie versuchten, sich in jeder Situation unauffällig zu verhalten. *Ganz ruhig bleiben*, dachte sie immerzu wie ein Mantra. Sie musste taktisch vorgehen. Bis jetzt hatte es meistens geholfen, sich ein bisschen dumm zu stellen.

»Ja, sicher«, sagte sie beiläufig. »Es ist ja nicht so lange her, dass wir uns das letzte Mal gesehen haben.«

»Mit wem redest du?« Kathy betrachtete sie mit gerunzelter Stirn.

Oh nein! Kathy! Sie durfte auf keinen Fall in diese Sache hineingezogen werden. Hastig fasste Effie sie am Arm und zog sie weiter.

»Hey!«, beschwerte sich ihre Schwester. »Ich wollte die Sachen noch anprobieren.«

»Lass uns das ein anderes Mal machen.«

»Was?« Kathy blieb stehen und sah sie irritiert an. »Wann denn bitte? Montag beginnt mein Referendariat. Ich brauche einen neuen Blazer. Schau doch mal, der sieht wirklich gut aus.« Sie drehte sich einmal um sich selbst, um ihn Effie zu präsentieren. »Was hast du denn da?«, fragte sie und fasste nach dem Etuikleid in Effies Hand, um es genauer zu betrachten.

»Ich dachte, es gefällt dir vielleicht«, sagte Effie, ohne Ted aus den Augen zu verlieren. »Es sieht bestimmt auch mit einem Blazer gut aus.«

»Mh«, überlegte Kathy, »vielleicht hast du Recht.« Dann nahm sie ihr das Kleid ab und lief wieder zur Umkleidekabine. Kurz davor drehte sie sich noch einmal um. »Na komm schon, ich brauche deine Beratung.«

Langsam lief Effie ihr hinterher.

Ted wich nicht von ihrer Seite.

»Ich weiß, dass du der Phönix-Elementar bist.«

Sie erstarrte. Er wusste es. Nathaniels Elementare waren auf dem Weg nach Jork. Und Greta und Trixi waren schon angekommen.

Im Schnelldurchlauf wägte sie sämtliche Fakten gegeneinander ab. Er hatte übernatürliche Kräfte und war viel stärker als sie. Und schneller. Aber er würde sich unauffällig verhalten ... Sie hatten Eden nicht informiert. Das bedeutete, wenn Ted durch eine seltsame Aktion die Aufmerksamkeit der Öffentlichkeit auf sich zog, gab es niemanden, der die Erinnerungen möglicher Zeugen veränderte, um den Vorfall zu vertuschen. Außer ... Nathaniel selbst war hier oder er hatte einem der anderen Elementare Edens Fähigkeit übertragen. Sie schluckte.

»Ich bin nicht gekommen, um dich zu Nathaniel zu bringen«, sagte er. »So wie Eden will ich dich schützen.«

Sie wandte sich ihm wieder zu. Jetzt erst bemerkte sie, wie erschöpft er aussah. Seine braunen Augen waren glanzlos und seine Haut fahl. Als hätte er seit Tagen nicht geschlafen.

»Nathaniel weiß nicht von deiner Existenz«, sagte er. »Noch nicht. Und dies wollen wir so lange wie möglich herauszögern.«

»Wir? Eden und du?« Klar. Was spielte Ted hier für ein Spiel? Sie konnte sich nicht vorstellen, dass Eden ihn in das Geheimnis eingeweiht hatte, ohne es vorher mit ihr zu besprechen.

Aber er schüttelte den Kopf. »Der Geheimbund der Pythagoreer.« Mit einem Kopfnicken deutete er auf die drei Männer, die ihr bereits aufgefallen waren. Immer noch standen sie schweigend nebeneinander und blickten zu ihnen herüber. Sie waren alle mittleren Alters und ihre Gesichter wirkten weder freundlich noch abweisend. Sie sahen wachsam und vorsichtig aus.

»Wir haben uns dem Schutz des Phönix-Elementars verschrieben und sind gekommen, um dich an einen sicheren Ort zu bringen, bis du dich verwandelt hast. Dort können wir dir helfen, dich auf den Kampf gegen Nathaniel vorzubereiten.«

Okay … Jetzt verstand sie überhaupt nichts mehr. Ihr Handy klingelte. Schnell kramte sie es aus ihrer Tasche. Es war Eden. Ohne auf Ted zu achten, nahm sie das Gespräch an. Ted machte keine Anstalten, sie davon abzuhalten.

»Effie, wir müssen untertauchen«, sagte er ohne Begrüßung.

»Eden«, versuchte sie, ihn zu unterbrechen.

Aber er redete weiter. »Sie werden spätestens morgen hier sein …«

»Eden«, sagte sie etwas lauter. »Ted ist bei mir.«

Am anderen Ende der Leitung wurde es still. »Wo bist du?«, fragte er dann.

»Im Alsterhaus.«

»Leg nicht auf!« Sie hörte es rauschen.

Wieder sah sie zu Ted, der geduldig wartete, bis sie ihm erneut ihre Aufmerksamkeit schenkte.

»Es gibt viele Dinge, die wir dir erklären müssen, und wir haben wenig Zeit«, sagte er. »Wir sind hier, um dir zu helfen.« Er schob ihr einen Zettel in die freie Hand. »Bitte komm morgen um elf Uhr hierhin.«

Plötzlich stand Eden neben ihr. Er war leicht außer Atem. Mit prüfendem Blick musterte er sie, als wollte er sich versichern, dass es ihr gut ging. Dann sah er sich suchend um. »Wo ist er?«

Vorsichtig deutete sie auf Ted.

»Was machst du denn hier?« Kathy lugte aus der Umkleide und betrachtete Eden. Dann wandte sie sich an Effie. »Mensch, ich dachte, wir beide machen heute mal einen Mädelstag.«

Da stand sie nun. Kathy war beleidigt. Zu Recht. Ted erzählte irgendetwas von einem Geheimbund und Eden würde vorerst nicht mehr von ihrer Seite weichen. Und das Letzte, was sie wollte, war, dass er wieder ging. Nur wie sollte sie Kathy die Situation erklären? Die konnte Ted ja nicht einmal sehen. Und die drei merkwürdigen Gestalten waren ihr wahrscheinlich auch nicht aufgefallen, und wenn, dann hatte Kathy mit Sicherheit nicht geschlussfolgert, dass sie Effie holen wollten.

»Er«, versuchte Effie zu erklären, aber Ted unterbrach sie.

»Noch eine Sache«, sagte er. »Nathaniel hat Eden nicht grundlos erst jetzt kontaktiert. Er misstraut ihm. Sag ihm, dass er vorsichtig sein soll. Die anderen wurden von Nathaniel manipuliert und beauftragt, Eden zu ihm zu bringen.«

»Und dich hat er nicht manipuliert?«, fragte sie und ignorierte Kathy, die die Stirn runzelte und Effie ansah, als hätte sie Fieber oder eine psychische Störung.

Ted schüttelte den Kopf. »Nein, sonst hätte ich mich jetzt schon längst auf ihn gestürzt, oder nicht? Ich habe mich Nathaniel nicht mehr gezeigt, so dass er keine Möglichkeit hatte, mich zu manipulieren. Bitte«, sagte Ted eindringlich. »Komm morgen. Es ist wichtig. Wir sind auf deiner Seite.«

Ein Lufthauch streifte sie und im nächsten Augenblick stand er neben den drei Männern. Flüchtig legte er einem von ihnen eine Hand auf die Schulter. Dies war offenbar das Zeichen zu gehen, denn sie wandten sich zum Ausgang um und verließen das Gebäude.

»Effie?« Kathy wartete immer noch auf eine Antwort.

»Eden ist …« Schnell versuchte sie, sich wieder zu sammeln. Sie blickte kurz zu Eden und dann zu ihrer Schwester. »Er war nur zufällig in der Nähe. Aber wir machen natürlich unseren Mädelstag.«

Kathy verdrehte die Augen. »In Ordnung.« Sie strich über das Kleid, das sie angezogen hatte, und drehte sich zum Spiegel. »Und was sagst du?«

»Sieht toll aus.«

»Ja«, Kathy nickte. »Und der Blazer?« Skeptisch zupfte sie an dem Blazer, den sie darüber trug.

»Sieht auch gut aus.«

»Findest du? Die Schultern sind etwas zu breit, oder nicht?« Dann schüttelte sie den Kopf. »Nein, ich glaube, ich probiere noch einmal einen anderen an. Oder eine Nummer kleiner. Kannst du ihn mir noch mal in einer anderen Größe holen?«

Während Kathy wieder in der Umkleide verschwand, ging Effie hinüber zu der Kleiderstange. Eden folgte ihr.

»Ted ist wieder gegangen«, sagte sie, bevor er die Frage stellen konnte. »Er hat gesagt, dass du vorsichtig sein sollst. Nathaniel will dich in eine Falle locken. Die anderen Elementare wurden von ihm manipuliert, dich zu ihm zu bringen. Und«, sie schluckte, »Ted weiß, dass ich der Phönix-Elementar bin.« Sie öffnete ihre Hand, in der sich der Zettel befand. »Dort will er sich morgen um elf Uhr mit mir treffen. Er ist in Begleitung von drei Männern, die zu irgendeinem Geheimbund der Pythogos oder so ähnlich gehören, die sich angeblich dem Schutz des Phönix-Elementars verschrieben haben.«

»Der Geheimbund der Pythagoreer?« Eden runzelte die Stirn. »Ich dachte, Nathaniel hätte ihn vernichtet.«

Ein kleines Geschenk

Auch wenn Kathy es glaubte, war Eden nicht wieder verschwunden. Er hielt sich die ganze Zeit über unauffällig in ihrer Nähe auf. Am liebsten hätte er Effie auf der Stelle in Sicherheit gebracht, so wie er es gesagt hatte. Aber das konnte sie Kathy nicht antun. Sie hatte ihrer Schwester den Mädelstag versprochen. Und wenn es etwas gab, das Effie nicht ausstehen konnte, dann war es, Versprechen zu brechen. Nun gut, wenn sie sich tatsächlich in Lebensgefahr gesehen hätte, wäre sie bereit gewesen, dieses Opfer zu bringen. Doch Ted trachtete nicht nach ihrem Leben. Zumindest, wenn es stimmte, was er sagte. Auch, wenn es vielleicht naiv war – sie glaubte ihm.

Trotzdem war sie froh, dass Kathy im Alsterhaus alles fand, was sie brauchte. So musste Effie mit ihr nicht auch noch in die Boutiquen am Neuen Wall. Um ihren Mädelstag gebührend abzuschließen, kauften sie sich ein Eis und setzten sich an die Alster.

»Hach«, Kathy lehnte sich zurück und streckte ihr Gesicht in die Sonne. »Das war doch schön. Wir sollten das öfter machen. Vor allem, weil wir uns jetzt viel weniger sehen.« Sie seufzte. »Hoffentlich habe ich im Referendariat etwas mehr Zeit als während des Examens. Ich hab wirklich ein schlechtes Gewissen, dass ich so wenig für dich da war. Vor allem, als Leon Schluss gemacht hat ... Ich hoffe, du bist mir nicht böse deswegen. Und ...«, sie nahm Effies Hand und drückte sie, »es tut mir leid, dass ich gerade so schroff zu Eden war. Du kennst mich ja, ich bin manchmal einfach zu egoistisch. Es ist wirklich schön, dass er für dich da ist.« Sie lächelte. »Ich habe dich schon lange nicht mehr so glücklich gesehen.«

»Schon gut«, Effie lehnte sich an Kathys Schulter. So wie sie es früher immer getan hatte. Sie liebte ihre große Schwester. Selbst wenn sie mürrisch und launisch war. In einem war sie sich sicher: Kathy war für sie da, wenn sie sie brauchte. Auch wenn ihre Schwester es gerade nicht so sah. Sie sollten wirklich mehr Zeit miteinander verbringen. Besonders jetzt, wo sie beide auszogen. Da konnte man sich nicht einmal mehr morgens streiten, wer als Erster das Badezimmer benutzte. Nur ... Effies Zukunft war ungewiss. Wenn sie sich erst einmal verwandelt hatte, würde es eine Zeit dauern, sich wieder unter Menschen zu wagen. So lange, bis sie ihre Kräfte im Griff hatte, konnte sie keine großen Pläne schmieden. Ganz davon abgesehen, dass dieser Geheimbund nun aufgetaucht war. Was auch immer das bedeuten mochte.

»Oh nein, pass doch auf!« Kathy schob sie weg und rieb mit einer Serviette an ihrer Hose.

Ups. Warum erwischte Effie immer die Hörnchen, die unten ein Loch hatten? Sie hatte ihr Eis nicht so schnell aufgegessen wie Kathy und nun war es in der Waffel geschmolzen und tropfte fröhlich durch die winzige Öffnung heraus. Zuerst auf Kathys Hose und jetzt auf ihr eigenes Kleid. Na toll.

***

Ungeduldig wartete Eden bereits, als Effie den Hausflur betrat, nachdem Kathy sie vor der Wohnung abgesetzt hatte.

»Ich glaube, du bist dir der Gefahr wirklich nicht bewusst«, begrüßte er sie und lief dann vor, um die Wohnung aufzuschließen.

»Was hätte ich denn tun sollen?«, fragte sie, während sie ihm in die Wohnung folgte. »Kathy hängenlassen?«

Sein Kiefer spannte sich an, wie immer, wenn er sich ärgerte, es aber nicht sagte.

Sie seufzte und schloss die Tür hinter sich. »Es ist doch nichts passiert.«

»Stimmt«, sagte er. »Aber es hätte auch anders ausgehen können. Ted weiß, wer du bist; Greta ist schon hier und die anderen, wenn wir Pech haben, auch. Du musst vorsichtiger sein. Im Moment kannst du nicht einfach durch die Welt spazieren, als wärst du im Urlaub. Hinter jeder Ecke könnte eine Gefahr lauern.«

Sie legte ihre Tasche auf dem Boden ab und ging zu ihm.

»Weißt du, auch wenn ich vielleicht nicht den Anschein erwecke, ist mir durchaus bewusst, dass wir uns in Gefahr befinden. Nur ...«, sie stockte, weil ihr jetzt erst bewusst wurde, wie egoistisch sie gehandelt hatte. Eden war immer um sie besorgt, aber sie? Die Elementare stellten für Effie erst einmal keine Bedrohung dar, solange sie nicht wussten, wer sie war. Für Eden allerdings schon. Und daran hatte sie überhaupt nicht gedacht.

»Eden«, sagte sie, »es tut mir leid. Ich ... Es ist nur ... Die Vorstellung, ständig in Angst und Vorsicht zu leben ... Das möchte ich einfach nicht. Das Leben kann doch jede Sekunde vorbei sein, selbst wenn man gerade nicht bedroht wird. Sollte man da nicht die Zeit, die einem geschenkt wird, genießen?«

»Das ist eine grandiose Idee. Ignorieren wir jegliche Gefahr«, spöttisch verzog sich sein Mund. »Ich dachte, du hättest deine YOLO-Phase schon hinter dir. Am besten wir legen uns auf Sonnenliegen in den Vorgarten deiner Eltern! Da haben wir die beste Aussicht auf die Villa und die anderen Elementare.«

Sein Sarkasmus war wirklich nicht angebracht. Betreten sah sie zu Boden. Sie hatte sich in Sicherheit gewähnt ... Aber nur, weil Eden in ihrer Nähe war und auf sie aufpasste. Mit ihm war es, als hätte sie immer einen Schutzengel. Dennoch ...

»Es tut mir wirklich leid, Eden.« Sie nahm seine Hand. Er ließ es zu, obwohl er immer noch sauer wirkte. Mit der anderen Hand kramte sie aus ihrer Tasche das kleine Geschenk, das sie ihm von ihrem Einkauf mitgebracht hatte. Das Armband aus dunklem Holz und Stahl. Es passte einfach zu Eden. Sie hob seinen linken Arm, an dem er seine Uhr trug, und legte ihm das Armband um.

»Damit du auch etwas hast, das dich mit mir verbindet«, sagte sie. *Und nicht nur mit Nathaniel,* aber das sprach sie nicht aus.

Für einige Sekunden hafteten seine Augen auf dem Armband, dann sah er zu ihr auf. Mit seinem undurchsichtigen Blick. Seine grünen Augen glänzten hypnotisierend und Effie vergaß für den Moment zu atmen. Gefiel es ihm nicht? Hatte sie seinen Geschmack verfehlt? Es war das erste Geschenk, das sie ihm machte. Dabei stand ihm das Armband richtig gut.

Sanft zog er sie zu sich heran und beugte sich zu ihr bis seine Stirn an ihrer lag.

»Danke schön«, flüsterte er.

Warum auch immer sie das tat – sie zerstörte diesen wundervollen Moment, indem sie fragte: »Du kennst diesen Geheimbund der Pyth...« Sie hatte schon wieder vergessen, wie sie genau hießen.

»Nicht direkt.« Er ließ von ihr ab. »Die Priesterin, die ...«, er sprach den Satz nicht zu Ende. Aber das brauchte er auch nicht. Auf Nathaniels Befehl hin hatte er eine Priesterin getötet, die versucht hatte, den Phönix-Stein zu stehlen. »Die Pythagoreer sind sehr alt und waren früher eng verbunden mit den Priestern des Orakels von Delphi. Vermutlich sind sie es immer noch. Ich dachte nur, dass der Geheimbund schon lange nicht mehr existiert.«

»Du hast eine Priesterin des Orakels von Delphi getötet?« Im selben Moment bereute sie, dass sie die Frage ausgesprochen hatte. Sie wollte ihm keinen Vorwurf machen. Es war ihr einfach so herausgerutscht. Der Ausdruck in seinem Gesicht ließ ihr Herz gefrieren. Sie wusste, dass er nichts so sehr bereute wie den Mord an dieser Frau. Und dennoch war Effie ihr für das Opfer, das sie gebracht hatte, so unglaublich dankbar, denn sie war der Grund, warum er sich ändern wollte. Sie war der Grund dafür, dass er Effie schützte und nicht zu Nathaniel brachte.

»Ich dachte, das Orakel von Delphi gibt es nicht mehr«, versuchte sie, vom Thema abzulenken. »Wenn es das Orakel überhaupt jemals gab.« Letzteres sagte sie mehr zu sich selbst als zu Eden.

»Ja, es gab das Orakel von Delphi. Genauso wie die Pythagoreer. Vor mehr als 2000 Jahren. Geschichtlich existieren heute weder die Pythagoreer noch das Orakel von Delphi.« Er runzelte kurz die Stirn, bevor er weiterredete. »Bis vor einigen Jahren wusste ich selbst nichts davon. Mir war einzig bekannt, dass Nathaniel zu seinen Lebzeiten als Mensch ein Mitglied der Pythagoreer war, und bis zu dem Tag, an dem die Priesterin bei ihm eingedrungen war, dachte er, dass die Pythagoreer vernichtet wären. Er hatte selbst dafür gesorgt. Aber offenbar haben einige überlebt.«

»Und was genau weißt du über sie? Sind sie gefährlich?«

»Ehrlich gesagt, bin ich mir darüber noch nicht im Klaren, was es mit den Pythagoreern auf sich hat. Ich kann mich nur ganz vage erinnern, dass Nathaniel mal so etwas gesagt hat wie, sie hätten sich dem Phönix-Elementar verschrieben, um seine Macht in die Welt zu bringen.«

»Seine Macht in die Welt zu bringen?« Was war damit gemeint? Wenn der Phönix-Elementar weinte, heilte er damit Wunden, und wenn er schrie, nahm er einem Elementar seine Kräfte und verwandelte ihn wieder in einen Menschen. Ach ja, fliegen konnte er auch noch. Waren das wirklich Dinge, denen man sich mit einer ganzen Gemeinschaft verschrieb? Was davon wollten sie denn *in die Welt bringen*? Die heilenden Tränen? Das konnte sie noch nachvollziehen. Aber der Rest nützte der Menschheit nicht sonderlich viel. Außer ... es gab noch etwas, wovon sie nichts wusste.

»Ich konnte nicht viel darüber herausfinden und ehrlich gesagt ... habe ich es auch nicht versucht. Mit Nathaniel darüber zu sprechen, war unmöglich, und Vespa«, sein Blick verschärfte sich, als käme ihm plötzlich ein Gedanke, »Vespa habe ich nie gefragt«, sagte er dann.

Er sah sie an und es schien, als hätten sie beide den gleichen Gedanken.

»Meinst du, wir sollten Vespa einen Besuch in der Psychiatrie abstatten?«

»Vielleicht«, er zuckte mit den Schultern.

»Dass Ted zu den Pythagoreern gehört ...« Eden zog seine Augenbrauen nachdenklich zusammen. »Nathaniel hat ihn erst vor ein paar Jahren verwandelt. Ich frage mich, wie er es geschafft hat, sich einzuschleichen. Nathaniel ist immer sehr genau bei der Auswahl und Überprüfung neuer Elementare.« Dann schüttelte er den Kopf. »Ich weiß nicht, was ich von der ganzen Sache halten soll.«

Das wusste Effie auch nicht. Dennoch wollte sie hören, was Ted ihr zu sagen hatte.

»Hast du Teds Nummer?« Sie zog ihr Smartphone aus der Tasche.

Zunächst zögerte er, tippte ihr dann aber die Nummer ein.

»Meinst du wirklich, dass es so eine gute Idee ist?« Er fuhr sich durch die Haare.

»Eden, er weiß, dass ich der Phönix-Elementar bin, also, ich meine ... eventuell bald sein werde.« Effie dachte noch einmal über ihre Worte nach. Aber so war es doch. Wer garantierte ihr, dass Nathaniel sie nicht vorher fand?

Und dann war ihre Überlebenswahrscheinlichkeit nicht sonderlich hoch. Zumal er seine Elementare bereits wieder nach Jork geschickt hatte.

»Vielleicht sollten wir einfach untertauchen – von hier verschwinden.«

»Und dann?«

Es war nicht das erste Mal, dass Eden dies vorschlug. Und sie wusste, dass er es gut meinte. Er wollte sie schützen. Nur, wie sah dann ihr Leben aus? Ständig auf der Flucht? Immer bereit für den Kampf um Leben und Tod? Ihre Familie würde sie vielleicht nie wiedersehen. Wenn es eine Alternative gab, dann wollte sie zumindest wissen, wie diese aussah.

»Ich möchte nur wissen, was Ted und diese Leute vorhaben.«

Eden schwieg.

»Wir hören uns an, was er zu sagen hat, und gehen dann wieder.«

Nicht nur, dass sie wissen wollte, wie dieser Bund sie schützen konnte. Insgeheim keimte in ihr die Hoffnung, mehr über die Geschichte des Phönix-Elementars zu erfahren. Warum gab es ihn? Was war seine wahre Bestimmung? Hierauf konnte Eden ihr leider keine Antworten geben.

Langsam nickte Eden.

»Du hast Recht, sie haben Interesse an dem Phönix-Elementar, das bedeutet, wir können die Spielregeln mitgestalten. Und genau das werden wir tun. Wo wollen sie sich mit dir treffen?«

Sie kramte den Zettel aus ihrer Hosentasche und reichte ihn Eden. Er las die Adresse.

»Kennst du diesen Ort?«, fragte er.

»Nein.« Sie schüttelte den Kopf.

»Wir sollten uns an einem öffentlichen Platz mit ihnen treffen. In einem Restaurant oder Café. Fällt dir eins ein, in dem man ungestört reden kann?«

»Mh«, machte Effie, »am Hafen gibt es ein Restaurant«, überlegte sie. »Das Möwennest. Es ist zwar etwas abgelegen, aber trotzdem ein gut besuchter Ort. Was meinst du?«

Er holte sein Smartphone heraus und sah sich die Lage und das Restaurants an. »Das sieht nach einem passenden Treffpunkt aus«, sagte er und steckte es wieder weg. »Warten wir ab, was Ted davon hält.« Er deutete auf ihr Smartphone und erinnerte sie so daran, dass sie vorgehabt hatte, ihn anzurufen.

Okay. Es war doch überhaupt nichts dabei. Außerdem wollte sie es ja, nicht Eden ... Sie atmete tief ein und wählte Teds Nummer. Zweimal klingelte es, dann nahm er ab.

»Ich bin bereit, mich mit euch zu treffen«, sagte sie, »allerdings unter ein paar Bedingungen. Wir treffen uns im Möwennest an der Yachthafenstraße und Eden wird mich begleiten.«

Für einen Augenblick blieb es am anderen Ende der Leitung still. Dann brummte Ted: »In Ordnung«, und legte auf.

»Das war ja unkompliziert.« Sie betrachtete das Smartphone in ihrer Hand. Hoffentlich war es die richtige Entscheidung.

Der Geheimbund

Die Spätsommersonne tauchte den Hafen in goldenes Licht und verströmte eine wohltuende Wärme. Gerade so, dass Effie ihre Strickjacke, die sie vorsichtshalber mitgenommen hatte, nicht überziehen musste. Einige Segelboote glitten gemächlich über die Elbe. Auf dem Steg hatten es sich zwei Mädchen auf einer Decke gemütlich gemacht und genossen die letzten Sonnenstrahlen des Jahres und neben dem Restaurant graste genüsslich eine Schafsherde. Als sie am Möwennest ankamen, warteten Ted und die drei Männer bereits dort.

»Hallo.« Wachsam nickte Eden Ted zu, der für den Moment auf seinen Unsichtbarkeitszauber verzichtete.

»Wir haben einen Tisch reserviert.« Mit einem Wink forderte er sie auf, ihnen zu folgen. Sie betraten das Café und gingen zur Hintertür, durch die sie auf die Terrasse, mit Blick auf die Elbe, gelangten. Hier standen mehrere Tische, aber keiner von ihnen war besetzt. Sie hatten den Hinterhof für sich ganz allein, was für dieses Wetter sehr ungewöhnlich war. Normalerweise bekam man hier draußen kaum noch einen Platz.

»Ich habe der Kellnerin ein Bestechungsgeld gezahlt, damit wir einen ruhigen Ort zum Reden haben«, sagte Ted, dem ihr erstauntes Gesicht aufgefallen sein musste.

Erst als Effie und Eden sich gesetzt hatten, taten es ihnen auch Ted und die Männer nach. Bis auf Ted, der eine Jeans und ein weißes Hemd trug, waren sie wieder in grauen Anzügen erschienen. Eigentlich hatte sie die drei als recht alt, mindestens über 50 Jahre, in Erinnerung, aber einer von ihnen wirkte doch jünger und ... attraktiver. Sie schätzte ihn höchstens auf Anfang 40. Er war recht groß, selbst im Anzug wirkte sein Körper athletisch, hatte schwarze Haare und seine Augen waren bernsteinfarben. Der Mann daneben war das komplette Gegenteil. Er war mindestens einen Kopf kleiner, etwas pummelig, hatte eine Glatze und seine Augen waren wässrig. Der dritte von ihnen schien der Älteste zu sein. Er war sehr dürr und sehr groß, sogar noch größer als der Schwarzhaarige. Zwar hatte er noch alle Haare, aber sie waren schneeweiß. In seinem Gesicht zeichneten sich bereits einige Falten ab und seine Augen waren klar, blau und freundlich.

»Mit wie vielen Leuten eures Geheimbundes seid ihr gekommen?«, fragte sie Ted.

»Nur wir vier: Zenon, Kritias, Phyrron und ich. Wir sind die höchsten Mitglieder der Pythagoreer und die Wenigen, die fließend Deutsch sprechen.«

»Das sind …«, sagte Effie vorsichtig, »interessante Namen.«

»Bei uns trägt jeder den Namen eines alten griechischen Philosophen. Ich zum Beispiel heiße eigentlich Theodoros.«

Effie entwich ein Lachen, aber sie zwang sich bei Teds beleidigtem Blick sofort wieder zur Ernsthaftigkeit. Ganz ehrlich, dieser Name passte doch überhaupt nicht zu ihm. Sie hatte auf einmal das Gefühl, einem komplett anderen Menschen gegenüberzusitzen. Um das Thema zu wechseln, wandte sie sich dem Jüngsten der drei zu. Kritias, wie Ted ihn vorgestellt hatte.

»Waren Sie das letzte Mal auch schon dabei?«, fragte sie den charismatischen und für sein Alter sehr gut aussehenden Mann. Alle drei hatten etwas Einschüchterndes. Doch bei ihm war es besonders stark und gleichzeitig, sie wusste nicht, wie sie dieses Gefühl deuten sollte … ja, ging von ihm etwas Faszinierendes aus.

Ein charmantes Lächeln trat auf seine Lippen. »Ja, ich war das letzte Mal auch schon dabei.« Seine Stimme klang tief und melodisch und er sprach in einem perfekten, akzentfreien Deutsch. »Wir standen etwas weiter entfernt. Vermutlich hast du dir deshalb mein Gesicht nicht eingeprägt.«

Effie starrte ihn an. »Ja«, sagte sie schnell, als sie sich dabei erwischte. »Da haben Sie bestimmt Recht.«

»Schön, dass du bereit bist, uns anzuhören«, sagte Zenon, der Älteste von ihnen, und riss das Gespräch an sich. »Wie Theodoros dir bereits erklärt hat, kommen wir vom Geheimbund der Pythagoreer.« Er machte eine dramatische Pause, damit seine Worte noch einen Moment nachhallten. »Vor Jahrtausenden hat sich ein kleiner Kreis zusammengeschlossen, um Pythagoras von Samos zu folgen. Die Pythagoreer leben nach Pythagoras' Lehren, den *goldenen Versen*. Wir glauben, dass dies der einzige Weg ist, das *goldene Zeitalter* einzuleiten, in dem Frieden und Harmonie auf der Erde einkehren.«

Der Name Pythagoras sagte Effie etwas. Allerdings verband sie ihn mit dem Mathematikunterricht und da kamen keine sonderlich schönen Erinnerungen hoch, auch wenn sie den *Satz des Pythagoras* durchaus beherrschte. Schließlich war $a^2+b^2=c^2$ nicht allzu schwer. »Pythagoras hatte eine enge Beziehung zur höchsten Priesterin des Orakels von Delphi, der *Pythia*«, fuhr Zenon fort. »Sie sah in Pythagoras die Kraft des Erlösers und suchte Rat bei den Göttern. Die Götter erkannten Pythagoras' reine Absichten und sandten ihm ein Geschenk. Er sollte göttliche Kräfte bekommen. Doch so einfach war dies nicht. Pythagoras musste dafür eine lange Reise auf sich nehmen. Sie verrieten ihm die geheime Insel, wo der einzige Phönix lebte. Ein Vogel mit magischen Fähigkeiten, das einzige Wesen auf der Erde mit göttlichen Kräften. Er sollte den Phönix töten, warten, bis er zu Asche zerfallen war, und das Ei nehmen, das sich in der Asche bildete. Er packte es in eine kleine Schatulle, die die Pythia ihm mitgab. Darin konnte das Ei nicht wachsen und der Phönix nicht erneut auferstehen. So brachte er es der Pythia. Diese belegte es mit einem Zauber, wodurch die Seele und dadurch die Kraft des Phönix nicht in dem Ei wiedergeboren wurden, sondern sich auf Pythagoras übertrugen. Das Phönix-Ei trug er seitdem immer bei sich, da es ihm noch zusätzlich Kraft gab.«

Effie schluckte und griff nach dem Stein. Das war ja eine schreckliche Geschichte. Und das Töten eines Phönix sollte Harmonie und Frieden auf die Erde bringen?

»Die Pythia taufte Pythagoras den Phönix-Elementar – ein Wesen, das Natur, Tierwelt und Mensch vereinen sollte.« Zenon machte eine Pause und kramte einen Zettel aus der Innenseite seines Jacketts.

»Von Generation zu Generation gaben die überlebenden Pythagoreer ihr geheimes Wissen an die nachfolgenden Generationen weiter. So konnten wir bis heute im Verborgenen existieren. Immer auf der Suche nach dem Phönix-Elementar, mit der Hoffnung, dass sich die Prophezeiung des Orakels von Delphi doch noch erfüllt. Und jetzt«, er sah sie feierlich an, »haben wir dich endlich gefunden.« Mit Bedacht faltete er den Zettel auseinander. »Ich habe sie für dich ins Deutsche übersetzt.« Er räusperte sich und las vor:

»Die Götter senden euch die Kräfte, die Himmel und Erde vereinen.

Das Verschmelzen der Seelen wird retten all die, die noch zu retten sind.

So wird auf den Flügeln des Phönix-Elementars das verschollene goldene Zeitalter zurückkehren.«

Zenon faltete den Zettel wieder zusammen und steckte ihn zurück in seine Jackentasche.

»Pythagoras war zum Zeitpunkt der Prophezeiung bereits sehr alt und er nahm seine Verwandlung zum Anlass, sich in der menschlichen Welt als gestorben zu vermelden. Er tauchte gemeinsam mit seinen treuen Anhängern ab, um den richtigen Augenblick abzuwarten, in dem er das *goldene Zeitalter* einleiten würde.« Er trank einen Schluck Wasser. »Wie genau er dies tun sollte, konnte das Orakel ihm nicht sagen. Daher begann er, mit seinen neuen Kräften zu forschen und zu experimentieren. Die Pythagoreer schützten und unterstützten ihn dabei. Bis sich ein Verräter einschlich.«

Kritias musste husten. Als er sich beruhigt hatte, sprach Zenon weiter. Er beugte sich nach vorn und sah ihr tief in die Augen. »Nathaniel.«

»Soweit es uns überliefert wurde«, setzte Phyrron, der bisher noch nichts gesagt hatte, fort, »war Nathaniel schon zu Lebzeiten ein sehr beeindruckender und durch und durch manipulativer Mensch. Deshalb können wir es Pythagoras nicht vorwerfen, dass er ihn zu seinem engsten Vertrauten machte.«

»Nathaniel war der engste Vertraute von Pythagoras?« Effie blickte zu Eden. Dieser wirkte ebenso überrascht wie sie. Er zuckte nur mit den Schultern, was wohl hieß, dass er diese Geschichte auch zum ersten Mal hörte.

»Genau, das war Pythagoras' Verhängnis«, sagte Zenon. »Eines Nachts kam Nathaniel in sein Schlafgemach und tötete ihn. Wir wissen nicht genau, was in der besagten Nacht geschah. Laut unseren Überlieferungen besaß er, kurz nachdem er Pythagoras ermordete, bereits übernatürliche Kräfte und tötete sämtliche Pythagoreer, die er finden konnte. Nur wenigen gelang die Flucht. Danach ging er zu den Priesterinnen des Orakels von Delphi und tötete sehr viele von ihnen. In den damaligen Schriften ist zu lesen, dass es unmöglich war gegen ihn zu kämpfen und ihn zu besiegen. Die Priesterinnen des Orakels, die überlebten, schlossen sich mit den Verbliebenen des Geheimbundes zusammen und tauchten unter.« Er räusperte sich. »Mittlerweile leben die Priesterinnen auf einer verborgenen Insel und wir Pythagoreer haben einen sicheren Ort gefunden, an dem Nathaniel uns nicht so schnell finden kann.«

»Aber sollte er uns finden«, sagte Phyrron, »sind wir darauf vorbereitet.«

»Dank Ted konnten wir einiges über die Schwachstellen von Nathaniel und seinen Elementaren herausfinden, aber es reicht nicht, um ihn zu besiegen«, schaltete Zenon sich wieder ein. »Er ist immer noch zu mächtig. Doch mit dem Phönix-Elementar an unserer Seite haben wir endlich wieder eine Chance.«

Effie drückte sich auf die Schläfen, als würde das helfen, die vielen Informationen, die soeben auf sie eingeprasselt waren, besser zu verstehen.

Zenon zögerte, dann sagte er: »Niemand hätte es für möglich gehalten, dass es neben Pythagoras noch einen anderen Elementar geben könnte. Aber Nathaniel hat einen Weg gefunden. Und mittlerweile ist es nicht mehr nur Nathaniel. Er hat einen Weg gefunden, immer neue Elementare zu erschaffen, die nicht nur sehr lange leben, sondern auch über magische Fähigkeiten verfügen. Wir glauben, dass Nathaniel durch das Töten der Phönix-Elementare neue Elementare erschafft.«

Effie sah zu Eden und dann wieder zu Zenon. »Nathaniel verfügt über ein Elixier, das einen Menschen verwandeln kann. Ich habe bereits einen Tropfen davon getrunken, war aber nur drei Wochen ein Elementar.« Sie sah fragend zu Eden. »Er verwandelt euch doch mit dem Elixier, oder nicht? Und ihr seid fast alle über hundert Jahre alt.«

»Und sogar älter«, korrigierte sie Kritias und es schien, als blitzten seine bernsteinfarbenen Augen kurz auf.

»Ja, wir wissen allerdings nicht, wie er das Elixier herstellt«, sagte Zenon. »Dank Theodoros und Aria haben wir es geschafft, uns bei Nathaniel einzuschleichen und einiges in Erfahrung bringen zu können. Wir wissen, dass er das Elixier einem Menschen über mehrere Wochen intravenös einflößt, bis dieser vollends verwandelt ist. Genau das hat er bei Theodoros gemacht.«

Wieder sah Effie zu Eden und holte sich Bestätigung durch sein kaum erkennbares Nicken.

»Nur, woraus dieses Elixier besteht, das konnten wir bisher nicht herausfinden.« Seine klaren Augen blieben an Eden haften.

So lange, bis dieser sagte: »Da kann ich Ihnen leider auch nicht weiterhelfen. Diese Informationen hält Nathaniel geheim.«

Zenons Blick zufolge schien er Eden nicht zu glauben, aber er ging nicht weiter darauf ein. »Erst seit ungefähr 150 Jahren wissen die Pythagoreer von der stetigen Wiedergeburt des Phönix-Elementars. Bis unsere Vorgänger erfuhren, dass Nathaniel den immer wiederkehrenden Phönix-Elementar ermordet, hat es weitere Jahre gedauert, und erst vor 42 Jahren fanden wir endlich heraus, wie er den neuen Phönix aufspürte – mit dem Stein, den er Pythagoras gestohlen hatte. Dem Phönix-Ei. Wir haben mehrere Male vergeblich versucht, uns bei Nathaniel einzuschleichen, bis Ted es endlich geschafft hat. Aria, sie war eine Priesterin des Orakels, ist dabei leider gestorben, aber jetzt, mehr als tausend Jahre später, haben wir den Phönix-Elementar endlich wiedergefunden.« Er bedachte Effie mit einem Lächeln, als hätte ein Vater seine verlorene Tochter wiedergetroffen. »Es ist an der Zeit, Nathaniel zu besiegen und endlich das *goldene Zeitalter* einzuleiten. Viel zu lang musste die Menschheit darauf warten. Doch wir haben nie aufgehört, daran zu glauben, dass es geschehen wird, und nun, da wir dich gefunden haben, Eva, bevor Nathaniel dich töten konnte, stehen große Veränderungen bevor.« Er nahm sein Glas Wasser und trank es aus.

Effie tat es ihm nach und nahm einen großen Schluck ihrer Maracujaschorle. Obwohl sie kaum geredet hatte, fühlte sich ihr Mund trocken an.

»Zu unserem und deinem Glück bist du noch ein Mensch, aber Nathaniel weiß, dass dein 21. Geburtstag in unmittelbarer Nähe ist. Bisher hat er den Phönix-Elementar immer erst nach seiner Verwandlung töten und sich den Leichnam dann bringen lassen, ist das richtig?« Zenon sah zu Eden, der, ohne seinen Blick zu erwidern, nickte.

»Also können wir davon ausgehen, dass er erst nach deinem 21. Geburtstag den Versuch unternimmt, dich zu töten. Deshalb wollen wir dich an einen sicheren Ort bringen, einen Ort, an dem Nathaniel dich nicht finden kann.« Er machte eine kurze Pause. »Hier bist du nicht mehr sicher«, sagte er dann. »Seine Elementare sind längst in der Stadt.«

»Sie sind aber nicht hinter Effie her«, schaltete Eden sich nun ein. »Sie wissen nicht einmal, dass sie der Phönix-Elementar ist. Außer, Ted hat es ihnen erzählt.«

»Sie wissen es *noch* nicht«, korrigierte Zenon Eden.

Edens Kiefermuskeln spannten sich an, aber bevor er noch etwas dazu sagen konnte, wandte sich Zenon schon wieder Effie zu. »Je früher du von hier verschwindest, umso sicherer bist du«, sagte er mit Nachdruck. »Du bist noch sehr jung, und vermutlich verliebt, und du machst den Eindruck, als seist du dir nicht darüber bewusst, in welcher Gefahr du dich befindest. Seien wir ehrlich, auch wenn dieser Mann sich geändert zu haben scheint«, er zeigte auf Eden, »ist er immer noch dieselbe Person, die bereits mehrere Phönix-Elementare getötet hat.«

»Ich will sie schützen«, knurrte Eden mit zusammengebissenen Zähnen.

Zenon beugte sich vor. »Gut. Dann solltest du auch das Richtige tun und sie mit uns gehen lassen.«

Warum glaubten eigentlich immer alle, dass sie sich der Gefahr nicht bewusst war? Als ob sie das Ganze hier auf die leichte Schulter nahm. Ganz im Gegenteil, sie war sich durchaus darüber im Klaren, dass bald Veränderungen auf sie zukamen, die sie nicht mehr rückgängig machen konnte. Und Nathaniel war der Letzte, dem sie über den Weg laufen wollte, und vielleicht Greta. Nach einem weiteren Zusammentreffen mit ihr sehnte sie sich auch nicht besonders. Nur, weil sie nicht in dieses kryptische Gerede einstieg, hieß das noch lange nicht, dass sie leichtsinnig war.

»Und wer garantiert ihr, dass sie bei euch sicher ist?«, fragte Eden. »Hast du nicht gerade erzählt, Nathaniel hätte es schon einmal geschafft, einen Phönix-Elementar in eurem Kreis zu töten? Und zu der Zeit war er sogar noch ein Mensch.«

»Das ist nicht vergleichbar«, empörte sich Phyrron. »Pythagoras und der Geheimbund wurden in einen Hinterhalt gelockt.«

»Schon gut, wir wollen jetzt doch nicht emotional werden«, ging Zenon dazwischen. »Uns ist durchaus bewusst, dass du eine solche Entscheidung nicht sofort treffen kannst, Eva. Aber ich bitte dich, im Namen der Pythagoreer und im Namen aller Phönix-Elementare, die bereits mit ihrem Leben bezahlen mussten, denke darüber nach. Dir und auch uns bleibt nicht mehr viel Zeit. Seit mehr als tausend Jahren warten wir auf den Zeitpunkt, an dem der Phönix-Elementar zu uns zurückkehrt und seinen Platz wieder einnimmt. Wir bieten dir nicht nur unsere Freundschaft und unsere Loyalität, sondern auch unseren Schutz.«

»Euren Schutz?«, fragte Eden spöttisch, lehnte sich in seinem Stuhl zurück und verschränkte die Arme vor der Brust.

Aber Effie hatte genug gehört. Sie musste diese Informationen erst einmal verarbeiten. Schnell stand sie auf und sagte: »In Ordnung. Ich werde über Ihr Angebot nachdenken.« Noch während sie sprach, merkte sie, wie merkwürdig sich das anhörte. So, als ob sie über einen Autokauf sprachen. Auch Eden erhob sich langsam.

»Wann wirst du uns deine Entscheidung mitteilen?« Zenon und die anderen drei standen ebenfalls auf.

»Sie wird Ted anrufen, wenn sie so weit ist.« Schützend legte Eden seinen Arm um sie.

Zenons Mund öffnete sich, als wollte er widersprechen, doch in letzter Sekunde entschied er sich um und nickte stattdessen.

***

Wieder zu Hause setzte Effie sich mit dem Laptop neben Eden auf die Coach und tippte den Begriff »Pythagoreer« ein. Und tatsächlich, obwohl sie zuvor noch nie etwas von diesen Leuten gehört hatte, fanden sich dazu viele Einträge.

»Den Namen Pythagoras kenne ich nur aus dem Mathematikunterricht«, sagte sie zu Eden, während sie den Text überflog. »Aber es scheint diese Leute tatsächlich gegeben zu haben. Hier steht auch etwas von einem Geheimbund, der es sich zur Aufgabe gemacht hatte, alles, was in Unordnung geraten ist, wieder zurück in seine natürliche Ordnung zu bringen.« Effie las weiter. »Die Umsetzung schien aber nicht immer friedlich verlaufen zu sein.«

Viele Links bezogen sich nur auf Kybernetik und Geometrie. Über einen Phönix konnte sie nichts finden. Ebenso wenig tauchte der Begriff »Elementar« auf. Nur eine Verbindung des Pythagoras zu dem Orakel von Delphi wurde beschrieben und an einer anderen Stelle hieß es, dass Pythagoras von vielen seiner Anhänger als gottähnlich betrachtet wurde. Außerdem war die Rede von einer Seelenlehre. Die Pythagoreer gingen von der Unsterblichkeit der Seele aus und unterschieden dabei nicht zwischen einer Menschen- oder einer Tierseele.

»Ach, schau mal an«, sie musste etwas schmunzeln, als sie einen weiteren Abschnitt las. »Unüblich für die damalige Zeit, waren auch Frauen in der Bewegung aktiv«, las sie vor. »Sehr fortschrittlich diese Pythagoreer, findest du nicht?«

Aber Eden reagierte nicht. Er schien mit den Gedanken ganz woanders zu sein. Effie las weiter. Die Pythagoreer hatten ein ganz besonderes *Freundschaftsideal*. Angetrieben von dem Mythos des paradiesischen *goldenen Zeitalters* folgten sie dem Ideal universaler Freundschaft und Harmonie in der Welt. Nach diesem Ideal lebten sie schon in ihrem gegenwärtigen Leben, denn nur so kamen sie ihrem Ziel näher. Loyalität galt als der höchste Wert bei ihnen.

»Hast du schon einmal von der Legende von Damon und Phintias gehört?«, versuchte sie, Eden erneut aus seinen Gedanken zu holen. Er sah sie an, als hätte er ihre Stimme wahrgenommen, aber nicht gehört, was sie gesagt hatte. Einen Moment später schüttelte er seinen Kopf. Es hatte wohl etwas gedauert, bis ihre Worte zu ihm durchgedrungen waren.

»Einer Legende nach«, sagte sie daher, »belächelte der damalige Tyrann, Dionysios der Zweite, die legendäre Freundestreue der Pythagoreer. Er hielt sie für bloße Angeberei und wollte das beweisen. So beschuldigte er den Pythagoreer Phintias, an einer Verschwörung beteiligt zu sein, und verurteilte ihn zum Tode. Er erlaubte ihm jedoch, vor seiner Hinrichtung noch seine persönlichen Angelegenheiten in Freiheit zu regeln. Allerdings nur unter der Bedingung, dass sein Freund Damon hingerichtet werden würde, sollte er nicht vor dem Sonnenuntergang zurück sein. Der zurückgelassene Damon wurde verspottet, Dionysios sagte ihm, dass Phintias fliehen würde und er an seiner statt sterben müsse. Doch kurz vor Sonnenuntergang kehrte Phintias zurück. Dies beeindruckte den Tyrannen so sehr, dass er beide freiließ und darum bat, in ihren Freundschaftsbund aufgenommen zu werden.« Sie blickte von ihrem Laptop auf. »Interessant, oder?«

»Ja«, murmelte Eden. »Freundschaft, Loyalität ... Nathaniel wirft auch oft mit diesen Worten um sich. Aber ich habe mittlerweile erkannt, dass Loyalität auf Gegenseitigkeit beruht, und ich glaube, Nathaniel hat ein ganz anderes Bild davon.« Wieder kaute er nachdenklich auf seiner Unterlippe herum. »Ich frage mich, ob diese Pythagoreer ihr Ideal auch so umsetzen wie in dieser Geschichte.«

Effie überflog die weiteren Zeilen. Über Pythagoras wurde immerzu in hohen Tönen gesprochen. In manchen Quellenangaben war Pythagoras einer der wichtigsten griechischen Philosophen. In anderen wurde er als Guru bezeichnet, der weniger Wert auf die Wissenschaft legte, sondern vielmehr auf die mystische Zahlenlehre und esoterische Forschungen. Jedenfalls war Pythagoras ein sehr einflussreicher Mensch gewesen.

»Hier steht, sie hätten massiv in die Politik eingegriffen und es sei zu gewaltsamen Auseinandersetzungen gekommen. Dabei wurden viele Pythagoreer getötet. Und hör mal, was hier steht: Um in den Bund der Pythagoreer aufgenommen zu werden, mussten die Anwärter Gehorsam, Verschwiegenheit, Enthaltsamkeit und Bescheidenheit beweisen und sie durften kein Tier töten, außer es griff sie an. Und dann tötete Pythagoras einen Phönix? Das ist doch mehr als widersprüchlich.« Sie wurde einfach nicht schlau aus diesen Leuten. Ihr Vorhaben, Friede in die Welt zu bringen, war doch mehr als vorbildlich. Aber es schien ihnen nicht so leichtzufallen, nach ihren eigenen Vorsätzen zu leben ...

»Krass!« Effie hatte eine neue Seite geöffnet und war auf eine weitere Quelle gestoßen. »Sie ertränkten auf Pythagoras' Befehl hin ein Mitglied, einen sogenannten Hippasos, nur, weil er eine geometrische Berechnung von Pythagoras widerlegte. Wo bleibt da denn das Recht auf Meinungsfreiheit?«

»Das ist die Frage.« Edens Kieferknochen spannten sich an. Dann legte er ihr seinen Arm um die Schultern und zog sie zu sich heran, um mit ihr auf den Bildschirm zu schauen.

Sie öffnete den nächsten Link und stockte. »Oder vielleicht auch nicht ...« An dieser Stelle hieß es, Hippasos wäre nur tödlich im Meer verunglückt. »Na ja, keine Ahnung, was davon stimmt.« Sie runzelte die Stirn und las weiter. »Offenbar war das Ertränken von Mitgliedern gang und gäbe, wenn einer seinen ›Schwur der Verschwiegenheit‹ oder ein anderes Gesetz des Geheimbundes gebrochen hatte.«

Zugegeben, diese Allverbundenheit, die die Pythagoreer vorgaben zu leben, war ziemlich widersprüchlich, wenn man von Weltfrieden aller Menschen und Tiere sprach, aber gleichzeitig tötete. Effie wurde nicht schlau aus diesen Leuten. Und Eden schien es ähnlich zu gehen.

»Wollen wir uns nicht einfach einen abgelegenen Ort suchen, wo wir uns verstecken?« Seine Stimme klang hoffnungsvoll, obwohl er selbst an seinem Vorschlag zu zweifeln schien.

»Und dann?«, sie setzte sich auf, um ihn besser ansehen zu können. »Warten wir ab, bis Nathaniel uns findet?«

Er setzte sich ebenfalls auf und fuhr sich durch die Haare, als wüsste er genauso gut wie sie, dass seine Idee völlig abwegig war. Vermutlich suchte er nach einer alternativen Lösung. Doch die gab es nicht.

»Du hast Recht«, sagte er dann.

Er traute den Pythagoreern nicht. Und sie war auch skeptisch. Andererseits wollte der Geheimbund sie im Gegensatz zu Nathaniel schützen.

»Wir sollten Vespa besuchen«, sagte Eden plötzlich.

»Meinst du wirklich, dass das eine gute Idee ist?« Sie band ihren Zopf neu, der sich gelöst hatte. » Ich habe Vespa ihre Kräfte genommen. Sie ist ein Mensch. Wahrscheinlich redet sie nicht mal mit uns.«

»Bei ihr bin ich mir hundertprozentig sicher, dass sie Nathaniels Untergang will. Wir könnten uns mit ihr verbünden. Niemand kennt Nathaniel besser als sie. Und«, er holte Luft, »sie kann uns vielleicht mehr über die Pythagoreer verraten.«

Effie hatte Nathaniel nie zum Feind haben wollen. Aber er wollte sie töten. Wahrscheinlich war es klug, sich mit all denjenigen zusammenschließen, die sich gegen ihn stellten. Sie wusste nicht mehr, was richtig oder falsch war. Wenn Eden es für das Richtige hielt, dann …

»Okay. Lass uns zu Vespa gehen.«

Manchmal musste man einem Menschen noch eine Chance geben.

In der Psychiatrie

An Effies Krankenhausphobie hatte sich immer noch nichts geändert. Allein der Geruch, der ihnen entgegenschlug, als sie die Eingangstür passierten, ließ in ihr ein Übelkeitsgefühl aufsteigen. Dabei war es nicht einmal ein richtiges Krankenhaus. Die Ärzte, die hier in weißen Kitteln herumliefen, waren Psychiater. Zumindest größtenteils.

Die Psychiatrie, in der Vespa untergebracht war, lag außerhalb von Jork. Die Fahrt hierher hatte eine Dreiviertelstunde gedauert. Je näher sie ihrem Ziel kamen, umso nervöser wurde Effie. Ob Vespa sich in der Zeit hier verändert hatte? Würde sie auf Effie losspringen, wenn sie sie sah? Eher unwahrscheinlich ... Eden hatte ihre Erinnerungen verändert. Vermutlich konnte Vespa sich nicht mal an sie erinnern. Dennoch, das mulmige Gefühl in ihrer Magengegend wollte nicht verschwinden. Doch eines stand fest. Sie bauten auf Vespas Hilfe. Was, wenn sie ihnen keine Informationen geben wollte?

Die Rezeptionistin blickte auf, als Effie und Eden an den Tresen kamen. »Ja?«

Eden übernahm das Sprechen. »Wir wollen eine Freundin besuchen.«

Zwei Männer und zwei Frauen in weißen Kitteln, eine von ihnen eine Kladde in der Hand haltend, liefen an ihnen vorbei und steuerten auf den Fahrstuhl zu.

»Zu wem wollen sie denn?«

Eden wartete einen Moment, bis die Ärzte im Aufzug verschwanden und die Türen sich schlossen. Dann beugte er sich hinunter zu der alten Dame und begann, leise auf sie einzureden. Effie behielt die Umgebung im Auge, aber außer einem Patienten, der vor der Tür rauchte, war niemand in der Nähe. Nach kurzer Zeit ließ Eden wieder von der Frau ab.

Mit glasigen Augen blätterte sie in ihrem Terminkalender herum. »Stimmt, wir hatten telefoniert«, murmelte sie vor sich hin. »Das tut mir wirklich leid, dass ich Ihren Besuch nicht eingetragen habe. Ich rufe einen Arzt, der Sie zu Janine Meyer bringt.«

Effie runzelte die Stirn, aber sie brauchte ihre Frage nicht aussprechen.

»Vespa hat einen anderen Namen angegeben«, flüsterte Eden. Stimmt, das hatte er erwähnt. »Sonst hätte Nathaniel sie schnell gefunden. So viele Vespa Delivas gibt es hier in der Gegend bestimmt nicht.«

»Frau Meyer befindet sich auf der geschlossenen Station«, sagte die Rezeptionistin, nachdem sie einen Blick in ihren Computer geworfen hatte. »Die finden Sie im fünften Stock. Bitte nehmen Sie den Aufzug. Ich gebe Bescheid, dass Sie kommen, dann werden Sie dort abgeholt.«

***

Wie angekündigt wurden sie von einem Pfleger empfangen, als sie den Fahrstuhl im fünften Stock verließen. *Manuel Günther* stand auf seinem Namensschild.

»Ich muss Sie leider enttäuschen«, sagte Herr Günther, ohne sie zu begrüßen. »Unangekündigt können wir keinen Besuch empfangen. Ich verstehe nicht, warum Ihnen das an der Information nicht mitgeteilt wurde.«

Der Pfleger hielt die Fahrstuhltür offen und wollte sie wieder nach unten komplimentieren, aber Eden nahm ihn sich zur Seite. In gewohnter Manier redete er auf ihn ein und kurz darauf führte Herr Günther sie den Gang entlang.

Sie kamen an einem Wartezimmer vorbei und mussten dann vor einer Glastür warten. Herr Günther trug einen dicken Schlüsselbund bei sich und öffnete nun die Tür mit einem der Schlüssel. Wieder liefen sie einen langen Flur entlang. Hin und wieder schmückte ein Bild die kahle Tapete. Die hohen Wände hatten etwas Beengendes. Vielleicht lag es aber auch einfach daran, dass der Pfleger die Tür hinter ihnen wieder abgeschlossen hatte. Sie war wirklich froh, Eden an ihrer Seite zu haben.

Sie passierten die dritte Tür und betraten einen Warteraum.

»Setzen Sie sich bitte noch einen Moment.« Herr Günther wies mit einem Handzeichen auf die Sitzbank. Während Eden ungeduldig seine Hände rieb und stehen blieb, ließ sie sich langsam auf einen der gepolsterten Plätze sinken.

Hinter der Panzerglasscheibe, durch die der Pfleger verschwunden war und die zum geschlossenen Bereich der psychiatrischen Station führte, fing jemand an zu schreien. Mehrere Ärzte und Krankenhelfer stürzten los, um eine Frau zu bändigen, die mit Händen und Füßen auf einen anderen, viel kleineren Patienten einschlug.

Effie besuchte das erste Mal in ihrem Leben eine Psychiatrie. Und dann ausgerechnet, um mit Vespa zu sprechen, die wegen ihnen hier war. Taten sie das gerade wirklich? Sie kniff sich kurz in den Arm. Es zwickte und die Stelle an ihrer Haut rötete sich. In Ordnung, sie hatte gerade keinen schrägen Traum, sondern es passierte tatsächlich. Nach den aufwühlenden letzten Tagen konnte der kleine Besuch bei Vespa die Sache jetzt auch nicht mehr viel schlimmer machen.

Die Tür, durch die der Mann verschwunden war, öffnete sich wieder und eine Frau mittleren Alters mit Brille und kurzen grauen Haaren trat zu ihnen ins Wartezimmer. Bevor sie dazu kam, etwas zu sagen, nahm Eden sie sich zur Seite, blickte ihr tief in die Augen und redete auf sie ein. Einen Augenblick später ging er wieder auf Abstand von ihr.

Mit glasigem Blick sagte sie: »Folgen Sie mir bitte.«

Dr. Rosenfeld hatte einen etwas kleineren Schlüsselbund als der Pfleger zuvor. Sie führte sie durch einen weiteren Gang, vorbei an einem Zimmer, in dem mehrere Krankenschwestern und Krankenpfleger saßen, Medikamente in Medikamentendosen füllten, Notizen in Akten schrieben und nebenbei gestresst einen Kaffee tranken.

Irgendwo lachte jemand hysterisch. Im nächsten Moment rannte ein nackter Mann an ihnen vorbei, dicht gefolgt von zwei Pflegern. Erschrocken krallte Effie sich an Edens Arm.

»Wir hatten gestern viele Neuaufnahmen«, erklärte Dr. Rosenfeld. »Deshalb herrscht hier gerade etwas Chaos.«

»Sie kommen«, sagte eine Frau, die immerzu einen Meter vor und wieder zurück lief und dabei die ganze Zeit auf den Boden starrte. »Ja, sie kommen, sie werden euch holen, sie werden uns alle holen, es ist zu spät, sie kommen …«

Dr. Rosenfeld schloss eine weitere Tür auf und führte Eden und Effie in einen hellen kleinen Raum.

»Warten Sie bitte hier. Ich hole Frau Meyer.« Die Psychiaterin schloss die Tür hinter sich und ließ sie allein.

In der Mitte des Zimmers befand sich ein Tisch mit einer orangefarbenen Tischdecke und vier Stühlen, darauf stand ein Seidenblumenarrangement. Effie setzte sich auf einen Stuhl. Eden ging zum Fenster und versuchte, es zu öffnen. »Abgeschlossen«, stellte er fest. Er lehnte sich gegen die Wand, verschränkte die Arme vor der Brust und ließ die Tür nicht aus den Augen.

Einige Minuten später kehrte Dr. Rosenfeld zurück und begleitete eine kleine zierliche Frau hinein. Sie trug einen blauen Jogginganzug. Ihre blonden Haare waren ungekämmt und hingen ihr wild ins Gesicht. Effie musste zweimal hinschauen, bis sie Vespa erkannte.

»Sollte irgendetwas sein, melden Sie sich bitte im Ärztezimmer«, sagte Dr. Rosenfeld noch, bevor sie sie allein ließ.

Vespa blickte kurz zu Effie, aber sie schien sie nicht zu erkennen. Eden hatte gute Arbeit geleistet beim Verändern ihrer Erinnerungen.

Von oben bis unten musterte sie nun Eden. Ihre Lippen verzogen sich. Immer mehr. Und plötzlich lachte sie. Sie warf ihren Kopf in den Nacken und lachte aus tiefster Seele.

Dann setzte sie sich auf einen freien Stuhl, stützte ihre Ellbogen auf dem Tisch ab, legten ihren Kopf in ihre Hände und lächelte Eden mit großen Augen an.

»Ich wusste es«, sagte sie, »ich bin doch nicht verrückt.«

Eden räusperte sich, dann setzte er sich neben Effie und sah Vespa an. »Nein«, er redete mit ruhiger Stimme, »du bist nicht verrückt.«

»Mh«, machte Vespa und beugte sich leicht nach vorn. »Und warum kommst du mich besuchen? Schickt Nathaniel dich?«

Eden schüttelte den Kopf.

»Ich hätte schwören können, dass er seine Elementare wieder auf mich hetzt. Und soll ich dir sagen, warum? Weil ich ihm seinen Stein gestohlen und den Phönix-Elementar gefunden habe.«

»Nathaniels Elementare suchen auch nach dir. Aber ich möchte aus einem anderen Grund mit dir sprechen.«

Triumph blitzte in ihren Augen auf. »Den Phönix-Elementar«, hauchte sie noch einmal, als hätte sie Eden überhaupt nicht zugehört. »Und er hat mich wieder in einen Menschen verwandelt. Ich bin nicht verrückt. Aber ich sitze hier fest und muss mir ein Zimmer mit einer Dame teilen, die die ganze Zeit mit einem Goldfisch spricht.«

»Ich weiß, dass du von ihm wieder in einen Menschen verwandelt wurdest«, sagte Eden.

Vespa sah ihn an. »Woher?«

»Ich war dabei.«

Einen Moment herrschte Stille. Dann sagte Vespa: »Daran kann ich mich nicht erinnern.«

»Weil ich deine Erinnerungen verändert habe.«

In ihren Augen blitzte Erkenntnis auf. Sie lehnte sich zurück und starrte an die Decke.

»Du hast meine Erinnerungen verändert.« Nachdenklich kamen die Worte über ihre Lippen. »Deshalb habe ich kein genaues Bild von dem Phönix-Elementar vor Augen.«

»Was weißt du über den Geheimbund der Pythagoreer?«, wechselte Eden abrupt das Thema.

»Der Geheimbund der Pythagoreer«, wiederholte Vespa. »Wie kommst du denn auf den?«

»Sie sind hier aufgetaucht, um dem Phönix-Elementar zu helfen.«

Vespa sah ihn einen Moment an, als ließe sie seine Worte sacken. Dann lachte sie wieder los. »Das wird ja immer besser.«

»Also kennst du den Geheimbund?« Effie merkte Eden seine Ungeduld an, obwohl er sehr ruhig sprach.

»Ob ich ihn kenne?« Belustigung klang aus ihren Worten. »Selbstverständlich *kenne* ich die Pythagoreer. Ich habe meine gesamte Kindheit bei ihnen verbracht. Meine Eltern waren Mitglieder. Nathaniel hat Pythagoras vergöttert. Zumindest, bis er ihn tötete. Eigentlich dachte ich ja, er hätte den ganzen Bund vernichtet. Bis diese Priesterin vor ein paar Jahren wegen des Steins auftauchte. Ts, ts ... Da hat mein Bruder keine gute Arbeit geleistet.«

»Glaubst du, wir können ihnen trauen?« Dass Eden Vespa fragte, ob er jemandem trauen könnte, fand Effie doch merkwürdig, aber sie hielt sich aus dem Gespräch heraus.

Vespa beugte sich über den Tisch und Eden wich ein Stück zurück. »Schätzchen«, sie schüttelte kaum merklich den Kopf, »*trauen* kannst du niemandem. Sie verfolgen alle ihre eigenen Ziele. Und die Pythagoreer ... sie sind nicht so tolle Menschen, wie sie es vorgeben. Aber dass sie den Phönix-Elementar vor Nathaniel schützen wollen, kann man ihnen glauben. Schließlich beten sie ihn an. Er ist ihr Heiliger – ihr Erlöser.« Sie verdrehte die Augen und es war ihr anzumerken, wie lächerlich sie das fand.

Effie musste husten und lenkte dadurch unwillentlich Vespas Aufmerksamkeit auf sich.

»Wer bist du eigentlich?« Vespa beäugte sie. »Du kommst mir bekannt vor.«

»Sie ist meine Freundin«, antwortete Eden schnell und holte sich Vespas Aufmerksamkeit zurück.

»Deine Freundin? Wie nett?« Sie grinste. »Was sagt denn die liebe Greta dazu?«

»Kannst du uns noch mehr über die Pythagoreer erzählen?«, kam er wieder auf das Thema zurück.

Sie lehnte sich in ihrem Stuhl zurück. »Natürlich. Ich könnte dir eine Menge erzählen. Aber warum sollte ich das tun?«

»Bist du immer noch daran interessiert, Nathaniel zu stürzen?«

Ihre Augen zogen sich misstrauisch zusammen. »Schon möglich ...«

»Dann biete ich dir an, dich hier herauszuholen.«

Effie klappte die Kinnlade herunter. Wollten sie nicht eigentlich nur mit Vespa reden? Was dachte sich Eden denn dabei? Sie konnten ihr nicht vertrauen. Das hatte sie gerade noch selbst gesagt.

Vespa schien ebenfalls irritiert. »Und was soll ich dafür tun? Ich bin nur noch ein Mensch. Da werde ich euch keine große Hilfe sein.«

»Aber du weißt viel«, erwiderte Eden, »über die Pythagoreer und Nathaniel. Keiner kennt ihn besser als du.«

Sie schwieg.

»Vespa«, er beugte sich vor. »Ich möchte, dass du mir hilfst, Nathaniel zu besiegen.«

Wieder herrschte einen Augenblick lang Stille. Nur das Klicken des Sekundenzeigers der Wanduhr war zu vernehmen. Effie wagte nicht mal zu atmen. Wollte Eden das wirklich? Sich mit Vespa verbünden? Der Frau, die er noch vor ein paar Monaten gejagt hatte?

»Habe ich dir dieses Angebot nicht auch schon einmal unterbreitet?«, fragte Vespa und runzelte nachdenklich die Stirn. Aber ohne eine Antwort abzuwarten, sagte sie: »Die Zeiten haben sich geändert. Ich bin wieder ein Mensch. Ich habe ein neues Leben.« Sie machte eine ausladende Handbewegung in Richtung Tür. »Weißt du, wie viele Specksteine ich schon bearbeitet habe? Ich kann euch gleich einmal meine Sammlung zeigen. Ich kann mich hier richtig austoben, Mandalas malen, Ketten basteln, Körbe flechten. Die Einzel-und Gruppentherapie nervt und ich hätte gern ein Einzelzimmer, aber ansonsten ist mein Leben in Ordnung, so wie es ist.«

Effie versuchte, einen spöttischen Unterton in ihrer Stimme herauszuhören. Doch sie fand keinen.

»Ich kann dich hier herausholen«, sagte er. »Gemeinsam können wir Nathaniel besiegen.«

»Und wie stellst du dir das vor? Ich bin schwach. Wenn ich meinem Bruder begegne, bricht er mir das Genick und es ist vorbei. Schneller, als du blinzeln kannst.«

»Wenn es so weit ist ...«, Eden rang mit sich. »Nathaniel hat mein Elixier wieder aufgefüllt. Ich werde es dir geben, wenn ich weiß, dass ich dir trauen kann.«

Sie musterte ihn, als wollte sie prüfen, ob er ernst meinte, was er da sagte. Und Effie fragte sich das auch. Wenn Vespa ihre Kräfte zurückhatte, war sie wieder in der Lage zu manipulieren. War Eden sich darüber im Klaren? Wenn sie Pech hatten, würde sie Eden manipulieren. Und was sollte Effie dann tun?

»Deal?« Vespa hielt Eden ihre zierliche Hand hin, die dringend mal wieder eine Maniküre nötig hatte.

»Deal«, sagte er und schlug ein.

Wichtige Entscheidungen

Es war kein allzu schwerer Akt, Vespa aus der Psychiatrie zu holen. Eden kümmerte sich um alles. Er nahm sich Dr. Rosenfeld zur Seite, die kurz darauf die Entlassungspapiere unterzeichnete. Obwohl das restliche Personal über die Entscheidung ihrer Chefin staunte, sagte niemand etwas. Vespa packte ihre wenigen Sachen in eine abgeranzte Sporttasche. Den Jogginganzug behielt sie an, verabschiedete sich mit einem milden Lächeln von ihrer Zimmernachbarin und folgte ihnen dann hinaus. Als Dr. Rosenfeld die Türen aufschloss und sie nach und nach weiter in Richtung Freiheit schritten, wurde Vespas Gang immer aufrechter. Als würde ihr Selbstvertrauen mit jeder Tür, die sie hinter sich ließ, mehr und mehr zurückkehren.

»Ich wünsche Ihnen alles Gute«, verabschiedete sich Dr. Rosenfeld von Vespa, als sie in den Fahrstuhl stiegen. »Danke schön.« Die Türen schlossen sich und Vespa lehnte sich mit dem Rücken gegen die Wand. »Das kann ich gebrauchen«, murmelte sie leise. Abwartend betrachtete sie die Etagenanzeige, während der Fahrstuhl hinunterglitt. »Ich mochte Dr. Rosenfeld«, sagte sie dann zu ihnen. »Sie war eine nette Ärztin.«

Im Erdgeschoss öffneten sich die Fahrstuhltüren und sie traten heraus, stießen dann aber gegen Eden, der abrupt stehen blieb und sie zurück in den Fahrstuhl schob.

Mit dem Zeigefinger deutete er ihnen an zu schweigen und drückte hastig auf den Knopf für eine andere Etage.

»Vespa Deliva?« hörten sie die Rezeptionistin fragen. »Den Namen habe ich noch nie gehört.«

»Sie muss aber hier sein.«

Die Fahrstuhltüren schlossen sich wieder, aber es reichte, dass Effie noch einen Blick auf die Information erhaschte. Sebastian und Trixi standen dort. Vespa wirkte irritiert und ihre Wangen hatten sich plötzlich rot gefärbt. Keiner von ihnen sagte etwas. In der dritten Etage stiegen sie aus. Eden ging zum Fenster und sah hinaus auf den Parkplatz. »Verdammt«, fluchte er leise.

»Kann ich Ihnen helfen?« Ein älterer Herr mit Brille und einem weißen Kittel trat gerade durch die Glastür, die in die Etage führte.

»Nein«, brummte Eden, hielt dann aber inne. »Vielleicht können Sie uns doch helfen.« Er zog sein Smartphone aus der Hosentasche, tippte etwas ein und wartete ab. Dann, ehe der Arzt sich versah, hatte er ihn an sich gezogen, blickte ihm tief in die Augen und redete beschwörend auf ihn ein. Als er wieder von ihm abließ, stieg der Arzt in den Fahrstuhl. Eden lehnte sich an das Fenster und beobachtete weiterhin den Parkplatz. Höchstens drei Minuten später verließen Trixi und Sebastian das Krankenhaus, stiegen in ihren Wagen und fuhren davon.

»Er hat ihnen erklärt, dass er ganz vergessen hätte, die Rezeption über die Verlegung von Vespa Deliva vor zwei Tagen in die Schlosspark-Klinik in Berlin zu informieren, was er nun gerade nachholen wollte. Wie es aussieht, hat es funktioniert.« Er hielt sein Smartphone hoch, auf dessen Bildschirm die Adresse der Klinik angezeigt wurde. »Ein Hoch auf die moderne Technik.«

Als sie erneut den Eingangsbereich betraten, durchwühlte die Rezeptionistin gestresst einige Papiere und auf ihrem Dekolleté bildeten sich hektische Flecken. Die Arme.

Irgendwie hatte Effie damit gerechnet, dass Vespa versuchen würde wegzulaufen, sobald sie die Psychiatrie verließen. Aber das tat sie nicht. Sie folgte ihnen zum Auto und setzte sich wortlos auf die Rückbank. Aus ihrer Tasche zog sie einen Speckstein, den sie zu einer Schlange bearbeitet hatte. Sie war wirklich schön geworden. Liebevoll streichelte sie mit dem Daumen darüber, während sie mit den Gedanken abzuschweifen schien. Mit silbrigem Blick sah sie aus dem Fenster, als Eden die Tür für sie schloss.

»Wie konnten sie Vespa hier finden?«, fragte Effie, als sie vom Parkplatz fuhren.

»Eden hat mich doch auch gefunden«, sagte Vespa. Er nickte. »Ganz so schwer war es tatsächlich nicht. Wenn sie sich die Zeitungen der letzten Monate vorgenommen haben, was ich vermute, dann werden sie einige Artikel über eine Verrückte finden, die behauptet, Superkräfte zu haben und in einer nahe gelegenen Psychiatrie untergebracht wurde.«

»Dass immer alles sofort in der Zeitung gedruckt werden muss.« Vespa verschränkte die Arme und presste sich gegen die Rückbank.

An der nächsten roten Ampel nahm Eden Effies Hand und gab ihr einen flüchtigen Kuss. Vespa beugte sich nach vorn. »Bekomme ich auch einen Kuss?«

Effie mussten ziemlich verwirrt aussehen, denn Vespa begann augenblicklich zu lachen. »Ihr beiden seid ja schrecklich! Händchenhalten, Knutschen ... Wenn ich gleich noch Kosenamen höre, fange ich an zu schreien! Bitte verschont mich mit eurem Herumgeturtel.«

Sie legte den Kopf schräg und musterte Effie ausgiebig. »Seit wann kennt ihr beiden euch?«, fragte sie.

»Seit vier Monaten«, antwortete Effie.

»Seit vier Monaten«, wiederholte Vespa. Ihr Mund verzog sich zu einem Grinsen und sie sah zu Eden. »So kurze Zeit und du bist Feuer und Flamme für dieses Mädchen? Du wendest dich ganz plötzlich von Nathaniel ab und willst den Phönix-Elementar schützen? Lass mich raten«, sie kam ihm so nah, dass ihre Wange seine streifte. »Sie ist es.« Kaum merklich nickte sie in Effies Richtung. »Sie ist der Phönix-Elementar.«

Weder Eden noch Effie antworteten. Doch Vespa schien ihre Antwort auch ohne Worte bekommen zu haben. Zufrieden lehnte sie sich zurück und sagte: »Gott, bin ich gut.«

***

»Wo schlafe ich?«, fragte Vespa, sobald sie die Wohnung betrat. Eden führte sie zum Gästezimmer.

»Ein eigenes Zimmer?« Ihre Augen glänzten wie die eines kleinen Mädchens. Und für einen Augenblick wurde Effie richtig warm ums Herz. Dass man Vespa mit so einer Kleinigkeit solch eine Freude bereiten konnte ... Sofort lief sie ins Zimmer, schüttete ihre Tasche auf dem Bett aus und durchwühlte ihre Sachen, bevor sie im Badezimmer verschwand.

Erschöpft ließen Eden und Effie sich auf die Couch sinken.

»Ich hoffe, das war die richtige Entscheidung.«

Das hoffte Effie auch. Sie griff sich die Schale mit Schokonüssen, die auf dem Wohnzimmertisch stand, und schob sich gedankenverloren eine davon in den Mund. Jetzt war Vespa noch ein Mensch und vielleicht nicht berechenbar, aber auch nicht besonders gefährlich. Doch Eden hatte ihr das Elixier versprochen. Was bedeutete: Vespa würde sich verwandeln und ihre manipulativen Kräfte zurückbekommen.

Als hätte er Effies Gedanken gelesen, sagte er: »Es ist nur ein Tropfen des Elixiers. Ihre Kräfte werden sich nicht vollends entwickeln. Du weißt doch, wie es bei dir war.«

»Aber ich wusste nicht, was meine Kräfte sind«, entgegnete sie. »Vespa kennt ihre.«

»Trotzdem«, Eden schüttelte den Kopf, »sie war mehr als tausend Jahre ein Elementar. Ihre ausgeprägten Kräfte werden nicht durch einen Tropfen des Elixiers zurückkommen. Aber sie wird stärker sein. Und das ist wichtig, wenn wir auf Nathaniel treffen. Denn sie hat Recht ... Als Mensch ist sie für ihn leichte Beute.«

Vielleicht war Edens Entscheidung ja wirklich die richtige gewesen. Wenn eines stimmte, dann, dass es niemanden gab, der Nathaniel besser kannte als Vespa. Blieb die Frage, was der Geheimbund gegen einen Mann anrichten wollte, der nicht nur über übermenschliche Fähigkeiten verfügte, sondern auch über unzählige magische Kräfte. Je mehr Leute sie gegen Nathaniel auf ihrer Seite hatten, umso größer wurden ihre Chancen, ihn zu besiegen.

»Ja, es ist bestimmt die richtige Entscheidung.« Sie wollte die Schüssel mit den M&M‘s wieder zurück auf den Tisch stellen, aber er nahm sie ihr aus der Hand und suchte sich die grünen heraus. Sie schmunzelte. Das machte er immer. Nur die grünen. Dabei schmeckten doch alle gleich. Lächelnd drückte sie ihm einen Kuss auf die Wange. Überrascht sah er sie an, stellte die Schale dann aber zur Seite und zog sie zu sich auf den Schoß.

Als er sich über sie beugte und ihr Herz wieder schneller zu schlagen begann, sah sie im Augenwinkel einen Schatten auf der Terrasse. Langsam blickte sie zur Seite, ohne ihren Kopf dabei zu bewegen. Auf dem Balkon stand jemand. Jemand, den sie nur ein paar Stunden vorher gesehen hatte. Es war nicht einfach dorthin zu gelangen, denn sie wohnten im zweiten Stock.

»Eden«, flüsterte sie, »Ted steht auf dem Balkon.«

Eden versteifte sich und blickte an ihr vorbei.

»Kannst du ihn sehen?«, fragte sie so leise und unauffällig wie möglich.

Fast unmerklich schüttelte er den Kopf.

»Ich kann dich hören, Effie.« Plötzlich stand Ted neben ihr. »Du solltest doch eigentlich wissen, dass das Gehör von Elementaren ziemlich gut ist. Oder hast du das schon wieder vergessen?«

In der nächsten Sekunde huschte Eden wie ein Blitz unter Effie weg und rang Ted zu Boden, bis er auf ihm kniete.

»Du bist gut, Eden.« Ted grinste. Edens Blick veränderte sich, als er seinen Unsichtbarkeitszauber ablegte.

»Ich bin nur gekommen, um nachzuhorchen, ob ihr schon eine Entscheidung getroffen habt.«

»Und dazu hättest du nicht ganz gewöhnlich an der Tür klingeln können?«

Ted grinste schief und schob Eden von sich herunter.

»Die Zeit rennt uns davon. Ich war gerade in der Villa. Die anderen Elementare sind längst eingetroffen.« Vielen Dank für die Information … das hatten sie auch schon herausgefunden.

»Sie nutzen tatsächlich die Villa als Quartier?« Eden ließ endgültig von ihm ab und setzte sich zurück aufs Sofa.

»Aber sie verhalten sich unauffällig. Gehen nicht durch die Haustür nach draußen, sondern nur über den Hinterhof, lassen kein Licht brennen und machen keinen Lärm.«

»Tatsächlich?« Eden runzelte die Stirn. »Ist Choi nicht dabei?«

»Choi ist der Einzige, dem diese Situation zu schaffen macht. Aber bis jetzt reißt er sich zusammen.«

»Wie hast du herausgefunden, dass Effie der Phönix-Elementar ist?«, wechselte Eden das Thema.

Ted setzte sich auf den Sessel gegenüber der Couch.

»Ich habe von Anfang an gemerkt, dass sie mich sehen kann, während ich unsichtbar war. Da ich damit rechnete, dass du meine Erinnerungen verändern wirst, habe ich es mir auf den Arm geschrieben. Zumindest denke ich, dass ich es mir deshalb auf den Arm geschrieben habe.« Er wirkte etwas nachdenklich. »Jedenfalls stand nach dem Kampf auf dem Schiff auf meinem Arm: Effie ist der Phönix-Elementar.«

Lange sahen sie sich wortlos an. Aus dem Badezimmer drang das Rauschen der Dusche. Vespa war schon seit einer halben Stunde darin verschwunden.

»Und wie hast du es geschafft, dich bei Nathaniel einzuschleichen?«, brach Eden das Schweigen.

Ted räusperte sich. »Die Geschichte könnte etwas länger dauern.«

»Wir haben heute nichts mehr vor.« Eden wartete, dass Ted begann.

Ted schien mit sich einen inneren Pro- und Kontra-Dialog auszufechten. Nach etwa einer Minute seufzte er und sagte: »Wie du weißt, bin ich noch nicht allzu lange unter euch.« Er blickte Eden kurz an. »Dieses Jahr ist mein 30. Lebensjahr als Elementar. Und Nathaniel hat mich nicht zufällig entdeckt, wie er es bis heute glaubt, sondern durch Hilfe des Geheimbundes. Über mehrere Jahre versuchte ich vergeblich herauszufinden, wo Nathaniel den Phönix-Stein aufbewahrte, aber ich kam einfach nicht voran. Deshalb sandte uns das Orakel von Delphi eine seiner Priesterinnen, die mir helfen sollte. Sie war hochsensibel und konnte die Kraft des Steins fühlen. Ich und ein Schutzbann, den die Priesterinnen über sie gelegt hatten, sollten ihr helfen, den Stein zu holen.«

Wie immer, wenn das Gespräch auf die Priesterin kam, versteifte Eden sich. Nervös knetete er seine Hände und starrte auf den Boden.

»Warum möchtest du den Stein haben?« Eine plötzliche Panik überkam Effie. Eine Panik, die sie zuvor nie gespürt hatte. Der Gedanke, den Stein wieder abgeben zu müssen, ihn wieder zu verlieren ... Das würde sie nicht aushalten. Er gehörte zu ihr. Sie brauchte ihn. Es war, sie konnte es nicht in Worte fassen, es war einfach, als würde er sie immerzu mit Energie auftanken.

Genau mit der Kraft, die sie gerade brauchte. So wie jetzt. Der Stein wurde plötzlich warm und die Wärme drang durch ihren Körper, so dass sie sich entspannte. Er beruhigte sie, jetzt, da sie die Panik überfiel. Sie konnte ihn nicht mehr hergeben!

»Nun benötige ich ihn nicht mehr«, sagte Ted. »Der Stein hätte mir als Wegweiser gedient, um den Phönix-Elementar zu finden.« Er machte eine Pause. »Ich weiß, das ist alles ein bisschen viel auf einmal. Nathaniel hat seine Leute wieder hierhergeschickt. In erster Linie, um Spuren von Vespa zu finden. Aber er ist so auch wieder in deiner Nähe und die Uhr tickt. Es sind nur noch wenige Tage, bis du dich verwandelst. Wir, der Geheimbund der Pythagoreer, können dir helfen, dich auf deine Aufgabe vorzubereiten, bis du in deine volle Kraft kommst, damit du die Aufgabe erfüllen kannst, für die du erschaffen wurdest.«

»Und was soll das für eine Aufgabe sein?«, fragte Eden.

»Wie Zenon schon gesagt hat, der Phönix-Elementar wurde erschaffen, um den dunklen Mächten die Kraft zu nehmen, das Gleichgewicht auf der Erde wiederherzustellen und das *goldene Zeitalter* einzuleiten.«

»Ich kann dieses salbungsvolle Gerede um das *goldene Zeitalter* nicht mehr hören.« Vespa kam in einem rosafarbenen Plüschpulli, einer weißen Leinenhose und einem Handtuch auf dem Kopf, das sie um ihre nassen Haare gewickelt hatte, ins Wohnzimmer. »Das Paradies auf Erden«, spottete sie, »davon hat Nathaniel auch ständig geredet. Es hängt mir zum Hals raus.«

Ted sprang auf. »Was macht sie denn hier?«

Edens entnervtem Blick entnahm Effie, das Ted sich unsichtbar gemacht hatte.

»Habe ich dem guten alten Teddy etwa Angst eingejagt?« Ein triumphierender Ausdruck trat in Vespas Gesicht und sie ließ sich auf den nun freien Sessel sinken, auf dem zuvor Ted gesessen hatte.

»Keine Angst, sie ist kein Elementar mehr. Sie ist nur ein Mensch«, besänftigte Effie ihn.

»Gut, dass du es ansprichst.« Vespa setzte sich in einen Schneidersitz. »Wann bekomme ich mein Elixier?«

»Wenn wir erfahren haben, was wir hören wollen«, sagte Eden, »und wir wissen, dass wir uns Nathaniel stellen müssen.«

»Ich habe dich nicht so naiv in Erinnerung, Eden. Du müsstest doch eigentlich am besten wissen, dass es nie vorhersehbar ist, wann Nathaniel auftaucht.«

»Stopp.« Ted sah von Eden zu Vespa.

»Ah, da ist er ja wieder.« Sie legte den Kopf schräg und setzte ein unschuldiges Lächeln auf.

»Ihr und Vespa, ihr ..., ihr ...« Ted schaffte es nicht, seinen Satz zu Ende zu sprechen.

»Die beiden haben mich gerade aus der Klapse geholt, damit ich ihnen Informationen über die Pythagoreer gebe und mit ihnen gemeinsam gegen Nathaniel kämpfe.« So wie sie es sagte, klang es lächerlich.

Ted blinzelte, als würde ihm das helfen, einen klaren Gedanken zu fassen.

»Aber«, er sah zu Eden und zeigte auf Vespa, »das ist Vespa. Ihr könnt ihr nicht trauen.«

»Das finde ich jetzt schon etwas beleidigend«, sagte sie und verschränkte ihre zierlichen Arme vor der Brust.

»Wir haben keine andere Wahl.« Eden stand auf und ging hinüber zur Kochnische. »Ganz ehrlich, ich traue dir und den Pythagoreern ebenso wenig, aber ich will Effie schützen. Und ich will nicht mehr zurück zu Nathaniel. Nicht mehr sein Lakai sein und morden.« Er atmete tief ein. »Nathaniel wird kommen. Das ist so sicher wie das Amen in der Kirche. Deshalb brauchen wir jeden, der sich mit uns gegen ihn verbündet. Und das seid ihr und auch Vespa. Ob ihr euch versteht oder nicht, ist mir egal.«

Er öffnete den Kühlschrank und nahm eine Flasche Wasser heraus.

»Hast du Wein im Haus?«, rief Vespa.

»Nein.« Eden schloss den Kühlschrank wieder.

»Die Flasche Weißwein von der letzten Pizzabestellung müsste noch da sein«, erinnerte Effie ihn.

»Perfekt.« Vespa grinste. »Ich liebe billigen Wein.«

»Als ob.« Ted ließ sich mürrisch auf den freien Polsterhocker sinken.

Wiederwillig brachte Eden den Weißwein mit und gab jedem ein Glas.

»Und was machen wir jetzt Schönes? Ich bin noch im Therapiemodus. Ha! Und Medikamente bekomme ich auch nicht mehr.«

»Ihr habt ihre Medikamente nicht mitgenommen?«, stutzte Ted. »Die ist doch voll verrückt!«

»Bin ich nicht.« Vespa kippte sich ihr Weinglas randvoll.

»Ted wollte uns gerade erzählen, wie er es geschafft hat, sich bei Nathaniel einzuschleichen«, warf Effie ein.

»Du hast dich bei Nathaniel eingeschlichen?« Vespa schlürfte etwas Wein vom Glas ab, bevor sie es hochhob. »Auf die Geschichte bin ich jetzt aber gespannt.« Sie lehnte sich in den Sessel und schenkte ihm ihre volle Aufmerksamkeit.

Ted schnaubte. Doch schließlich machte es jetzt auch nichts mehr aus, sein Geheimnis zu verraten. Immerhin befanden sie sich alle im Widerstand gegen Nathaniel.

»Der Geheimbund hat mir eine neue Identität erschaffen. Wir wussten, dass Nathaniel erfolgreiche Kriminelle rekrutierte. Also brauchten wir eine Person, die sein Interesse weckte. Ich war schon immer gut darin gewesen, mich zu tarnen, mich unauffällig zu verhalten und wie aus dem Nichts aufzutauchen. Wie konnte man diese Fähigkeiten für illegale Taten nutzen? Ich inszenierte einen der größten Bankraube aller Zeiten. Selbstverständlich mit Hilfe der Pythagoreer. Ihnen gehörte die Bank – also war dies kein allzu großer Akt. Schwieriger war es, Nathaniels Aufmerksamkeit zu erlangen. Also erfanden wir noch ein paar Taten hinzu und gaben dem Ganzen einen Namen.« Ted schmunzelte. »Witzigerweise nannten wir mich den ›Chamäleon-Räuber‹ und gingen damit an die Medien. Eine Woche später stand Nathaniel bei mir vor der Tür. Leider schaffte ich es nicht, meine Aufgabe zu erfüllen. So sehr ich mich bemühte, ich fand den Stein nicht. Aria war besser als ich. Viel besser.« Er schluckte. »Trotzdem … ich bereue jede Sekunde meines Lebens, dass ich sie in sein Reich geschleust habe.« Tränen sammelten sich in seinen Augen.

»Nicht schlecht.« Vespa zog anerkennend die Augenbrauen hoch. »So viel Raffinesse hätte ich dir und dem Geheimbund gar nicht zugetraut.« Ihr schien seine Trauer entweder nicht aufzufallen oder sie interessierte sie nicht.

»Während ich für einen Auftrag Nathaniels Reich für einige Tage verlassen musste, fand Aria den Phönix-Stein. Aber er erwischte sie und … ich war nicht da, um ihr zu helfen.«

Effie umfasste den Stein, nur um sicherzugehen, dass er noch an seinem Platz war.

»Ach so, Aria ist *die Priesterin,* die Nathaniel den Stein stehlen wollte.« Erkenntnis trat in Vespas Augen.

Ted faltete die Hände vor seinem Gesicht und schloss einen Moment seine Augen.

»Nathaniels Reich?«, fragte Effie. Immer wieder redeten sie davon, aber sie verstand nicht, was sie damit meinten. »Besitzt er ein Land?«

»Vor ein paar hundert Jahren hat er, oder besser gesagt, haben wir uns in Kolumbien im tiefsten Regenwald niedergelassen«, erklärte Vespa. »Weit entfernt von Städten und Dörfern. Alle zehn Jahre verirrt sich mal ein Mensch dorthin, das ist nicht so dramatisch. Vorher mussten wir ständig umziehen, um keine Aufmerksamkeit zu erregen.«

»Aber«, Effie sah zu Ted, »wenn ihr doch wisst, wo er sich befindet, warum habt ihr ihn nicht längst angegriffen?«

»Weil wir keine Chance gegen ihn hätten. Er ist zu stark. Wir hoffen, dass es sich ändert, jetzt wo wir dich gefunden haben.«

»Außerdem, selbst wenn du weißt, wo sich sein Reich befindet«, wandte Vespa ein, »heißt es noch lange nicht, dass du hineinkommst.«

»Die Überlebenschancen für einen Menschen sind auch nicht sonderlich hoch«, ergänzte Eden.

»Das stimmt«, sagte Ted und räusperte sich. »Ich habe versucht herauszufinden, wo er das Elixier aufbewahrt und wie er es herstellt, um es den Pythagoreern zu geben. Das würde den Kampf erleichtern. Aber ich tappe immer noch im Dunkeln.« Er wandte sich an Vespa. »Kannst du uns weiterhelfen?«

»Dass alle immer davon ausgehen, ich wüsste, woraus es besteht.« Sie verdrehte die Augen. »Ich habe mich nie sonderlich für seine Experimente interessiert. Weißt du eigentlich, wie viel Zeit Nathaniel in seinen geheimen Kammern verbringt?«

Er nickte. »Das ist mir durchaus aufgefallen. Ich habe versucht, in den verbotenen Bereich vorzudringen. Aber selbst im unsichtbaren Zustand ist es mir nicht gelungen. Er hat zu viele Hindernisse errichtet.«

»Bis eure Priesterin aufgetaucht ist, bin ich nicht mal auf den Gedanken gekommen, mich in die verbotenen Räume zu schleichen«, sagte Vespa. »Erst sie hat meine Aufmerksamkeit auf den Stein gelenkt. Es stimmt, was Ted sagt. Nathaniel hat eine Menge Hürden aufgebaut und mir ist bis heute schleierhaft, wie die Priesterin es geschafft hat, so weit vorzustoßen. Ich konnte diese Räume nur lebend erreichen, weil ich jede Menge Elixier angesammelt hatte, das mich heilen konnte. Die ersten Hindernisse waren noch zu überwinden. Die Elektroschocks werden in einer bestimmten Reihenfolge abgeschossen. Man muss den Rhythmus kennen, dann ist es ganz einfach hindurch zu kommen. Schwierig war der Regen aus Elementargift. Als Letztes muss man sich fünf sehr starken, von Nathaniel regelmäßig manipulierten Elementaren stellen. Die Tür ist nur durch einen Stimm- und Netzhautscan zu öffnen. Ich habe Nathaniels Wachen für mich manipuliert, so merkte er nichts. Dann wartete ich, bis er kam und die letzte Tür öffnete. Ich schlich mich hinter ihm hinein und stahl den Stein.«

Einen langen Augenblick sah Ted Vespa an. »Ich hätte niemals gedacht, dass du dich gegen deinen eigenen Bruder stellst.«

Auch wenn Vespas Augen nicht mehr gelb waren, schaffte sie es, ihn mit ihrem Blick zu durchbohren. »Ich habe es satt, mich seinen tyrannischen Forderungen zu unterwerfen und ein Leben zu führen, das er für mich vorgesehen hat. Ich will frei sein. Da er jetzt seine Elementare auf mich gehetzt hat, bleibt mir nur Wahl, gegen ihn in den Kampf zu ziehen oder mich widerstandslos töten zu lassen«, sagte sie und trank ihr Weinglas in einem Schluck leer. »Mir gefällt die erste Option besser.«

»Ihr habt euch also mit Vespa verbündet?« Es wirkte nicht so, als erwartete Ted eine Antwort auf diese Frage. Dennoch nickten Effie und Eden gleichzeitig und Vespas Mundwinkel zuckten erfreut. »Das bedeutet also«, sagte er zwischen zusammengebissenen Zähnen, »dass Eden und Vespa dich begleiten werden?«

Wieder nickte Effie. Ted gab ein langes Seufzen von sich. »Gut«, sagte er dann. »Ich überlege mir, wie ich es den anderen beibringe.« Dann erhob er sich. »Warum ich eigentlich gekommen bin … Ich wollte besonders dir, Effie, nahelegen, dass uns die Zeit wegrennt. Wir müssen schnell handeln. Es wäre gut, wenn wir spätestens übermorgen aufbrechen. Ist das in Ordnung für dich?«

Fragend sah sie zu Eden. Er nickte. Ihm war es nur lieb, so schnell wie möglich von hier zu verschwinden. Also sagte sie: »Das ist in Ordnung.«

»Gut«, sagte Ted. »Ich rede mit Zenon.« Er öffnete die Balkontür und verschwand im Dunkeln der Nacht.

***

Nachdem Ted gegangen war, hatte sich Vespa mit der restlichen Flasche Wein ins Gästezimmer zurückgezogen und Eden und Effie waren zu Bett gegangen. Das Gespräch mit Ted hatte Effie nachdenklich gemacht. Sie blickte zur Seite. Eden hatte bereits seine Augen geschlossen.

»Eden?«, fragte sie leise.

»Mh«, machte er.

»Schläfst du schon?«

»Jetzt nicht mehr.«

»Nach welchen Kriterien sucht Nathaniel seine Elementare aus?«, hakte sie vorsichtig nach.

Er öffnete seine Augen und musterte sie. »Du meinst, wie er uns rekrutiert?«

Sie nickte.

»Effie«, er rieb sich die Augen, »Nathaniel erwählt keine Helden oder Heilige. Er sucht sich Kriminelle, so wie Ted es gesagt hat.«

Sie wusste nicht so recht, wie sie es ansprechen sollte, aber immerzu geisterte diese Frage durch ihre Gedanken. »Wie war es bei dir? Warum hat er dich ausgewählt?«

Er schnaubte und es dauerte eine Weile, bis er begann zu erzählen. »Ich lebte in London, kam aus armen Verhältnissen, meine Eltern starben, als ich noch ein Kind war. Ich kann mich nicht besonders gut an sie erinnern, nur, dass sie sehr gläubige Menschen waren. Arm und christlich. Nach ihrem Tod wurde ich in einem Waisenhaus untergebracht. Sehr schnell geriet ich in eine Bande. Wir stahlen, vor allem um zu überleben ... Aber nicht nur. Ich habe viele Dinge getan, die ich heute bereue ...« Eden stockte. »Als Nathaniel mich fand, lag ich in einem Verließ. Ich sollte am nächsten Tag hingerichtet werden. Ich war sehr gut darin, auf Menschen einzureden, so dass sie am Ende nicht mehr wussten, was sie eigentlich wollten. Dazu hatte ich schnell gelernt, dass ich mir mein Aussehen zu Nutze machen konnte, um zu bekommen, was ich wollte. Besonders ältere Damen aus höheren Kreisen verfielen meinem Charme. Als ich 18 Jahre alt war, schaffte ich es, bis zur Königin vorzudringen. Dann bestahl ich sie. Diamanten, Gold, Kleider, Geld. Ich wollte England verlassen, weit weg reisen, in der Hoffnung auf ein besseres Leben. Doch bevor das Boot ablegte, kamen die Wachen der Königin und nahmen mich fest. Das Urteil lautete: Tod durch Erhängen. Sie wollten ein Exempel statuieren, für alle Diebe, die in England ihr Unwesen trieben.«

Er machte eine kurze Pause.

»In der Nacht vor meiner Hinrichtung kam Nathaniel in mein Verließ. Er bot mir an, mich zu befreien. Noch dazu versprach er mir ein machtvolles Leben in Reichtum und Fülle, unter der Bedingung, mich ihm anzuschließen.« Er lachte tonlos auf. »Natürlich sagte ich ja. Diese Perspektive war tausendmal besser als der Tod. Nachdem ich ihm das Versprechen gegeben hatte, ihm zu folgen, verwandelte er mich. Dennoch sollte ich am nächsten Tag zur Hinrichtung gehen. Ich war geschwächt durch das Elixier. Du weißt, wie man sich nach so einer Verwandlung fühlt.« Er schluckte. »Ich wurde gehängt. Einen Elementar, auch einen gerade frisch erschaffenen, tötet so etwas nicht, aber die Leute sollten mich für tot halten. Man legte meinen Körper in einen billigen Holzsarg.«

Eden setzte sich auf und verschränkte seine Arme vor der Brust. »Bevor Nathaniel mich wie besprochen in der Nacht holte, befreite ich mich aus dem

Sarg. Mit meinen neuen Kräften und angetrieben von meiner Wut stürmte ich in das Dorf und tötete jeden, der bei meiner Hinrichtung anwesend gewesen war. Jeden, der zugesehen hatte, jeden, der meinen Tod gewollt hatte. Ich rächte meinen Tod. Meine neuen Kräfte gaben mir das Gefühl von Macht und Unsterblichkeit. Ich fiel in einen Rausch. Ich wollte Blut sehen ... Ich tötete nicht mehr aus Rache, sondern nur noch um des Tötens willen. Ich genoss es.«

Sein Blick glitt in die Ferne.

»Ich weiß nicht, wie ich es beschreiben soll, dieses Gefühl, es belebte mich, bereitete mir Glücksgefühle, zumindest für den Augenblick. Und danach ... fühlte ich mich unbesiegbar und mächtig.«

Mit beiden Händen rieb er sich übers Gesicht. Effie setzte sich ebenfalls auf. Die Dunkelheit im Zimmer behagte ihr nicht. Am liebsten hätte sie ein Licht angeknipst, aber sie befürchtete, Eden dadurch zu unterbrechen. Es kostete ihn Überwindung, es ihr zu erzählen, das spürte sie am ganzen Leib. Zu lange wartete sie schon darauf, mehr über ihn zu erfahren. Dass er ihr seine Geheimnisse anvertraute. Dennoch, die Vorstellung, dass er jemanden tötete und dabei Freude empfand ... sie versuchte das Bild vor ihrem inneren Auge zu verdrängen.

»Nathaniel fand mich, bevor ich das Schloss stürmen konnte, und hielt mich auf«, redete Eden weiter. »Ich hatte schon zu viel Aufmerksamkeit erregt.« Er räusperte sich. »Zuvor hatte ich nie getötet. Nicht mal ein Tier. Doch nun hatte ich eine innere Mauer durchbrochen, die mich bisher davon abgehalten hatte. Und genau das war es, was Nathaniel in mir gesehen hatte. Er wusste um meinen Zorn. Und er wusste, was Hass und Rachegedanken aus einem Menschen machten. Von da an tötete ich für ihn. Zwar war es nie wieder so, dass ich diese Mordlust verspürte. Es schenkte mir auch keine Befriedigung, es war einfach nur noch mein Job. Ich diente Nathaniel und dazu gehörte es, Menschen oder Elementare zu vernichten, die unsere Existenz bedrohten. Bis, na, du weißt schon. Den Rest kennst du ja.«

Das war nicht die Gute-Nacht-Geschichte, die sie sich erhofft hatte. Was hatte sie erwartet? Eden hatte seine Gründe, warum er kaum etwas über sich preisgab. Dass er schreckliche Dinge in seiner Vergangenheit getan hatte, war ihr ebenfalls bewusst. Das Wichtigste war doch, dass er sich geändert hatte: Er bereute seine Taten und er tötete schon lange nicht mehr. Sie nahm seine Hand und drückte sie fest. Auch wenn seine Vergangenheit ihn nicht zum Helden machte, war sie ihm dankbar. Dafür, dass er sich ihr geöffnet hatte, aber vor allem für seine Ehrlichkeit.

Verräter

Wind peitschte ihr ins Gesicht. So stark, dass sie sich dagegenstemmen musste, um vorwärtszukommen. In weiter Ferne sah sie Gestalten. Menschen in weißen Kutten. Über ihnen braute sich eine schwarze Wolke zusammen. Mit aller Kraft kämpfte sie sich vor gegen den Druck, der sie abhalten sollte, ihnen näherzukommen.

Ein Schrei hallte durch die Luft. Im nächsten Moment streifte sie ein roter Schweif. Der riesige rote Vogel packte sie, warf sie auf seinen Rücken und erhob sich mit ihr in Richtung Himmel. Je höher sie stiegen, umso sanfter wurde der Wind. Effie streichelte über das golden-rote Gefieder. Und dann …

Ein Pfeil. Er schoss direkt in den Hals des Tieres. Noch ein Pfeil folgte und noch einer. Wie Hagel prasselten sie auf sie ein. Durchbohrten die Flügel, den Rumpf, den Kopf des Phönix. Er verlor seine Kraft. Sie stürzten hinunter, auf die mit Pfeil und Bogen wartende Meute.

»Effie! Geht's dir gut?« Edens besorgte Augen hafteten auf ihr. Kalter Schweiß klebte ihr das Nachthemd an die Haut. Mit zittrigen Händen griff sie nach dem Glas Wasser, das auf der Kommode stand.

»Nur ein Traum«, flüsterte sie, um ihn zu beruhigen. Oder vielleicht auch sich selbst …

»Ein Traum?« Er klang besorgt. »Der Phönix verbindet sich bereits mit dir.«

Mit einer schnellen Handbewegung schlug er die Bettdecke zur Seite und stand auf. »Effie, ich weiß nicht, was durch diese Verwandlung auf uns zukommt. Es könnte anders sein als die Verwandlung durch das Elixier.«

Sie wusste es auch nicht, aber es fühlte sich … es fühlte sich wie sterben an. Ihr Herz donnerte gegen ihre Brust. Panik. Was sollte sie machen? Am liebsten wäre sie jetzt weggelaufen. Hätte sich versteckt. So lange, bis alles vorbei war. Keine Verwandlung, kein Nathaniel, kein Geheimbund, einfach … ein schönes entspanntes Leben. War das denn zu viel verlangt? Die kleinen Probleme des Alltags reichten ihr vollkommen aus. Sie brauchte keine Dramen und Katastrophen. Und vor allem konnte sie gut und gern auf die ständige Angst vor einem plötzlichen Tod verzichten. Warm pulsierte der Stein unter ihrem Hemd und beruhigte sie.

»Uns rennt die Zeit davon. Es ist gut, dass wir morgen aufbrechen.«

»Ja.« Sie rieb sich über die Stirn. »Ich muss noch meine restlichen Sachen von zu Hause abholen. Und …«

»Ist es wirklich nötig, dass du noch einmal in die Siedlung fährst?«

»Ja«, sie setzte sich auf. »Ich möchte mich noch verabschieden.«

***

Das dumpfe Gefühl, das seit dem Morgen in ihrem Magen rumorte, schien nicht mehr verschwinden zu wollen, vor allem beim Gedanken an ihre Familie. Effie hatte vergeblich darauf bestanden, dass Eden sie nicht begleitete. Aber er wollte sie unter keinen Umständen allein gehen lassen. Dabei war die Gefahr für ihn viel größer als für sie. Nathaniels Elementare waren nicht hinter ihr her. Sie wollten Vespa und ihn. Ein schlechtes Gewissen überkam sie, weil er sich wegen ihr so einer unnötigen Gefahr aussetzte. Sie mussten wirklich vorsichtig sein.

Um die Begegnung mit den anderen Elementaren zu vermeiden und nicht von der Villa aus gesehen zu werden, parkten sie hinter dem Haus ihrer Eltern. Es war gar nicht so einfach, einen Weg in den Garten zu finden. Zwar gab es ein Gartentor, aber dieses war verschlossen. Also kämpften sie sich durch die dichte Hecke, auch wenn Eden ihr angeboten hatte, sie hinüberzutragen. Man musste ja nicht gleich seine Selbstständigkeit aufgeben, nur, weil man keine Superkräfte hatte. Mit aller Kraft zwängte sie sich durch die Äste, die an ihren Armen kratzten, und trat prompt in den Komposthaufen. Super. Ihr Schuh versank in der muffeligen Erde und hinter sich hörte sie Eden ein Lachen unterdrücken. Als sie ihm einen bösen Blick zuwarf, zuckte er unschuldig die Schultern und sein Gesicht sagte so viel wie: *Ich habe es dir angeboten.*

Genervt stampfte sie durch die Matsche auf die Wiese. Sie gingen an den Obstbäumen vorbei, die ihre Eltern für jedes Kind bei der Geburt gepflanzt hatten. Der bereits sehr dicke Kirschbaum gehörte Kathy. Josh hatte einen Pflaumenbaum bekommen, der noch recht klein war, und in der Mitte stand Effies Apfelbaum. Es hingen sogar ein paar schöne Früchte daran. Sie zog an einem Ast, so dass er sich zu ihr herunterbog, und pflückte zwei Äpfel.

»Die sind besonders lecker«, sagte sie grinsend, als sie Eden einen reichte, und biss hinein. Der saftige, süßsaure Geschmack breitete sich in ihrem Mund aus.

»Ach ja?« Er ließ den Apfel zwischen seinen Händen hin- und herrollen. »Benutzen deine Eltern für diesen Baum etwa ein besonderes Düngemittel?«

»Nein.« Mit vollem Mund zu sprechen, war gar nicht so einfach. »Es ist mein Baum.«

»Mh«, machte er. Dann probierte er ein Stückchen. »Du hast Recht«, sagte er, nachdem er den Bissen heruntergeschluckt hatte, »das ist der beste Apfel, den ich jemals gegessen habe.« Neckend zwickte er ihr in die Seite.

»Wo kommt ihr denn her?« In ihrer Gartenarbeitsbekleidung kam ihre Mutter auf sie zugelaufen. Dabei rutschte ihr Sonnenhut nach hinten. »Die Äpfel sind dieses Jahr prächtig, nicht wahr?« Ihre Augen glänzten. »Warum hast du denn nicht gesagt, dass du kommst? Kathy und dein Vater sind gar nicht zu Hause.«

Effie versuchte, sich ihre Enttäuschung darüber nicht anmerken zu lassen. »Nicht schlimm«, sagte sie, obwohl es nicht stimmte. Sie hätte sie so gern gesehen. »Ich wollte nur meine restlichen Sachen holen.«

»Wie seid ihr denn in den Garten gekommen?« Sie rieb sich übers Kinn. »Ich hatte das Gartentor doch abgeschlossen.«

»Wir sind durch die Hecke geklettert.«

»Ach.« Erstaunt hoben sich ihre Augenbrauen. »Wie ungewöhnlich. Ist das nicht unpraktisch, wenn ihr die ganzen Sachen hinunterschleppen müsst. Wollt ihr nicht lieber vor das Haus fahren?«

Schnell schüttelte Effie den Kopf. »Das ist schon in Ordnung.«

Ihre Mutter setzte sich den heruntergerutschten Sonnenhut wieder auf. »Wie du meinst. Josh ist auch da. Er kann euch helfen. Du solltest dich nur nicht erschrecken. Dein Zimmer ist kaum wiederzuerkennen, er hat sich bereits eingerichtet.«

Wie hatte sie auch etwas anderes erwarten können?

***

Ihre Mutter behielt Recht. Sogar die Wandfarbe hatte Josh bereits verändert. Zumindest an der längsten Wand, in ein helles Grau. Ihre blaue Couch war durch Joshs schwarzes Ecksofa ersetzt worden. An den Wänden hingen Poster von Fußballerspielern und auf einem Regal standen kleine Pokale und Medaillen, die er bei seinen Fußballturnieren gewonnen hatte. Bis auf den Fernseher war alles ausgetauscht worden. Es sah wider Erwarten schick aus. Ihr Bruder hatte einen guten Geschmack und vor allem: Das Zimmer war aufgeräumt.

»Das habe ich gut hinbekommen, was?« Stolz stemmte Josh die Hände in die Hüften.

»Ja«, sie nickte anerkennend. »Es sieht toll aus.«

Dennoch war es ein merkwürdiges Gefühl. Ihr Zimmer, es war … es war nicht mehr ihr Zimmer.

»Deine Sachen sind hier.« Er deutete auf ein paar Kisten, die sich im Flur stapelten. Sofort packte Eden sich drei und trug sie hinaus. Auch wenn er nichts sagte, spürte sie, dass er schnell wieder verschwinden wollte. Es war verständlich und vermutlich auch das Vernünftigste und trotzdem schmerzte es in ihrer Brust. Am liebsten hätte sie den ganzen Tag bei ihrer Familie verbracht. So unauffällig wie möglich schielte sie aus dem Fenster hinüber zur Villa. Alles war ruhig. Ein schwarzer Jeep parkte auf der Straße direkt davor. Nicht in der Einfahrt. Immer noch stand das *Zu Verkaufen*-Schild im Vorgarten. Und es war niemand zu sehen. Es wirkte, als wohnte niemand dort.

Eden kam wieder hoch, um die nächsten Kisten zu holen, aber Josh fing ihn ab.

»Schau mal.« Begeistert präsentierte er ihm sein neues Playstation-Spiel. »Kennst du das schon? Es ist einfach der Hammer!« Er legte es ein und ehe Eden sich versah, hatte er einen Joystick in der Hand und wurde von Josh auf die Couch gedrängt.

»Ich weiß nicht, ob du das wirklich wagen solltest«, sagte Effie zu ihrem Bruder und schmunzelte. »Er ist ein gefährlicher Gegner.«

»Ha«, Josh drehte sein Basecap nach hinten. »Das werden wir ja gleich sehen.«

Es standen nur noch zwei Kartons im Flur. Sie nahm sich einen und trug ihn hinaus durch den Garten zum Auto. Es stimmte schon. Praktischer wäre es gewesen, vor der Haustür zu parken. Immerhin hatte sie an den Schlüssel für das Gartentor gedacht, damit sie sich nicht wieder durch die Hecke quetschen musste. Was mit der Kiste vermutlich ein ziemlicher Akt geworden wäre. Allerdings merkte sie erst auf der Straße, dass sie den Autoschlüssel vergessen hatte. Sie würde den Karton einfach neben das Auto stellen. Es war niemand zu sehen außer in weiter Entfernung ein Spaziergänger, der durch die Felder watete. Hier käme niemand auf die Idee, ihre Sachen zu stehlen. Außerdem handelte es sich größtenteils um Dekoration und einige Bücher. Was wollte ein Dieb schon damit anfangen?

»Effie!«

Mitten im Gehen erstarrte sie, obwohl die Kiste, die sie gerade schleppte, nicht besonders leicht war. Langsam drehte sie sich um und blickte in Chois grinsendes Gesicht.

Oh nein. Hastig sah sie sich um. Unter anderen Umständen hätte sie sich riesig gefreut, ihn wiederzusehen. Aber jetzt hatte sich das Blatt gewendet. Jetzt kämpfte er auf der Seite des Feindes. Was sollte sie tun? Laut schreien und damit Eden warnen? Aber was, wenn die anderen Elementare auch in der Nähe waren?

»Mensch, ich hab dich schon richtig vermisst, Kleine.« Choi wirkte kein bisschen feindselig. Ganz im Gegenteil.

»Wie geht's dir?« Seine Augen glänzten, als würde es ihn wirklich interessieren. Er öffnete eine Zigarettenschachtel. Leicht enttäuscht bemerkte er, dass sich nur noch eine Zigarette darin befand. Also klappte er die Schachtel wieder zu und umschloss sie mit beiden Händen. »Kannst du dir vorstellen, wie langweilig es gerade ist? Wir müssen uns verstecken und so tun, als ob die Villa weiterhin leer steht, weil ja niemand bei uns ist, der die Erinnerungen verändern kann«, sagte er, während ein schwaches blaues Licht zwischen seinen Händen zu leuchten begann. »Das ist wirklich nervig. Von Ted habe ich auch schon seit ein paar Tagen nichts mehr gehört, obwohl er mit uns hier angekommen ist. Aber ohne Edens Unterstützung hätten wir die Villa sowieso nicht unsichtbar machen können.« Er öffnete die Zigarettenschachtel wieder und sie war voll mit Zigaretten. »Mann, den anderen fehlt es echt an Humor, sag ich dir. Was guckst du denn so?« Zufrieden zog er sich eine Zigarette heraus und steckte sie sich in den Mund. »Du kannst dir nicht vorstellen, wie öde es gerade ist. Wir haben die Spur von Vespa wiederaufgenommen.« Er tippte sich mit dem Zeigefinger an den Kopf, um zu untermauen, für wie blöd er diesen Auftrag hielt. »Ich meine, als ob sie noch hier herumturnt. Die ist doch längst über alle Berge. Aber Auftrag ist Auftrag.«

Bevor Effie dazu kam, ihr Gesicht wieder unter Kontrolle zu bringen, schlug er sich voller Erkenntnis gegen die Stirn. »Ach, stimmt ja, deine Erinnerungen wurden verändert. Du weißt ja überhaupt nicht mehr, wer ich bin.« Er klopfte sich kurz gegen die Brust. »Ich heiße Choi. Nett, dich erneut kennenzulernen.« Er reichte ihr seine Hand, als er realisierte, dass sie eine Kiste hielt. Er betrachtete sie einen Moment. »Ist die schwer?« Und bevor sie antworten konnte, nahm er ihr die Kiste ab. »Wo soll sie denn hin?«

Vorsichtig zeigte sie auf Edens Auto. Kommentarlos, die Kippe zwischen seinen Lippen hängend, trug er den Karton hinüber und stellte ihn vor dem Kofferraum ab.

»Alles gut bei dir?« Plötzlich stand Eden neben ihr. Sie nickte.

Choi drehte sich wieder um. Zunächst wurde sein Grinsen breiter, als er Eden erblickte. Doch dann erstarrte er.

»Eden.« In seinen Augen blitzte etwas auf, das Effie nicht deuten konnte. Sein Blick wurde glasig. So, wie sie es von den Menschen kannte, wenn Eden ihre Erinnerungen veränderte. Choi senkte seinen Kopf und er fixierte Eden. Blitzschnell zückte er eine schwarze Pistole, doch bevor er sie abfeuerte, stürzte Eden sich auf ihn. Es ging alles viel zu schnell. Die kämpfenden Männer wälzten sich über das erste Laub, das bereits von den Bäumen gefallen war.

Überlegen stieß Eden ihn von sich.

»Choi«, versuchte er auf ihn einzureden. Einen Moment orientierungslos saß Choi auf dem Boden, dann fixierte er Eden erneut. Doch anstatt sich wieder auf ihn zu stürzen, schrie er auf und schlug sich mit der Hand gegen den Kopf. Diesen Moment nutzte Eden, um sich auf ihn zu werfen. Die Pistole flog durch die Luft und landete im Gras. Mit dem ganzen Körper kniete er auf Choi und drückte ihn in den Boden.

»Was ist dein Auftrag?«, zischte Eden ihm kaum hörbar ins Ohr.

»Dich zu Nathaniel bringen. Lebendig«, knurrte Choi. Er versuchte, sich freizukämpfen, aber Eden war stärker.

»Warum?«, zischte Eden nun.

Chois Gesicht verzog sich zu einer Fratze. »Weil du ein Verräter bist!« Doch im nächsten Moment wirkte er verwirrt, als wüsste er nicht, wo er war.

»Was ist mit ihm?«, fragte Effie leicht hysterisch.

Eden reagierte nicht. Stattdessen kniete er sich auf Chois Rücken und drückte mit den Knien seine Arme auf die Erde, so dass er sich nicht losreißen konnte. »Effie, guck bitte weg.« Er warf ihr einen scharfen Blick zu und wartete, bis sie sich abgewandt hatte.

Mit Blick auf das Gartentor ihrer Eltern hörte sie einen dumpfen Schuss. Ein lautes Stöhnen folgte. Als sie sich wieder umdrehte, lief Eden an ihr vorbei, Chois reglosen Körper über seine Schulter gepackt. Die Zentralverriegelung klickte, er öffnete die Tür zur Rückbank und hievte ihn in den Wagen.

»Was hast du ... ist er ...« Entsetzt starrte sie ihn an.

»Keine Angst, er ist nur für einen Moment außer Gefecht gesetzt«, beruhigte er sie. »Wir müssen hier weg. Steig ein.« Ohne die Möglichkeit eines Widerspruchs schob Eden sie sanft zur Beifahrertür, öffnete sie, wartete, bis sie eingestiegen war, und saß selbst hinter dem Steuer, bevor sie blinzelte. Er startete den Wagen und raste los.

Aus einer Wunde in Chois Schulter sickerte Blut. Der Anblick der roten Flüssigkeit fiel ihr immer noch schwer, aber es war nicht mehr so, dass ihr augenblicklich übel wurde wie noch vor ein paar Monaten. Sie zog sich ihre Strickjacke aus, knüllte sie zusammen und wollte sie auf die Verletzung pressen, um die Blutung zu stoppen. Doch Eden hielt sie zurück.

»Es verheilt gleich von selbst. In der Pistole ist ein Betäubungsmittel für Elementare, eigens von Nathaniel entwickelt.«

Sie zögerte.

»Es setzt ihn mindestens für eine Stunde außer Gefecht.« Eden biss die Zähne zusammen und fuhr sich mit der freien Hand durchs Haar.

»Es stimmt also, was Ted gesagt hat. Nathaniel hat die anderen gegen dich manipuliert. Aber Choi ... es war, als hätte er gegen die Manipulation anzukämpfen versucht.«

Sein Blick streifte sie. »Auf dich hatte er es nicht abgesehen. Das heißt, Nathaniel ahnt nichts von dir.« Er schnaubte. »Noch nicht.«

»Manipuliert Nathaniel euch öfter?«

Er wirkte einen kleinen Moment nachdenklich und gleichzeitig verwirrt. »Ich weiß es nicht.«

Die Geschwindigkeitsbegrenzung schien ihn nicht zu interessieren. Wenn sie geblitzt worden waren, hatte Effie nichts davon mitbekommen. Dafür dauerte es weniger als fünf Minuten, bis sie vor der Wohnung parkten. Erleichtert atmete sie aus, als Eden den Motor ausschaltete.

Als er Choi aus dem Wagen zog, klingelte ihr Handy. Zu schockiert über das, was soeben geschehen war, realisierte sie erst jetzt, dass sie sich weder von ihrer Mutter noch von Josh verabschiedet hatte.

»Wo seid ihr denn?«, war das Erste, was ihre Mutter fragte. »Ist alles in Ordnung? Ich habe deinen Umzugskarton hinter dem Haus entdeckt. Ihr wart nirgends mehr zu sehen. Ich habe doch extra Limonade für euch gemacht.« Die Enttäuschung in ihrer Stimme war nicht zu überhören. Und das zu Recht.

»Es tut mir leid«, sagte Effie mit belegter Stimme. »Wir mussten dringend gehen.«

»So plötzlich?«

»Ja«, Effie suchte nach einer guten Ausrede, aber ihr fiel nichts Besseres ein, als: »Eden hat einen Anruf bekommen. Es gab bei ihm einen Notfall auf der Arbeit.«

»Okay ...« Ihre Mutter schien ihr die Geschichte nicht ganz abzunehmen. »Schade«, sagte sie dann. »Wann kommst du uns denn wieder besuchen?«

Effie stiegen die Tränen in die Augen und sie war froh, dass ihre Mutter es nicht sah. »Das weiß ich leider nicht genau. Er muss für ein paar Tage verreisen und ich werde ihn begleiten. Ich melde mich, wenn ich wieder zurück bin.«

»Wohin fahrt ihr denn?«

»Ich schreib dir, wenn wir angekommen sind.« Sie brachte es nicht übers Herz, ihrer Mutter eine weitere Notlüge aufzutischen.

Ihre Mutter schwieg. »In Ordnung«, sagte sie dann widerwillig. »Sag mir schnell Bescheid, damit ich weiß, dass es dir gut geht, Maus.«

»Das werde ich.«

»Ich hab dich lieb.«

»Ich dich auch.« Effies Stimme bebte. »Und Papa, Josh und Kathy auch. Sagst du es ihnen?«

»Das werde ich, Schätzchen. Pass auf dich auf.«

»Das mach ich.«

»Und melde dich«, sagte ihre Mutter noch einmal.

»Auf jeden Fall.« Effie lächelte, während ihr die Tränen über die Wangen rannen.

Als sie auflegte, brannte ihr Herz. Am liebsten wäre sie zurückgefahren. Doch es nützte alles nichts. Wenn sie sich jetzt in der Nähe ihrer Familie zeigte, brachte sie sie womöglich auch noch in Gefahr. Mit dem Ärmel wischte sie sich das Gesicht trocken und stieg aus.

***

Als sie in die Wohnung kam, saß Choi gefesselt auf einem Stuhl. Sein Kopf hing schlaff herunter, als schliefe er. Eden und Vespa betrachteten ihn.

In Vespas Gesicht spiegelte sich pure Faszination. »Es wird immer spannender.« Ein verrücktes Lächeln zuckte über ihre Lippen.

»Er hat den Auftrag, mich zu Nathaniel zu bringen«, erklärte Eden ihr.

»Du hast Nathaniels Vertrauen verloren?« Sie lachte. »Tja, da hast du wohl etwas zu hoch gepokert. Was soll ich sagen?« Sie machte eine dramatische Pause. »Willkommen auf Nathaniels Todesliste. Jetzt stehen wir schon zu zweit darauf. Und bald vermutlich zu dritt.« Sie schenkte Effie ein zauberhaftes Lächeln.

»Aber Choi ..., er war so komisch, er kam mir vor, als wäre er nicht er selbst«, sagte Effie. »Sein Blick war glasig. So wie ich es bei Menschen gesehen habe, deren Gedanken Eden verändert hat. Und er hat mitten im Kampf innegehalten, als wüsste er nicht, was er tut.«

Eden nickte zustimmend. Doch bevor er etwas sagen konnte, schnalzte Vespa mit der Zunge.

»Natürlich, Schätzchen.« Sie verdrehte die Augen. »Hat Eden dir nicht erzählt, dass Nathaniel all unsere Fähigkeiten kopiert hat? Also auch meine. Du glaubst doch nicht tatsächlich, dass er diese nicht anwendet. Wenn er merkt, dass einer seiner Elementare an seinen Befehlen zweifelt, zögert er nicht lange, ihn zu manipulieren. Unser Choi hier ist stellenweise ziemlich bequem, was Befehle angeht, und dazu Edens bester Freund. Nathaniel wird vermutet haben, dass er Eden nicht so ohne weiteres angreifen würde. Womit er wohl auch richtig lag. Wenn Choi mitten im Kampf innegehalten hat, ist das bemerkenswert. Er hat sich Nathaniels Manipulation widersetzt.« Sie beugte sich übertrieben dramatisch zu ihm. »Eden, auch wenn ich es nicht verstehen kann, Choi scheint dich wirklich zu mögen.«

»Wie meinst du das?«

»Nun ja, es ist schwierig, jemanden für lange Zeit hinsichtlich einer Sache zu manipulieren, gegen die derjenige sich innerlich sträubt. Choi will sich offenbar nicht gegen dich wenden. Das ist ja auch der Grund, weshalb Nathaniel so viel Wert auf die Loyalität seiner Elementare legt. Glaubt mir, er schaut sie sich genauestens an, bevor er sie verwandelt.«

Effie betrachtete Choi. »Was waren die Kriterien bei ihm? Wie hat er sich für Nathaniel qualifiziert?«

Vespa legte den Kopf schräg und betrachtete ihn liebevoll. »Choi war tatsächlich der einzige Mensch, der von mir auserwählt wurde. Er war ein Kartentrickser auf dem Jahrmarkt und ein ziemlich guter Trickdieb. Aber vor allem«, verträumt glitt ihr Blick in die Ferne, »war er ein hoffnungsloser Romantiker.«

Choi sollte ein Romantiker gewesen sein? Es fiel Effie tatsächlich sehr schwer, sich das vorzustellen.

»Ich beobachtete ihn eine lange Zeit. Er war unglaublich in eine Frau einer sehr reichen Familie verliebt. Immerzu schrieb er ihr wunderschöne Liebesbriefe. Aber die edle Dame wollte nichts von ihm wissen. Bei einer Dinnerparty in ihrem Hause holte sie seine Briefe zur Belustigung der Gäste hervor und ließ sie von einem anderen Verehrer vorlesen. Choi sah die Szene durch das Fenster mit an und war zutiefst gekränkt. Er war so schwach und sensibel.« Ein Lächeln umspielte ihre Lippen. »Ich mochte es. Stundenlang hätte ich beobachten können, wie er versuchte, sich von seinen inneren Qualen zu befreien.« Verträumt nahm sie ihre Haare in die Hände und begann, sie zu flechten. »Am nächsten Morgen auf dem Jahrmarkt wurde er bei einem Diebstahl erwischt und von den Soldaten des Kaisers abgeführt. Ohne es mit Nathaniel abzusprechen, befreite ich ihn und schenkte ihm meinen Tropfen des Elixiers. Es war ein Experiment. Ich wollte wissen, was es mit ihm macht. Ich wollte wissen, ob dieser Mann, der so voller Sehnsucht nach Liebe steckte, auch zu Rache fähig war.« Sie stand auf, ging hinüber zu ihm und fuhr ihm durch die Haare. Immer noch waren seine Augen geschlossen und er regte sich nicht. »Mit meinen Vermutungen lag ich richtig. Er schäumte vor Wut und seine neuen Kräfte erfüllten ihn mit einer ganz neuen, lebendigeren Energie. Er rannte zu seinem Rivalen, der seine Liebesbriefe vorgelesen hatte, und tötete ihn. Direkt vor den Augen seiner Angebeteten. Ich berichtete Nathaniel davon, der zunächst alles andere als begeistert war, dass ich eigenmächtig gehandelt hatte. Jedoch weckte Chois Racheakt sein Interesse und er beobachtete ihn. Chois Fähigkeiten entwickelten sich und Nathaniel war begeistert. Letztlich glaube ich allerdings, dass er Choi damals mir zuliebe verwandelte. Erst sehr spät nahm er ihn in den engsten Kreis seiner Kämpfer auf.« Sie ließ wieder von ihm ab und setzte sich zurück auf die Couch. »Zwischen Choi und mir begann eine Liebelei. Eine wunderbare Zeit. Doch nach einigen Jahren hatte ich keine Lust mehr auf ihn. Wenn ich darüber nachdenke, genau ab dem Zeitpunkt, an dem Nathaniel ihn in den Kreis seiner engsten ›Vertrauten‹ aufnahm. Zuvor war das Leben mit Choi für mich immer wie ein Ausbruch gewesen. Das Stück Freiheit, nach dem ich mich sehnte, die Möglichkeit eines eigenen Lebens. Aber er änderte sich. Immerzu dachte er, ich würde ihn manipulieren.« Sie schüttelte den Kopf. »Wer bitte möchte mit einem Menschen zusammen sein, der dazu manipuliert wird? Dafür bin ich zu stolz. Seine Anwesenheit begann, mich zu nerven und ich verließ ihn. Wieder fühlte er sich von der Damenwelt enttäuscht und er begann ›rumzuhuren‹. Sein neues Lebensmotto war von da an: *Sobald man einer Frau sein Herz öffnet, ist man dem Untergang geweiht.*« Vespa zuckte mit den Schultern. »Und so verwandelte er sich vom Sensibelchen in einen Macho«, sagte sie, als wäre alles nur eine Geschichte und dies die Moral.

Effie erinnerte sich an Edens Vergangenheit und auch an Teds. »Also bringt jeder Elementar bereits als Mensch eine Veranlagung für seine magischen Kräfte mit, die sich bei ihm entfalten, wenn er sich verwandelt«, sagte sie mehr zu sich selbst.

»Richtig«, sagte Vespa. »Choi zum Beispiel: Er war zu seiner Zeit als Mensch ein Trickdieb und nun hat er die Fähigkeit, Gegenstände zu vervielfältigen und zu bewegen. Das passt doch sehr gut, oder nicht?«

»Und du?«

»Ich war schon als Kind gut darin, Menschen zu beeinflussen und ihnen meinen Willen aufzuzwingen. Nach meiner Verwandlung hat mich meine Manipulations-Fähigkeit nicht sonderlich überrascht.«

Ein leises Stöhnen drang aus Chois Richtung. Er wachte auf. Langsam hob er seinen Kopf. Orientierungslos sah er an sich herunter, bemerkte seine Fesseln. Mit dem Blick schweifte er durch den Raum und blieb an Eden hängen. Seine Gesichtszüge verzogen sich zu einer Grimasse. Er sprang los und riss sich mit dem Stuhl zu Boden. Die Stahlketten, mit denen Eden ihn gefesselt hatte, waren nicht stark genug. Gesplittertes Metall flog durch die Luft. Erneut stürzte sich Choi auf ihn. Eden reagierte schnell. Er schlang seine Arme um seinen Freund und drückte ihn zu Boden.

»Choi«, sagte er mit beruhigender Stimme. »Es ist alles gut. Wir wollen dir nichts tun.«

»Verräter!«, zischte dieser und versuchte, sich freizukämpfen.

»Wie lange dauert es, bis sich die Manipulation gelegt hat?«, presste Eden angestrengt hervor.

»Unterschiedlich«, antwortete Vespa. Beim Klang ihrer Stimme hielt Choi inne. Vorsichtig sah er auf. Dann gab er einen erschrockenen Laut von sich und senkte den Blick.

Sie lachte auf. »Choi, mein Lieber, sieh mir in die Augen«, säuselte sie.

»Hör auf damit.« Eden warf ihr einen bösen Blick zu.

»Du Verräter, du hast dich mit Vespa verbündet!«

Eden seufzte. »Bist du sicher, dass es nur die Manipulation ist?«

»Ich denke schon.« Sie räkelte sich auf der Couch.

»Ach ja?« Eden, immer noch auf Choi sitzend, zog skeptisch eine Augenbraue hoch.

»Ja. Seine Angriffslust ist auf dich fokussiert. Wenn er dich sieht, fixiert er dich und blendet alles andere aus. Ein deutlicheres Zeichen einer Manipulation kann es eigentlich nicht geben.«

Elegant sprang Vespa auf und ging hinüber zu ihnen. Mit großen Augen sah sie Eden an, beugte sich dann hinunter zu Choi und fuhr ihm mit den Fingern über die Wange. Er erstarrte. »So lange Zeit habe ich dich verschmäht, mein Liebling.« Sie hauchte ihm einen Kuss auf die Wange.

Choi gab ein Knurren von sich.

»Ich glaube, wir müssen noch ein Weilchen warten.« Vespa kicherte, richtete sich auf und setzte sich wieder.

»Ich finde es gerade überhaupt nicht lustig«, sagte Eden, der angestrengt versuchte, Choi ruhig zu halten.

Für einen Moment wich die Leere aus Chois Augen. »Eden«, es schien ihn sichtlich anzustrengen, mit ihm zu reden. »Nathaniel darf nicht erfahren, dass ich euch begegnet bin.« Er kämpfte mit sich. »Bitte! Du musst meine Erinnerungen verändern. Lass mich vergessen, dass wir uns getroffen haben.«

Ein kurzer Moment, in dem Choi wieder er selbst war. Doch genauso schnell wie dieser Augenblick gekommen war, verschwand er auch wieder. Sein Blick verfinsterte sich und er fletschte erneut die Zähne wie ein Raubtier.

»Er kämpft mit sich«, stellte Vespa fest. »Und er ist stark.«

»Können wir nicht irgendetwas tun?« Effie konnte es kaum mit ansehen, wie Eden Choi auf den Boden presste. Am liebsten wäre sie zu ihm hingerannt, um ihm zu helfen, wenn er nicht eine tickende Zeitbombe wäre.

»Mit ihm reden«, antwortete Vespa. »Das ist immer gut.«

»Okay.« Effie räusperte sich. »Choi«, sagte sie langsam. »Du wurdest von Nathaniel manipuliert.«

Chois Augen wanderten in ihre Richtung. Doch es war, als blickte er durch sie hindurch. Stattdessen wandte er sein Gesicht wieder zu Eden. Soweit dies auf dem Bauch liegend für ihn möglich war. Plötzlich erhob sich der Wohnzimmertisch wie von selbst.

»Oh nein«, stöhnte Vespa entnervt. »Er setzt seine Kräfte ein.« Sie sprang von der Couch, packte Effie und zerrte sie Richtung Kochnische, bevor der Wohnzimmertisch auf Eden niederschmetterte. Dieser wehrte ihn mit einem Arm ab und er zerbrach in Stücke.

»Gibt es denn überhaupt nichts, was man gegen die Manipulation machen kann? Irgendeinen Trick? Bitte!«, flehte sie Vespa an.

Diese schürzte die Lippen, verschränkte die Arme vor der Brust und fixierte die Szene, die sich vor ihnen abspielte. Dann seufzte sie.

»Na gut«, sagte Vespa dann kopfschüttelnd. »Ich glaube es nicht, dass ich euch das verrate.« Suchend sah sie sich um. »Ihr müsst Choi etwas geben, was Eden gehört. Es wird die Erinnerungen in ihm hochkommen lassen. Ein T-Shirt oder etwas Ähnliches.«

Sobald Vespa es ausgesprochen hatte, rannte Effie zum Kleiderschrank, riss eines von Edens T-Shirts heraus und warf es ihm zu. »Gib das Choi!«

Irritiert betrachtete er das T-Shirt und drückte es Choi an die Brust. Dieser wirkte ebenfalls verwirrt, doch er hörte auf zu kämpfen. Auch die Stehlampe, die er gerade durch die Luft fliegen ließ und die auf Eden zusteuerte, glitt wieder zu Boden.

Mühsam drehte er den Kopf zur Seite, um Eden anzusehen, der ihn immer noch auf den Boden presste. »Was machst du hier?«, fragte er. »Und warum ist Vespa hier?«

»Eden und Effie haben mich aus der Psychiatrie befreit, weil Effie der Phönix-Elementar ist und sie meine Hilfe brauchen.«

Schockiert weiteten sich Chois Augen. »Effie ist der Phönix-Elementar?« Er schloss die Augen und legte seine Stirn auf den Boden. »Oh Mann«, jammerte er. »Wollte ich das überhaupt wissen?«

»Choi?« Eden machte keine Anstalten, von ihm herunterzusteigen.

»Ja?« Choi versuchte dennoch, sich zu bewegen.

»Wir wollen dir nichts tun.«

Choi rümpfte die Nase. »In Ordnung. Keine Ahnung, was hier los ist. Aber steigst du bitte von mir runter? Das ist echt unbequem.«

»Es hat funktioniert, oder?« Effie sah fragend zu Vespa. »Sieht ganz so aus.« Sie verließ die Kochnische und umkreiste Choi und Eden. »Wir sollten trotzdem noch etwas warten, bis wir ihn loslassen.«

»Warum?«, beschwerte sich Choi. »Und was hat funktioniert? Und warum ist Vespa hier? Was geht hier vor sich? Bist du wirklich der Phönix-Elementar?«

»Noch nicht«, antwortete Effie.

Choi gab ein heulendes Geräusch von sich. »Mensch, Leute, warum tut ihr mir das an?« Mittlerweile war Effie sich sicher, dass der richtige Choi zurückkehrte.

»Bekomme ich wenigstens etwas zum Essen? Ich verhungere! Eine Zigarette wäre auch nicht schlecht. Mann, Mann, Mann ... Vespa, Eden und du?« Wieder reckte er angestrengt den Kopf und sah zu Effie. »Du bist also der Phönix-Elementar. Und?«, fragte er, während er sein Gesicht wieder ablegte. »Was machen wir jetzt? Nathaniel hat uns hierhergeschickt, um euch zu suchen. Vespa und Eden, meine ich.« Choi machte sich nicht die Mühe, erneut in ihre Richtung zu schauen. »Und wenn sie wissen, wer du bist, Effie, glaub mir, dann werden sie nicht zögern ...« Er stockte. »Das Ganze kann doch gar nicht gut ausgehen.«

»Wir werden untertauchen«, sagte Eden.

Choi nickte. »Das ist eine sehr gute Idee. Habt ihr schon einen Plan, wohin wir gehen?«

Geheimnisse aus Vespas Vergangenheit

»Das ist echt unbequem!«, beschwerte sich Choi, gab sich aber keine Mühe mehr, sich freizukämpfen. »Warum vertraut ihr Vespa? Habt ihr keine Angst, dass sie euch manipuliert?«

»Effie hat mir meine Kräfte genommen. Ich bin ein Mensch.«

Chois Augen weiteten sich schockiert. »Was?« Es trat ein Ausdruck in sein Gesicht, den Effie nicht von ihm kannte. Mitgefühl. »Das tut mir leid, Vespa.« Seine Worte klangen aufrichtig. Dann sah er Effie an. »Warum hast du das getan?«

So schnell konnte sich das Blatt wenden. Vor weniger als einer halben Stunde hatte Vespa ihm noch Angst gemacht, weil sie so tat, als ob sie ihn manipulieren wollte, und jetzt machte er Effie einen Vorwurf, dass sie ihr die Kräfte genommen hatte?

»Es war keine Absicht«, sagte Vespa und dachte noch einmal darüber nach. »Zumindest wusste sie nicht, was sie tat. Wer, außer Nathaniel, kennt schon die Kräfte des Phönix-Elementars?«

»Der Phönix-Elementar verwandelt uns wieder in Menschen?«, rief Choi aus. »Das ist ja schrecklich!«

»Ja, es wird bestimmt lustig, wenn ich Nathaniel gegenüberstehe.« Vespa kräuselte ihre Nase. »Mal sehen, wie lange ich ohne meine Kräfte überlebe.«

»Ich habe dir doch gesagt, dass ich dir mein Elixier geben werde, wenn es so weit ist.« Allmählich schien es Eden anzustrengen, Choi auf dem Boden zu fixieren, denn er änderte schon zum zigsten Mal seine Position.

»Klar.« Vespa hüllte sich auf der Couch in eine Decke ein. »Wer es glaubt ...«

»Leute, ich hab Hunger«, beschwerte sich Choi abermals.

»Ich glaube, du kannst ihn loslassen«, sagte Vespa zu Eden. Er musterte Choi eindringlich. Dann lockerte er vorsichtig seinen Griff. Da er keine Anstalten machte, ihn anzugreifen, erhob Eden sich von ihm.

»War das unbequem.« Choi rieb sich erst den Nacken und dann seine Handgelenke. »Das hättest du ruhig etwas früher machen können«, sagte er vorwurfsvoll.

»Und wann ziehen wir gegen Nathaniel in den Krieg?« Choi schüttelte den Kopf. »Oh Mann, ich hätte nie gedacht, dass ich diese Frage einmal stellen würde.«

Für ihn stand es offenbar fest, dass er sie begleiten würde. Insgeheim war Effie froh darüber. Sie konnten jede Hilfe brauchen … und sie mochte Choi.

»Was hast du da eigentlich an?« Choi betrachtete Vespas weiß-rosafarbenen Plüschwollpullover. »Du siehst aus wie ein Pudel.«

»Vielen Dank, Choi. Wie habe ich deinen Charme vermisst.« Affektiert klimperte Vespa mit den Augen.

»Nein, jetzt mal ernsthaft. Was – ist – das?«

»Das«, sagte sie und zupfte an den heraussteheden Wollfäden, »ist ein Pullover, den ich in der Psychiatrie bekommen habe. Da sich für mich leider keine Verwandtschaft gemeldet hat und ich auch kein Geld besaß, musste ich mich mit den Anziehsachen aus der Altkleidersammlung begnügen. Leider gab es nicht sehr viel in meiner Größe.«

Darüber hatte Effie sich überhaupt keine Gedanken gemacht. Vespa war von so kleiner und zierlicher Statur, dass sie wohl am ehesten in der Kinderabteilung etwas zum Anziehen fand.

»Aber«, sagte Effie, »wenn es doch gar nicht deine Sachen waren, warum hast du dann so darauf bestanden sie mitzunehmen?«

»Weil es das Einzige ist, was ich noch besitze. Es gehört mir, verstehst du?«

Effie hatte erwartet, dass Choi einen seiner Sprüche klopfte. Doch er sah Vespa nur an.

»Ich will was essen«, sagte er dann. »Hat noch jemand Hunger?«

»Ich möchte ein Nasigoreng«, antwortete Vespa sofort.

»Und ihr?« Fragend sah er zu Effie und Eden. Sie schüttelte den Kopf, genau wie Eden.

Choi zog eine Augenbraue hoch, zuckte dann aber mit den Schultern. Sie hörte noch sein »Bis gleich«, bevor ein Lufthauch sie streifte und er verschwunden war.

»Hoffentlich war es eine gute Idee, ihn gehen zu lassen.« Skeptisch blickte Eden auf die Stelle, wo Choi zuvor gestanden hatte. »Er weiß nun, wo wir sind. Wenn er die anderen zu uns bringt, dann …«

»Das wird er nicht tun.« Vespa stand auf, legte sich die Decke über die Schultern und schob die Balkontür auf.

»Wieso bist du dir da so sicher?«, fragte Eden.

»Keine Ahnung. Mein Gefühl sagt es mir einfach.« Sie ging hinaus und setzte sich in einen der Korbstühle.

Ob man sich auf Vespas Gefühl verlassen konnte? Effie wünschte es sich. Sie wollte Choi nicht zum Feind haben. Wenn er nicht zurückkehrte … oder in Begleitung der anderen … Bei den Gedanken breitete sich ein brennendes Gefühl in ihr aus. Hoffentlich kam er einfach mit einer Tüte aus dem Chinaimbiss wieder.

»Wir sollten auf einen Angriff vorbereitet sein.« Eden zog sein Smartphone aus der Hosentasche.

Die Situation wurde immer verzwickter. Auch wenn es Effie im Herzen wehtat, sie mussten Jork verlassen. So schnell wie möglich.

»Ich informiere Ted, dass wir für den Aufbruch bereit sind.« Er wählte die Nummer und hielt sich das Handy ans Ohr. Effie folgte Vespa auf den Balkon und setzte sich in den noch freien Stuhl. Die Sonne war schon lange untergegangen und der Abendwind mittlerweile frisch. Man spürte, dass der Herbst sich ankündigte.

»Ihr wollt also tatsächlich mit den Pythagoreern gehen?« Vespa zog die Decke etwas enger um ihren Körper. Effie nickte. »Oder hast du einen besseren Vorschlag?«

Vespa schwieg. Dann seufzte sie. »Nein. Nathaniel ist zu mächtig.«

»Kannst du dich noch an die Zeit bei den Pythagoreern erinnern?« Effie winkelte die Beine an und atmete die frische Abendluft ein.

Vespa bedachte sie mit einem *Meinst-du-das-Ernst*-Blick. »Besser, als mir lieb ist«, sagte sie dann.

»Deine Eltern waren Mitglieder des Geheimbundes, hast du gesagt«, hakte Effie nach.

»Ja«, seufzte sie und blickte in den klaren Sternenhimmel. »Sie hatten fast nie Zeit für mich und Nathaniel. Ständig mussten sie auf irgendwelche Sitzungen oder Zeremonien und wir wurden in einem Hort untergebracht.«

Eden trat zu ihnen und lehnte sich an das Geländer, von wo aus er einen guten Blick auf die Straße hatte. Aufmerksam hörte er Vespa zu, als sie weiterredete. »Früher war Nathaniel anders. Ich war seine kleine Schwester. Sein Schützling. Im Prinzip war er für mich mehr ein Vater als ein Bruder. Unsere Eltern hatten sich voll und ganz dem Geheimbund verschrieben. Tagsüber gingen sie ihren Verpflichtungen als Pythagoreer nach und abends gab es ständig Zeremonien oder irgendwelche Veranstaltungen. Freundschaft unter den Mitgliedern hatte einen höheren Wert als die Familie. Natürlich wurden wir auch immer mitgenommen. Das war echt langweilig, sag ich euch.« Sie schüttelte sich bei der Erinnerung. »Im Gegensatz zu mir war Nathaniel absolut begeistert. Das führte dazu, dass er eines der jüngsten Mitglieder wurde. Unsere Eltern waren sehr stolz auf ihn. Ich versuchte, mich so gut wie möglich aus allem herauszuhalten.« Der Abendwind wehte ihr einige Strähnen ins Gesicht, die sich aus ihrem Zopf gelöst hatten, und sie schob sie hinter ihre Ohren. »Mit der Zeit änderte sich allerdings die Einstellung meiner Eltern. Ich bekam mit, wie sie öfter diskutierten. Sie waren nicht mehr so begeistert von dem Geheimbund wie noch zu Anfang. Nathaniel verstand das nicht. Als sie aussteigen wollten, war er schockiert. Dennoch, sie hatten ihren Entschluss gefasst und teilten ihn Pythagoras mit. Ich freute mich. Es war die Aussicht auf ein freies Leben. Fern von den ständigen Regeln und Zwängen. Für Nathaniel war es allerdings sehr schlimm. Er stand nun zwischen den Pythagoreern und uns. An jenem Abend redete er nicht mit meinen Eltern und meckerte mich an, warum ich denn so viel lachen würde. In der Nacht kamen sie. Maskiert und bewaffnet. Nathaniel riss mich aus dem Schlaf, zerrte mich nach draußen und wir rannten um unser Leben. Ich glaube, Nathaniel hat es sich niemals verziehen, dass er es nicht geschafft hat, auch unsere Eltern zu retten. Aber es waren einfach zu viele.«

»Der Geheimbund hat eure Eltern ermordet?«

Vespa nickte.

Immer mehr änderte sich Effies Blick auf Vespa und ein Teil von ihr begann zu verstehen, warum sie so geworden war. Jedenfalls, wenn es stimmte, was sie erzählte.

»Hast du nicht gesagt, die Leute waren maskiert? Vielleicht waren es andere.«

Vespa schüttelte den Kopf. »Meine Eltern wussten zu viel. Die Pythagoreer sahen das Geheimnis um Pythagoras und den Phönix-Elementar bedroht.«

Effie rutschte mit ihrem Stuhl nach hinten. »Das ist wieder einer deiner manipulativen Tricks, oder?«

Wenn so etwas möglich war, dann durchbohrte Vespa sie mit ihrem Blick. Zumindest fühlte es sich so an. »Wenn du meinst«, sagte sie langsam.

Sie schwiegen.

Beinahe hätte Effie ihr dieses Lügenmärchen geglaubt.

»Nathaniel hat den ersten Phönix-Elementar getötet, deshalb habt ihr den Geheimbund zu eurem Feind«, schlussfolgerte Effie.

»Ja, das stimmt«, antwortete Vespa. »Er hat es tatsächlich geschafft, den Gott, den sie anbeteten, zu töten. Aber nicht nur das. Er hat es sogar geschafft, sich selbst zu verwandeln, ebenso mich und ein paar weitere Menschen, die er auserwählt hatte.«

»Und wie genau stellte er das an?« Die Pythagoreer tappten da auch im Dunkeln. Vielleicht konnte sie ja von Vespa etwas mehr erfahren.

Doch sie zuckte mit den Schultern. »Er spritzt uns über mehrere Wochen jeden Tag eine Substanz. Ich denke, es ist das Elixier, von dem jeder von uns einen Tropfen bekommt, falls er lebensgefährlich verletzt wird.« Das war nichts Neues.

»Und woraus besteht das Elixier?«

Vespa sah sie an und zog genervt eine Augenbraue hoch. »Das kann ich nur vermuten. Er nimmt den Leichnam des Phönix-Elementars mit in einen für uns nicht zugänglichen Raum in seinem Reich. Was er genau mit ihm anstellt, weiß ich nicht, aber ich vermute, dass er das Elixier aus seinem Körper gewinnt.«

Was? Das war widerlich. Effie unterdrückte einen Würgereiz bei dem Gedanken, dass sie etwas davon getrunken hatte.

***

Ungeduldig prüfte Eden die Uhrzeit. »Choi ist bald eine Stunde weg.«

»Eden«, Vespa sah ihn eindringlich an, als sie sprach. »Wir können ihm vertrauen. Glaub mir.«

»Warst du nicht diejenige, die gesagt hat, wir können niemandem trauen?«, erwiderte er selbstgefällig. »Wieso sollten wir es dann gerade bei ihm tun?«

»Choi ist bequem.« Sie zuckte mit den Schultern. »Was glaubst du, wo er sich wohler fühlt? Bei uns oder bei Nathaniel und seinen Elementaren?«

Eden holte gerade zu einer Antwort aus, aber das Piepen seines Handys kam ihm zuvor. Er las die Textnachricht.

»Der Geheimbund hat ein Flugzeug bestellt. Sie holen uns morgen früh um fünf Uhr ab.«

»Wie war es eigentlich mit den anderen Elementaren?«, wechselte Effie das Thema. »Was haben sie gemacht, bevor Nathaniel sie verwandelte?«

»Du meinst Trixi, Greta und Sebastian?« Vespa überlegte kurz. »Trixi war Akrobatin in einem Wanderzirkus. Da ihr das Geld zu wenig war, nahm sie hin und wieder Aufträge an, irgendwelche Dokumente zu stehlen. Sie war eine gute Wahl: klein, dünn und zierlich und schon zu Lebzeiten in der Lage, sich durch die schmalsten Öffnungen zu quetschen. Aber sie hatte auch schon immer einen eigenen Kopf. Nathaniel rettete sie, bevor sie beinahe von einem ihrer Auftraggeber getötet wurde, der verhindern wollte, dass sie ihn verriet.«

»Was hatte sie gestohlen?«

Vespa zuckte mit den Schultern. »Irgendwelche Papiere, die zum Börsencrash geführt und eine neue Weltwirtschaftskrise ausgelöst hätten.«

Effie klappte der Mund auf, aber Vespa redete schon weiter. »Greta war die heimliche Geliebte von Maximilian dem Zweiten. Da er und seine spanische Frau ziemlich religiöse Menschen waren, warf diese Liebschaft ein sehr schlechtes Licht auf das Königreich. In den geschichtlichen Überlieferungen wird sie verschwiegen.« Vespa schmunzelte. »Jedenfalls bereute er seine Affäre mit Greta sehr und um alles zu vertuschen, versuchten er und die Königin, sie zu vergiften. Greta durchschaute diesen Hinterhalt rechtzeitig. Anstatt zu flüchten, versteckte sie sich im Schloss und wartete bis zum nächsten Gewitter. Dann entzündete sie sämtliches Schwarzpulver, das sie in den Waffenkammern finden konnte, und richtete ein riesiges Chaos an. Da draußen das Gewitter wütete, griffen die Wachen des Königs nicht rechtzeitig ein, weil sich alle in Sicherheit gebracht hatten. Ihr Rachedurst hatte Nathaniels Aufmerksamkeit erregt, bevor die Wachen des Kaisers Greta zu fassen bekamen. Er nahm sie mit und verwandelte sie. Nathaniel sorgte dafür, dass dieses Ereignis keinen Weg in die Geschichtsbücher fand.« Vespa überlegte kurz. »Und Sebastian … war zu seinen Lebzeiten ein Pirat. Als Nathaniel ihn entdeckte, hatte sein Schiff sich in die Antarktis verirrt. Er war der einzige Überlebende. Es war eher ein Zufall, dass Nathaniel auf einer seiner Reisen auf ihn traf. Er beobachtete, wie Sebastian sich durch das eisige Meer kämpfte und versuchte, den Letzten seiner Kameraden zu retten. Aber für diesen kam jede Hilfe zu spät. Er verhungerte oder erfror. Sebastian erreichte das Land und zog allein weiter. Als er gegen einen Eisbären kämpfte und diesen besiegte, hatte er Nathaniel überzeugt. Seine Loyalität und sein Kampfgeist waren das, was Nathaniel am meisten beeindruckte. Seine Fähigkeit, Menschen und Lebewesen zu gefrieren, allerdings auch.«

»Was war Nathaniels Fähigkeit, als er noch ein Mensch war?«

»Puh.« Vespa warf ihren Kopf in den Nacken. »Er hatte so viele Talente. Er war sehr gut darin Menschen, zu überzeugen, aber er konnte andere Menschen auch gut nachahmen und imitieren. Das hat er allerdings nur in seiner Kindheit und Jugend gemacht, als er noch Humor besaß. Er änderte sich, als er in den Kreis der Pythagoreer aufgenommen wurde. Außerdem hatte er einen ausgeprägten Gerechtigkeitssinn, auch wenn man sich das jetzt vielleicht nicht mehr vorstellen kann.«

Was waren Effies Eigenschaften, welche zu ihren Fähigkeiten führten? Dass sie kein Blut sehen konnte? Und ihre Tränen deshalb schnell wieder Wunden schlossen?

»Also, so langsam könnte Choi wirklich mal zurückkommen. Wo ist er denn hin? Nach Timbuktu?« Vespa rieb sich über den Bauch. »Ich habe Hunger und ich will mein Nasigoreng. Kann ihn bitte mal jemand anrufen und fragen, wo er bleibt?«

»Er ist schon zu lange weg.« Eden drückte sich vom Geländer ab und raufte sich die Haare. »Wir sollten von hier verschwinden. Es war ein Fehler.«

In dem Moment sprang Choi auf den Balkon. Er war mit einer Menge bunter Tüten bepackt. »Das Essen ist da«, grinste er. Selbstgefällig schob er sich durch die Balkontür ins Wohnzimmer und stellte drei Plastiktüten auf den Esstisch. »Das wurde aber auch Zeit«, brummte Vespa und folgte ihm. Auch Effie und Eden gingen hinein. Bevor Vespa dazu kam, sich über die Tüten herzumachen, aus denen es nach Essen duftete, reichte Choi ihr einige elegante Einkaufstaschen, mit den Aufschriften *Prada* und *Louis Vuitton*.

»Was ist das?« Vespa runzelte die Stirn und sprach die Frage aus, die auch Effie auf der Zunge lag.

»Ich hab dir was zum Anziehen mitgebracht.«

Immer noch skeptisch lugte Vespa in die erste Tüte und zog ein weißes Kleid heraus. Zaghaft hielt sie es hoch und legte es sich dann an ihren Körper. Ihre Augen begannen zu glänzen. Es erinnerte Effie an das Kleid, in dem sie sie zum ersten Mal gesehen hatte.

Das musste man Choi lassen. Er hatte genau Vespas Geschmack getroffen und es schien auch die richtige Größe zu sein.

Vespa schüttete die anderen Tüten auf dem Sofa aus und hüpfte vor Freude wie ein kleines Kind. Dann schien sie sich wieder zu erinnern, wer ihr die Kleidungsstücke gekauft hatte.

»Danke«, sagte sie. Einen Moment zögerte sie, dann machte sie einen Schritt auf Choi zu und küsste ihn auf die Wange.

Wenn Effie ihn nicht besser gekannt hätte, dann hätte sie geglaubt, seine Wangen färbten sich ein bisschen rot. Choi, der Macho schlechthin.

»Kein Ding«, sagte er, »ich konnte deinen Plüschpulli einfach nicht mehr sehen.« Aha, da war er wieder. Ganz der Alte.

»Tja«, machte Vespa, »ich habe ihn zu liebgewonnen. Der wird nicht wieder in der Altkleidersammlung landen, das hat er einfach nicht verdient. Dieser Pulli hat zu viel mit mir gemeinsam erlebt.«

Choi lachte, setzte sich an den Tisch und packte das Essen aus.

Aufbruch

»Wir müssen nicht mit den Pythagoreern gehen«, flüsterte Eden. Sie lag in seinem Arm und kuschelte sich an seinen warmen Körper. Schon eine Weile lagen sie im Bett, konnten aber nicht schlafen. Zu sehr waren sie damit beschäftigt, was vor ihnen lag. »Wir haben jetzt Verstärkung bekommen. Ich weiß nicht, ob wir noch auf die Hilfe des Geheimbundes angewiesen sind.«

Sie deutete ein Nicken an. Die Koffer standen gepackt vor der Tür. Nur noch ein paar Stunden, dann würde ihre Reise beginnen.

»Ich bin froh, dass Vespa und Choi uns begleiten.« Effie reckte ihr Kinn, legte ihren Kopf in den Nacken und schmiegte ihre Wange an Edens. Doch auch nachdem sie die grausame Geschichte über die Pythagoreer gehört hatte, wollte sie immer noch mit ihnen gehen. Vielleicht stimmten Vespas Worte, aber vielleicht auch nicht. Insgeheim hoffte sie auf mehr Informationen. Details, die ihr etwas über ihre Existenz sagten, ihr Klarheit brachten und den anderen Elementaren auch. Nathaniel hatte sie erschaffen. Eden glaubte, er existierte nur, um zu kämpfen und zu töten. Aber vielleicht stimmte das nicht. Vielleicht hatte sein Leben einen höheren Sinn. Dies galt es herauszufinden. Und das war nur möglich, wenn sie sich auf die Spuren des ersten Elementars machten.

***

Um viertel vor fünf klingelte es an der Tür. Alle warteten bereits startklar in der Küche. Choi hatte schnell noch die Reste seines Nasigorengs heruntergeschlungen.

Den demolierten Wohnzimmertisch hatten sie in Mülltüten verpackt und nach mehrmaliger Aufforderung durch Eden nahm Choi sie widerwillig mit hinaus, als sie die Wohnung verließen.

Es war so weit. Und Effie war bereit. Bereit für den Aufbruch. Bereit für die Vergangenheit, die Gegenwart und die Zukunft. Bereit, eine weitere Schwelle zu dieser fremden Welt zu überschreiten.

Es regnete in Strömen. Vor der Haustür parkten zwei schwarze Limousinen. Ted wartete mit einem großen Schirm vor den Autos, um sie zu empfangen.

»Was soll das denn?«, sagte er zur Begrüßung und deutete ungläubig auf Choi und seine gepackte Sporttasche.

»Er kommt mit«, sagte Eden.

»Auf gar keinen Fall.« Der kleine, etwas pummelige Mann, Phyrron, wenn Effie sich richtig erinnerte, plusterte sich auf wie ein Gockel. Dazu färbte sich sein Gesicht tiefrot. »Wir nehmen schon zwei ungebetene Gäste mit. Das hier ist kein Wunschkonzert! Ich sage euch, wir holen uns den Feind ins Haus. Wenn es nach mir geht, nehmen wir nur den Phönix-Elementar mit.«

»Nur, dass der Phönix-Elementar allein nicht mitkommt«, entgegnete Kritias, der ebenfalls mit einem großen Schirm zu ihnen trat und ihn zum Schutz über Effie hielt. Seine bernsteinfarbenen Augen streiften sie. Verunsichert sah sie weg. »Wenn Effie darauf besteht, diesen jungen Mann mitzunehmen«, sagte er verständnisvoll, »dann finden wir auch für ihn noch einen Platz.«

Phyrrons Augen verengten sich. »Seit wann springst du für die Elementare in die Bresche? Du warst doch immer der Radikalste von uns. Keiner, hast du gesagt, *keiner* von ihnen darf jemals die Mauern des Geheimbundes betreten.«

»Ja, das stimmt«, gab Kritias zu. »Aber so oft begegnet man auch keinem Phönix-Elementar. Wenn er Bedingungen stellt, dann sollten wir darauf eingehen, bevor wir ihn verlieren, Phyrron.«

Dieser öffnete den Mund, als wollte er etwas erwidern, sparte sich aber seine Worte.

Vespa ging an Choi vorbei, kraulte ihm den Nacken und sagte: »Da hast du aber Glück gehabt, Kleiner. Ich hätte dich ungern zurückgelassen.«

Er zuckte etwas irritiert zurück. Sie grinste breit und zog ihren Koffer zum Auto.

»In Ordnung«, sagte Zenon, der sich bis jetzt zurückgehalten hatte. Er wirkte auch nicht sonderlich erfreut über den weiteren Gast, aber so wie Kritias schien er eine Diskussion für aussichtslos zu halten. »Unser Flugzeug steht bereit.« Er tippte auf seine Uhr. »Lasst uns aufbrechen.«

***

Vespa bestand darauf, mit Eden und Effie in einem Wagen zu fahren. So wenig, wie die Mitglieder des Geheimbundes ihr trauten, traute sie ihnen. Vielleicht lag es auch daran, dass sie sich aufgrund ihrer nicht mehr vorhandenen Elementarkräfte angreifbar fühlte. Allerdings musste sie vorne neben dem Fahrer Platz nehmen, während Effie sich zwischen Eden und Zenon auf die Rückbank quetschte.

Eigentlich hatten sie Eden in die zweite Limousine verfrachten wollen, aber er und Effie hatten sich dagegen gewehrt. Der Satz »Ich steige nur ein, wenn Eden an meiner Seite bleibt«, hatte die Pythagoreer wohl überzeugt. Auch wenn sie alles andere als begeistert darüber wirkten.

Während die Limousine langsam losfuhr, stellte Zenon einen Aktenkoffer auf seinen Schoß, presste die Knöpfe der Verschlüsse zusammen und die Schnallen sprangen auf. Er legte den Koffer hin und öffnete ihn.

»Es gibt einige Regeln bei uns, an die sich jeder halten muss, der unser Dorf betritt.« Er holte ein paar Zettel heraus und gab Eden, Effie und Vespa jeweils einen. »Ich habe die wichtigsten Punkte für euch in einfachen Worten zusammengefasst.«

In *einfachen Worten* bedeutete wohl so viel wie: Auch für den dümmsten Menschen verständlich.

Effie betrachtete das Blatt in ihrer Hand.

Hausregeln

1. Wir haben uns der Definition, Unterscheidung und Diskriminierung durch verschiedene Formen der Kleidung abgewandt. Daher trägt jeder, der das Haus der Pythagoreer betritt, dieselbe weiße Kutte.
2. Das Schuhwerk besteht im Sommer aus Sandalen und im Winter aus gefütterten Stoffschuhen.
3. Jedes Lebewesen ist wertvoll und hat das Recht, mit Respekt behandelt zu werden. Das Töten von Tieren widerspricht dem Glauben der Pythagoreer. Daher werden ausschließlich vegetarische Mahlzeiten verzehrt.

4. Frauen und Männer schlafen in getrennten Räumen.
5. Jeder, der das Haus der Pythagoreer betritt, verpflichtet sich zur absoluten Geheimhaltung all dessen, was gesehen oder besprochen wird.

Bei Regelverstößen folgen Sanktionen.

Ganz unten auf dem Blatt war ein Feld, das eine Unterschrift einforderte.

Bevor Effie dazu kam, zu fragen, was denn bitte für Sanktionen folgen würden, ging Eden das Regelblatt mit knappen Antworten durch. Er zeigte auf Punkt 1 und sagte: »Nein«, bei Punkt 2: »Auf gar keinen Fall«, Punkt 3: »Ist in Ordnung«, Punkt 4: »Effie und ich werden auf jeden Fall in einem Zimmer schlafen«, Punkt 5: »Denke ich noch einmal drüber nach.«

Zu Effies Überraschung lächelte Zenon. »Mit dieser Reaktion habe ich gerechnet. Dann wollen wir mal sehen, wie die anderen Mitglieder reagieren, wenn sie das hören.«

»Die weiße Kutte nehme ich«, sagte Vespa vom Vordersitz und reichte das Blatt Papier wieder nach hinten. »Dann kommt das Psychiatriegefühl wieder zurück. Ich vermisse meine Zeit dort ja schon beinahe. Gibt es bei euch auch Bastelstunden und ein Beschäftigungsprogramm?«

»Tatsächlich haben wir Angebote, bei denen Körbe geflochten und unsere Kutten genäht werden oder gekocht wird.«

»Nein!«, sagte Vespa mit gespielter Begeisterung. »Das ist ja unglaublich. Körbe habe ich auch in der Psychiatrie geflochten. Ich bin sehr talentiert. Darf ich auch etwas anderes basteln?«

»Dekoration jeglicher Art widerspricht unserer Vorstellung eines glücklichen Lebens.«

Sie stutzte. »Das hatte ich vergessen.« Gekünstelt schüttelte sie ihren Kopf. »Dann habe ich auch keine Lust, Körbe zu bauen.«

Wenn Vespas Geschichte stimmte, wenn die Pythagoreer wirklich ihre Eltern auf dem Gewissen hatten, dann … schloss sie sich hier gerade mit dem Feind zusammen, nur um ihren Bruder zu stürzen.

Hamburgs Straßen waren ungewöhnlich leer. Der Berufsverkehr begann erst in einer Stunde. Dennoch dauerte es mehr als 30 Minuten, bis sie den Flughafen erreichten. Die Limousinen hielten direkt vor dem Eingang. Gerade als der Chauffeur den Motor ausschaltete, beobachteten sie, wie Choi aus der Limousine vor ihnen sprang und zu ihnen hechtete. Er riss die Tür an Edens Seite auf und wedelte mit der Hausordnung.

»Das mach ich auf keinen Fall!«, sagte er leicht panisch. »Weiße Kutte und Sandalen? Hallo!? Ich bin doch kein Hippie.« Mit leicht zittrigen Händen steckte er sich eine Zigarette an. »Eden, Effie, sagt denen, dass das auf keinen Fall geht!«

Eden schmunzelte, dann schüttelte er tadelnd den Kopf. »So wenig Einsatzbereitschaft, Choi? Ich bin enttäuscht.«

»Eden!«, versuchte er, sich zu verteidigen. »Hinterher müssen wir auch noch tanzen und ... keine Ahnung ... Hare-Krishna oder so was singen.«

»Hare-Krishna ist eine ganz andere Glaubensgemeinschaft«, erklärte Kritias und auch er schien bei Chois Anblick ein Lächeln zu unterdrücken.

»Na, da wäre ich mir aber nicht so sicher.« Choi hing die Zigarette aus dem Mund, während er auf den Zettel zeigte. »Die laufen auch in Kutten und Sandalen durch die Gegend.«

»Nur, dass deren Kutten orange sind.«

»Und das bedeutet?«, fragte Choi und blickte Kritias tief in die Augen. »Das bei euch andere Lieder gesungen werden?«

Dieser lächelte erneut. Kleine Fältchen umspielten seine Augen und ließen ihn merkwürdigerweise noch charismatischer wirken. Wenn einer der drei Mitglieder des Geheimbundes entspannt war, dann war es eindeutig Kritias.

»Wir finden schon eine Lösung, die für alle Beteiligten befriedigend ist.«

»Das will ich aber hoffen«, sagte Choi und schnippte seine Kippe weg.

***

Menschen schoben ihre Koffer durch die riesige Flughafenhalle, suchten an den Anzeigetafeln ihre Flüge und die richtigen Schalter und unterhielten sich in verschiedensten Sprachen.

Der Chauffeur hatte sämtliches Gepäck auf einen Rollwagen gelegt und schob ihn nun zielsicher an den Schaltern vorbei.

»Wir fliegen mit einer eigenen Maschine«, erklärte Zenon. »So umgehen wir die Wartezeit an den Schaltern und können sofort starten.«

Sie mussten nicht durch die gewohnte Sicherheitskontrolle, sondern durften einen gesonderten Terminal nehmen, der sie direkt zu dem Privatjet führte. In weniger als 15 Minuten erreichten sie die Treppe, die sie ins Flugzeug führte. Die Regenschirme über sich haltend, warteten sie, dass das Flugpersonal ihnen Einlass gewährte. Dafür, dass nur acht Personen und das Personal mitflogen, war es eine sehr große Maschine.

»Wenigstens gibt es bei euch auch ein bisschen Luxus«, sagte Choi, als er die erste Stufe der Treppe betrat. »Ich meine ...«

»Wen haben wir denn da?«, wurde er von einer weiblichen Stimme unterbrochen.

Gleichzeitig wandten sie sich um.

Trixi legte den Kopf schräg. »Eden, Choi und Effie. Was für eine interessante Zusammenstellung.« Ted musste sich unsichtbar gemacht haben, denn Trixi zählte ihn nicht mit auf.

Greta, Sebastian und ein weiterer junger Mann, den Effie bisher noch nicht gesehen hatte, stellten sich neben Trixi auf. Alle trugen sie schwarze, eng anliegende Trainingsanzüge. Sie ignorierten den Regen, der ihnen unablässig ins Gesicht wehte. Der Neue war von schlaksiger Gestalt und seine langen, strähnigen Haare hingen glatt an seinem Kopf herunter.

»Ernsthaft?«, zischte Eden. »Nathaniel hat mich durch diesen Johnny ausgetauscht?«

»Ich verstehe das nicht«, flüsterte Ted nur für Effie hörbar. »Warum sind sie hier?«

Hinter ihnen fragte einer der Pyhtagoreer: »Wer sind diese Leute?«

Ein anderer antwortete: »Nathaniels Elementare. Erkennst du sie nicht von den Fotos, die Theodoros uns gezeigt hat?«

»Mich hast du vergessen bei deiner Aufzählung, Trixilein.« Vespa trat hinter Choi hervor. Schock trat in Trixis Augen. Unwillkürlich senkte sie den

Blick. Die anderen Elementare taten es ihr nach. Es war schon praktisch: Keiner von ihnen wusste, dass Vespa nicht mehr über ihre Fähigkeiten verfügte.

»Ihr habt euch mit Vespa verbündet?«, knurrte Sebastian. »Verräter!«

Plötzlich zuckte Eden, dann schrie er auf. »Sebastian«, quetschte er zwischen zusammengebissenen Lippen hervor. »Er gefriert mich.«

»Du bist nicht mehr Nathaniels Liebling, Eden.« Ein höhnisches Lächeln trat auf Sebastians Lippen. »Die Zeiten, in denen er dich wie seinen eigenen Sohn behandelt hat, sind vorbei. Wir sollen dich zu ihm bringen. Dich und Vespa. Und in einem bin ich mir sicher.« Sein Lächeln wurde breiter. »Ihr werdet leiden.«

Ted nutzte den Moment, in dem Sebastian die Aufmerksamkeit auf sich zog. Er stürzte sich auf ihn, riss ihn zu Boden und würgte ihn. Effie erinnerte sich, dass Eden ihr einmal erzählt hatte, dass es einen Elementar für wenige Minuten außer Gefecht setzte, wenn man ihn lange genug würgte. Sebastian strampelte unter Teds Griff, aber es half nicht. Eden konnte sich nun wieder bewegen. Er zog die Pistole, mit der Choi versucht hatte, Eden zu betäuben, aus seiner Jeans und schoss damit auf Trixi, die sich gerade auf Vespa stürzte.

Trixi prallte zurück und blieb auf dem nassen, gepflasterten Boden liegen.

Johnny drehte sich zu ihnen um. Und plötzlich stand nicht mehr nur ein Johnny vor ihnen. Er vermehrte sich. Fünf Johnnys. Zehn Johnnys. Es wurden immer mehr. Ein Lächeln trat auf ihre Lippen und sie bewegten sich synchron auf sie zu.

»Schnell!«, rief Choi den anderen zu. Er packte Effie um den Bauch und ehe sie sich versah, saß sie im Flugzeug. Den verwirrten Gesichtern der anderen nach zu urteilen, waren sie ebenfalls von Choi unvorhergesehen ins Flugzeug verfrachtet worden. Durch die Fenster sah Effie, wie der Regen stärker wurde und sich der Himmel verfinsterte. Es begann zu blitzen und zu donnern. Dicker Regen prasselte gegen die Scheiben.

Einen Moment später stand Eden neben ihr. »Startet das Flugzeug.«

»Bei dem Gewitter kann ich nicht starten«, sagte der Pilot. Ein Blitz schlug direkt neben ihnen ein und ein lauter Donnerknall folgte.

»Wir müssen Greta aufhalten. Ted!«, rief Eden. »Hast du noch Munition?«

Draußen auf dem Flugplatz breitete Greta ihre Arme aus und blickte hinauf in den Himmel. Johnny war nur einmal zu sehen. Er packte Trixi und Sebastian und zog sie aus dem Unwetter heraus. Eine Gruppe von Polizisten lief auf sie zu.

Ted warf Eden eine Pistole zu. Dann stieß er den Piloten zur Seite und setzte sich ins Cockpit. »Auf keinen Fall«, versuchte der Pilot, Ted aufzuhalten, aber er knallte ihm die Tür vor der Nase zu.

Eden beugte sich aus der noch offenen Luke, zielte auf Greta und drückte ab. Er traf sie mitten in den Bauch. Sie fasste sich an die Stelle. Ihre Augen weiteten sich, als sie sah, wer geschossen hatte, bevor sie zu Boden sackte. Im nächsten Moment zogen sich die Wolken zurück und das Gewitter stoppte.

Das Flugzeug rollte los und während es an Geschwindigkeit zunahm, richtete Eden die Waffe auf Johnny und drückte abermals ab. Er traf.

Alle vier lagen auf dem Boden, als die Polizei sie erreichte.

Das Flugzeug erhob sich in die Luft, Effie taumelte durch den Raum und krallte sich an einen der Sessel. Ehe sie sich versah, war Eden hinter ihr und schob sie auf den Sitz.

Er setzte sich auf den Platz neben ihr. »Geht's dir gut?«

Sie nickte, nahm einen tiefen Atemzug und schnallte sich an.

»Was ist dieser Johnny für ein Elementar?«

»Ein Heuschrecken-Elementar«, antwortete Choi und ließ sich ebenfalls in einen Sitz plumpsen. »Er kann sich tausendfach vervielfältigen, wenn er möchte. Aber er hatte seine Kräfte bisher nicht besonders gut im Griff. Offenbar hat sich das geändert.«

Die Cockpittür schwang auf und Ted winkte den Piloten heran, damit er das Steuer übernahm. Leicht neben sich stehend, taumelte er zu ihm. Ein weiterer Mann des Flugpersonals folgte ihm in die Kabine. Vermutlich der Co-Pilot. Ted ließ sie allein und kam zu ihnen in den Passagierbereich.

»Ich habe die Maschine unsichtbar gemacht. Möglicherweise werden wir nach dem Spektakel gesucht. Den Stress sollten wir uns ersparen.«

Ein Flug mit Folgen

»Darf ich Ihnen ein Glas Champagner einschenken?« Eine hübsche blonde Stewardess lächelte Effie an und hielt bereits ein Glas und eine Champagnerflasche in der Hand.

»Gern.« Matt erwiderte Effie ihr Lächeln. Sie konnte jetzt gerade alles gebrauchen, was sie beruhigte.

»Schokolade?« Kritias hatte sich in den noch freien Sessel neben ihr gesetzt und reichte ihr eine Schachtel Pralinen.

Effie zögerte, dann nahm sie eine Praline aus der Schachtel. »Danke schön.«

»Champagner, Pralinen ... widerspricht das nicht vollkommen eurer Ethik?« Vespa lief mit einem Champagnerglas durch den Passagierraum und erntete einen besorgten Blick der Stewardess.

»Durchaus«, bemerkte Phyrron und er schien alles andere als glücklich über diese Tatsache zu sein. »Offenbar haben wir bei der Buchung des Privatjets vergessen, den Wunsch zu äußern, auf jegliche Sünden zu verzichten.« Er warf Kritias einen strafenden Blick zu.

Dieser hob entschuldigend die Schultern, wirkte dabei aber überraschend gelassen. »Wäre das etwa meine Aufgabe gewesen?«

»Absolut.« Phyrrons Kopf lief rot an.

»Verzeih mir.« War das etwa ein höhnischer Unterton in Kritias' Stimme? »Aber jetzt, wo es doch sowieso zu spät ist, können auch wir mal sündigen, findest du nicht, Phyrron?« Er nahm sich eine Praline aus der Box und biss genüsslich hinein.

Wenn es möglich war, wurde Phyrrons Kopf noch roter. »Was ist nur los mit dir? Ich erkenne dich überhaupt nicht wieder!«

»Es war für uns alle eine aufregende Zeit«, schaltete sich Zenon ein, legte Phyrron seinen Arm um die Schultern und führte ihn zu einem Sessel, weit weg von Kritias und Effie.

»Wohin geht die Reise eigentlich?« Choi lehnte sich zurück.

»Nach Griechenland«, antwortete Zenon mit einem milden Lächeln.

***

Das Flugzeug befand sich in der Luft, sie flogen sicher, alles war gut. Dennoch fiel es Effie schwer, sich zu entspannen. Sie lehnte ihren Kopf gegen die weiche Lehne. Die Ledersessel waren bequem und die Beinfreiheit traumhaft. Der Sitz vor ihr befand sich mindestens zwei Meter entfernt. Sie untersuchte die verschiedenen Knöpfe, die sich an der Armlehne befanden. Als sie auf einen drückte, kippte der Sessel langsam nach hinten und von unten schob sich ein Polster unter ihre Beine, bis sie wie in einem Bett lag. Sie drückte wieder auf den Knopf und der Sessel fuhr zurück in seine ursprüngliche Position. Beim Drücken des nächsten Knopfes startete eine angenehme Rückenmassage. So ließ sich der Flug aushalten.

»Wie geht es dir, Effie?« Kritias sprach sie von der Seite an. Seine Stimme wirkte beruhigend. Aufmerksam musterte er sie und, ohne dass sie es gewollt hatte, schlug ihr Herz schneller.

»Okay«, sagte sie knapp. Sie war sich nicht sicher, ob sie mit ihm reden wollte oder nicht.

»Ich war wirklich gespannt, wie der neue Phönix-Elementar aussieht. Jemanden von so zierlicher Gestalt hatte ich nicht erwartet.« Er lächelte. »Es wundert mich nicht, dass Eden sich deiner angenommen hat.« Wieder hielt er ihr die Pralinen hin. »Möchtest du noch eine?«

Eigentlich hatte sie keinen Appetit mehr. Aber sie traute sich nicht, das Angebot auszuschlagen, also nahm sie die kleinste Praline, die in der Schachtel zu finden war.

»Und vielleicht noch ein bisschen Champagner für die Dame?« Fragend zog er die Augenbrauen hoch und betrachtete das leere Glas, auf dem Abstelltisch neben ihr. Bevor sie reagierte, eilte die Stewardess bereits mit einer Flasche in der Hand herbei. Vorne hörte sie Phyrron meckern, verstand aber nicht, was er sagte.

Eden warf ihr einen skeptischen Blick zu.

»Und?«, fragte Kritias, während er die Pralinenschachtel wieder abstellte. »Wie habt ihr beiden euch kennengelernt? Und vor allem, wie hat Eden herausgefunden, dass du der Phönix-Elementar bist?«

»Hat Ted euch nicht eingeweiht?« Eden zog argwöhnisch eine Augenbraue hoch.

»Leider wurden wir von Details verschont. Teds Erinnerungen hielten sich, nachdem du sie verändert hast, doch sehr in Grenzen. Wir können froh sein, dass er es geschafft hat, zu rekonstruieren, wer der Phönix-Elementar ist.«

»Ohne mich hättet ihr Effie niemals gefunden«, säuselte Vespa und lehnte sich über die Lehne des Sitzes vor ihnen. »Ich hatte schließlich den Stein. Er hat mich zu ihr geführt.«

»Der Stein«, wiederholte Kritias. »Gut, dass du das ansprichst. Wo befindet er sich denn jetzt?«

Unwillkürlich überkam Effie wieder diese Panik, die sie immer spürte, wenn jemand den Stein erwähnte.

»Ich hab ihn jedenfalls nicht mehr«, sagte Vespa und schüttete sich Champagner nach.

»Dein wievieltes Glas ist das schon, Prinzessin?« Choi nahm ihr die Flasche ab.

»Machst du dir etwa Sorgen um mich?« Ein breites Grinsen trat in ihr Gesicht.

»Nein.« Choi schüttete sich selbst etwas ein. »Ich habe Angst, dass du mir nichts übrig lässt.«

Sie fasste ihn an seinem T-Shirt und zog ihn so nah zu sich heran, dass ihre Nasenspitzen sich berührten. »Lügner«, flüsterte sie und kicherte wieder.

Choi wich nicht zurück. Stattdessen schlang er seine Arme um sie und zog sie auf seinen Sessel.

»Das geht zu weit!« Phyrron sprang von seinem Sitz auf. Offenbar hatte er versucht, sich geduldig zurückzuhalten. »Es reicht!« Er riss Choi den Champagner aus der Hand und nahm Vespa ihr Glas ab. »Das ist keine Vergnügungsfahrt«, schrie er, wobei ihm die Spucke aus dem Mund spritzte. »Ihr seid unwillkommene Gäste. Zeigt wenigstens ein Mindestmaß an Anstand!

Auch wenn ihr die Begleiter des Phönix-Elementars seid, habt ihr unsere Regeln zu respektieren.«

»Ist ja gut, Mann.« Choi wischte sich durchs Gesicht. »Say it, don't spray it.«

»Hey«, Vespa griff nach ihrem Glas, aber Phyrron lief schon damit davon, um es ins Spülbecken zu stellen.

»Was soll das? Ich will meine letzten Tage noch ausgiebig genießen. Oder bekomme ich doch noch das Elixier, Eden?«

»Wenn der richtige Zeitpunkt gekommen ist.« Eden war angespannt. Es schien, als müsste er sich stark kontrollieren.

»Aber Vespa hat Recht.« Choi drehte an seinem Armband. »Sie hat uns doch bewiesen, dass wir ihr Vertrauen können. Ich will mich nicht schuldig an ihrem Tod fühlen, sollte Nathaniel sie in die Finger bekommen, nur, weil wir sie nicht verwandelt haben.«

»Nein«, es kam wie aus der Pistole. »Lass das Choi!«

Choi hatte das kleine Fläschchen aus seinem Armband gelöst und reichte es Vespa. Ihre Augen weiteten sich.

»Meinst du das ernst?« Überrascht betrachtete sie den Flakon zwischen seinen Fingern, als hätte er ihr einen Heiratsantrag gemacht.

»Ich kann es nicht mit ansehen, dass du so schwach bist.« Vespa legte den Kopf schräg und lächelte.

»Aber unter einer Bedingung: Du darfst niemanden von uns manipulieren.«

»Choi, pack das sofort wieder ein.« Eden hatte sich erhoben und ging langsam auf die beiden zu.

Effie hielt die Luft an und griff an ihr Shirt, unter dem der Stein unablässig pulsierte.

»Gibst du es mir?« Langsam öffnete Vespa ihren Mund.

Abwesend, als hätte sie ihn in ihren Bann gezogen, zog Choi den winzigen Verschluss von dem Flakon.

Plötzlich ging alles ganz schnell. Eden wollte das Elixier an sich reißen, aber Vespa war schneller. Sie schnappte mit dem Mund nach dem Fläschchen in Chois Hand und es verschwand hinter ihren Lippen. Ein lautes Knacken folgte.

Vespa warf den Kopf nach hinten. Ein glückseliges Lächeln trat auf ihr Gesicht, dann rollten sich ihre Augen nach oben und sie verlor das Bewusstsein.

»Das glaube ich jetzt nicht.« Eden raufte sich die Haare. »Wie konntest du das tun, Choi?«

»Was ...« Phyrron starrte Choi an. »Was hat er getan?«

Aber bevor er einen cholerischen Anfall bekam, nahm Zenon ihn sich zur Brust und redete beschwichtigend auf ihn ein. Auch wenn seinem Gesicht anzusehen war, dass er genauso wenig von der ganzen Sache begeistert war wie Phyrron.

»Sie hat mir leidgetan.« Behutsam hob Choi sie hoch, drückte auf den Knopf in der Lehne, der den Sessel zu einem Bett formte, und legte sie hinein. »Die anderen Elementare haben uns überrascht. Sie sind uns dicht auf den Fersen. Vespa hatte nur Glück, dass sie nicht wussten, dass sie keine Fähigkeiten hat. Sonst wäre sie jetzt vermutlich längst tot. Außerdem ...«

»Ist sie aber nicht«, unterbrach Eden ihn. »Aber gut, dass du das ansprichst. Woher wussten sie überhaupt, wo wir waren? Es schien gerade so, als hätten sie vor dem Flieger auf uns gewartet.«

Choi zuckte die Schultern. »Woher soll ich das wissen? Außerdem, wollte ich noch sagen, finde ich, dass du keinen Grund hast, sauer zu sein. Schließlich hattest du ihr doch versprochen, ihr dein Elixier zu geben, oder nicht?«

»Das ist keine Entschuldigung.« Eden betrachtete Vespa einen Moment.

»Wie lange hält das Zeug?«, fragte Choi. »Drei Wochen? Und du weißt doch selbst, dass es Ewigkeiten dauert, bis sich ihre Fähigkeiten ausgebildet haben. Sie wird uns nicht manipulieren können. Ich will nur nicht, dass sie wehrlos gegenüber Nathaniel ist.«

»Und was ist, wenn wir erst in drei Wochen auf Nathaniel treffen?«

Choi stutzte. Offenbar hatte er diesen Gedanken nicht in Erwägung gezogen.

Kraftlos setzte sich Eden wieder auf seinen Platz.

Kritias beugte sich über Effie hinweg zu ihm herüber.

»Bist du nicht der Elementar von euch, der über ein spezielles Gift verfügt?« Obwohl Eden nicht antwortete, schien Kritias sich bestätigt zu fühlen. »Warum hast du die anderen Elementare nicht damit vernichtet?«

Edens Wangenknochen spannten sich an. »Sie wurden außer Gefecht gesetzt.«

Kritias traf einen wunden Punkt, das wusste Effie. Das Gift hätte sie alle töten können. Doch Eden wollte nicht mehr töten.

»Und du glaubst, das reicht?«

»Keiner von ihnen weiß, wohin unsere Reise geht.«

»Mh«, machte Kritias nachdenklich. »Dein Einsatz zum Schutze des Phönix-Elementars hält sich doch sehr in Grenzen.«

Effie griff Edens Hand. Sie wusste genau, dass er alles tat, um sie zu schützen. Er hatte doch Recht, sie waren in Sicherheit. Niemand sollte sterben. Aber anscheinend sah Kritias das anders.

Besorgt blickte sie hinüber zu Vespa und Choi. Er war gerade damit beschäftigt, die restlichen Splitter des Flakons aus Vespas Mund zu fischen.

Hoffentlich nahm das alles ein gutes Ende.

Das Dorf der Pythagoreer

Der Privatjet landete auf einem winzigen Flugplatz. Nicht ein anderes Flugzeug war zu sehen, geschweige denn eine Flughafenhalle. Einzig ein kleines Gebäude, das man passieren musste, um zur Hauptstraße zu gelangen.

Hier schien die Sonne. Sie stand hoch am wolkenfreien Himmel und es war warm. Viel wärmer als in Deutschland zu dieser Jahreszeit.

Ihr Gepäck wurde noch in ihrem Beisein auf entsprechende Rollwagen geladen. Wieder wurden sie in schwarzen Wagen abgeholt. Es waren große Limousinen, die jeweils Raum für sechs Personen boten. Nur diesmal waren die Scheiben auf den Rücksitzen verdunkelt, so dass sie nicht hinausblicken konnten. Auch den Blick von der Rückbank zum Fahrer versperrte eine verdunkelte Scheibe.

Vespa und Choi fuhren diesmal gemeinsam mit Eden, Effie und Zenon. Allmählich kam Vespa wieder zu sich, wirkte aber, als würde sie neben sich stehen.

»Wir sind sehr darum bemüht, unseren Hauptsitz geheim zu halten«, erklärte Zenon. »Seit Nathaniels Massaker leben und agieren wir Pythagoreer nur noch im Verborgenen. Unser Dorf liegt weit außerhalb der Stadt und fasst gerade mal 300 Einwohner.«

Es dauerte mehr als zwei Stunden, bis die Limousine anhielt.

»Wir sind fast da«, sagte Zenon. Das erste Mal, seitdem sie eingestiegen waren, ließ er das Fenster herunter und gab den Blick nach draußen frei. Die Klimaanlage schaltete sich automatisch aus und warme Luft wehte in den Innenraum des Wagens.

Um in das Dorf hineinzugelangen, mussten sie an einem Pförtner vorbei, der nach kurzer Absprache mit Zenon ein großes Tor öffnete.

Nun rollten die Limousinen langsam weiter. Sie fuhren vorbei an winzigen Häusern und gepflegten Gärtchen. An den Seiten der Straße liefen Frauen wie Männer in weißen Gewändern.

»Warum tragen Sie eigentlich keine Kutte?« Effie betrachtete Zenons Anzug. Schick, grau und elegant geschnitten.

»Wenn wir unser Dorf verlassen, versuchen wir uns so gut wie möglich an den Ort anzupassen, den wir besuchen. Für diesen Anlass ist es uns gestattet, auf Zivilkleidung zurückzugreifen.«

Am Ende der Straße befand sich ein riesiges Gebäude, das die kleinen Häuser, an denen sie zuvor vorbeigefahren waren, geradezu winzig erscheinen ließ. Vor dem Haupthaus befand sich eine kreisförmig angelegte Wiese, auf der vereinzelt ein paar Bäume standen. Die Limousine umfuhr das Wiesenrondell. Auf Picknickdecken hatten es sich einige Gestalten in weißen Gewändern gemütlich gemacht.

Die Limousinen hielten vor einer riesigen Treppe, die zum Haupteingang des Gebäudes führte. Eden stieg aus, bevor der Chauffeur ihm die Tür öffnen konnte, und hielt sie für Effie auf.

Noch bevor sie die erste Treppenstufe betraten, kam Phyrron wieder mal mit hochrotem Kopf auf sie zugerannt.

»Sie weigern sich, die Regeln einzuhalten! Zenon. Das lässt du doch nicht zu, oder?«

»Welche Wahl haben wir denn?«

»Nur dem Phönix-Elementar den Eintritt zu gewähren und den anderen nicht. Diese Leute«, er zeigte auf Eden, Vespa und Choi, »sie haben einen schlechten Einfluss. Sie verderben den Phönix-Elementar.«

Effie verdrehte die Augen. »Aber der Phönix-Elementar wird nicht mitkommen, wenn sie seinen Freunden den Zutritt verwehren.« Konnte Phyrron sie nicht einfach beim Namen nennen? Sie war schließlich kein Hund, den sie gerade aus der Tierhandlung geholt hatten.

Phyrron sah sie irritiert an, offensichtlich verwundert darüber, dass sie auch etwas dazu zu sagen hatte. Ja, sie konnte tatsächlich sprechen und noch mehr, sie hatte eine Meinung. Und in einem war sie sich sicher. Sie würde dieses Gebäude auf keinen Fall ohne Eden betreten.

Langsam ging Phyrron zu Zenon, legte ihm eine Hand auf die Schulter und führte ihn zur Seite. Leise und eindringlich redete er auf ihn ein. Effie verstand ihn dennoch.

»Sie ist längst verdorben«, sagte er, »diese Leute haben sie einer Gehirnwäsche unterzogen oder wie auch immer für sich gewonnen. Wir werden kaum noch Einfluss haben. Was, wenn sie sich weigert, für uns zu kämpfen, oder noch schlimmer, wenn sie sich mit Nathaniel verbündet? Dann ist es unser absolutes Ende.«

Bisher hatte sie nicht vorgehabt, *für* irgendwen zu kämpfen. In erster Linie war doch die Rede davon gewesen, hier Schutz vor Nathaniel zu finden. Was waren das denn auf einmal für Wendungen? Natürlich musste sie sich ihm früher oder später stellen, aber doch nicht allein und nicht jetzt.

Zu gern hätte sie ihre Probleme von vor ein paar Monaten zurück, als sie noch befürchtete, ihre Abiturprüfungen nicht zu bestehen.

»Lass unsere Gäste doch erst einmal ankommen, Phyrron.« Kritias schenkte Effie ein gutmütiges Lächeln. »Sie weiß doch noch kaum etwas über die Pythagoreer und die Vergangenheit des Phönix-Elementars. Vielleicht ändert sich ja einiges, wenn ihr sie in eure Geheimnisse eingeweiht habt.«

Phyrrons Augen verengten sich. »In unsere Geheimnisse einweihen? Und wer hat dir das Gehirn gewaschen?« Im nächsten Moment stieß Phyrron Kritias von sich und holte aus. Aber Kritias rührte sich kaum. Stattdessen fasste er ihn an den Schultern und drückte ihn so weit weg, dass die Fausthiebe, die Phyrron austeilen wollte, nur die Luft erwischten.

»Ganz ruhig, Phyrron«, sagte Kritias und Effie glaubte ein Schmunzeln zu erkennen. »Haben wir uns nicht der *gewaltfreien Kommunikation* verschrieben?«

Nach einer kurzen Weile beruhigte sich Phyrron wieder und wich zurück. Vielleicht auch deswegen, weil er völlig außer Atem war und kaum noch Luft bekam. Mit grimmiger Miene sah er Kritias an und seine Lippen kräuselten sich. »Du hast dich verändert, Kritias. Irgendetwas stimmt mit dir nicht«, sagte er mit erhobenem Zeigefinger, »und ich werde herausfinden, was. Glaube mir, ich werde dich im Auge behalten.«

»So, genug gestritten«, fuhr Zenon dazwischen. »Versuchen wir, das Beste aus der Situation zu machen.« Er wandte sich an Choi, Vespa, Eden und Effie. »Folgt mir bitte.«

Die Treppenstufen waren langgezogen und flach, wie die eines alten Landgutes. Genau 30 Stufen zählte Effie. Der Eingang des Hauptgebäudes bestand aus dicken Stahltüren. Überhaupt ähnelte das Gebäude, je näher sie ihm kamen, vielmehr einer Festung. Dass man sich darin wohlfühlen konnte, bezweifelte sie. Es gab kaum Fenster und wenn, waren sie winzig oder mit Gitterstäben versehen. Ihr Eindruck bestätigte sich, als die Türen geöffnet wurden und sie hineingingen. Es kam kaum Tageslicht herein, die Wände waren in dunkler brauner und weinroter Farbe gestrichen und von der Decke strahlte grelles Licht.

»Was ist denn hier los?« Choi lief in die Mitte der Eingangshalle und drehte sich einmal um sich selbst. »Ist das ein Gefängnis oder was?« Er nahm sich eine Zigarette aus der Schachtel und wollte sie sich anstecken.

»Das Rauchen ist hier nicht gestattet«, erklärte ihm Zenon.

»Und wo ist es gestattet?«

»Nirgendwo!« Phyrrons Kopf wollte seine rote Färbung überhaupt nicht mehr verlieren. »Wir entziehen uns jeglicher Form des Drogenkonsums.«

»Draußen vor dem Gebäude können Sie rauchen«, sagte Zenon eilig, bevor es zu einer weiteren Auseinandersetzung kam.

Ein Windhauch streifte sie und Choi war verschwunden.

»Sie sollen ihre Fähigkeiten hier nicht anwenden.« Phyrron stampfte mit dem Fuß auf, als wäre er ein kleiner Junge.

»Das Hauptgebäude wurde auf der Basis höchster Sicherheit konstruiert und gebaut«, erklärte Zenon und ignorierte den erneuten Wutausbruch seines Freundes. »Es soll uns vor möglichen Angriffen schützen. Die meisten von uns leben draußen in den Häusern, aber falls Nathaniel uns irgendwann finden sollte, können wir uns hier drinnen verstecken.«

»Woher habt ihr das ganze Geld, um euch eine eigene Festung zu bauen?« Vespa wirkte amüsiert.

Doch bevor Zenon ihr eine Antwort geben konnte, mischte sich Phyrron schon wieder ein.

»Sie ist Nathaniels Schwester.« Er deutete mehrmals hysterisch mit dem Finger auf sie. »Es ist doch nur eine Frage der Zeit, bis Nathaniel hier auftaucht. Und dann? Was machen wir dann?«

»Aber sie hat sich gegen Nathaniel gestellt«, sagte Zenon.

»Und sie hat Nathaniel den Phönix-Stein gestohlen«, ergänzte Kritias.

»Richtig.« Zenon nickte. »Im Prinzip haben wir es ihr zu verdanken, dass wir das erste Mal nach mehr als tausenden Jahren den Phönix-Elementar wieder nach Hause bringen können.«

Das klang schon etwas merkwürdig. Als ihr Zuhause würde Effie dies bestimmt niemals bezeichnen.

»Pah«, machte Phyrron und sein Doppelkinn bebte bedrohlich. Er setzte noch einmal an, etwas zu sagen, hielt sich dann aber zurück und verschränkte verärgert die Arme vor der Brust.

An der linken Wand hing ein riesiges Portrait eines Mannes. Er hatte einen rotbraunen langen Bart, eine recht hohe Stirn und trug ein weißes Gewand, ähnlich dem der Leute draußen auf der Wiese. Aber vor allem fielen ihr seine blauen Augen auf. Sie sahen ihren eigenen so unglaublich ähnlich.

»Das ist Pythagoras«, erklärte Zenon, dem Effies Blick aufgefallen war. »Eine Originalzeichnung aus der Zeit, als er sich bereits verwandelt hatte.«

In allen vier Ecken des Raumes standen Skulpturen von Pythagoras' Kopf. Direkt unter dem Gemälde befand sich ein Glaskasten. Sie trat näher heran. Zenon folgte ihr. In der Vitrine lag ein altes vergilbtes Stück Stoff, das am oberen Rand dunkle Flecken aufwies. Es sah aus, als würde es sich in Staub auflösen, sobald man es berührte.

»Das ist Pythagoras' Gewand, in dem er gestorben ist.« Zenon fuhr mit einer leichten Handbewegung über den Kasten, als betrachtete er etwas Heiliges. »Es kostet uns sehr viel Mühe, es zu erhalten«, sagte er und wandte sich dann wieder den anderen zu. »Sehr schön, wir sind wieder vollzählig.« Er nickte Choi zu, der von seiner Zigarettenpause zurück in die Halle geschlendert kam. »Dann führe ich euch nun zu euren Zimmern.«

Sie verließen die Eingangshalle und betraten einen langen Gang. Die Wände waren dunkel und kahl. Im Abstand von fünf Metern hingen Lampen, deren schwaches Licht den Flur kaum erhellte. Das einzig Farbige war der dunkelrote Teppich, der auf dem Boden ausgerollt war.

Sie erreichten einen weiteren Gang, von dem aus eine Wendeltreppe nach oben führte. Der Reihe nach folgten sie Zenon die Stufen hinauf. Ein weiterer langer Flur folgte, von dem einige Türen abgingen. Vor einer dieser Türen blieb Zenon stehen. Er drückte die Klinke herunter und gab die Sicht auf das dahinterliegende Zimmer frei. Es war ein sehr kleiner Raum. Die Einrichtung bestand aus einem schmalen Bett, einem Holzstuhl, einem offenen Regal und einem Waschbecken. In der gegenüberliegenden Wand war ein winziges Fenster eingelassen. Ohne Gitter. Darunter stand bereits ein Koffer.

»Vespa«, sagte er freundlich, »das ist Ihr Zimmer.«

»Hübsch«, kommentierte diese und ging hinein. »Hier könnte ich mich glatt wohlfühlen.«

»Uns ist es wichtig, auf Luxus jeglicher Art zu verzichten.«

»Das sieht man Ihren Limousinen und den Armani-Anzügen aber nicht an.« Skeptisch flog Vespas Blick über sein Jackett.

***

Sie wurden alle auf derselben Etage untergebracht und nach einer längeren Diskussion hatte Eden durchgesetzt, dass er und Effie ein gemeinsames Zimmer erhielten.

»Wir müssen vorsichtig sein«, flüsterte Eden, sobald sie allein waren. Er blickte aus dem kleinen Fenster. »Es ist sehr hoch, aber eine mögliche Fluchtoption.«

Effie sah ebenfalls hinaus. Es war wirklich hoch. Mindestens 20 Meter und die Hausfassade war glatt. Mit Edens Hilfe konnten sie vielleicht durch dieses Fenster entkommen. Ganz davon abgesehen, hatte sie erst einmal nicht vor zu fliehen. Es war nur wichtig, auf alles vorbereitet zu sein.

Eden ließ vom Fenster ab und sah sich im Raum um. Sie hatten ihnen ein zweites Bett an der gegenüberliegenden Wand hineingestellt.

»Ihnen gefällt nicht, dass wir …« Er sprach den Satz nicht zu Ende.

»Genauso, wie es Nathaniel nicht gefallen wird, dass du mich ihm vorziehst«, sagte sie und nahm seine Hand. »Wenn er es nicht schon längst weiß.«

»Ja.« Er zog sie zu sich heran. »Ist dir eigentlich bewusst, dass wir gegen sämtliche Regeln verstoßen?«

»Tust du dies nicht schon immer?«, fragte sie neckend.

Aber er blieb ernst. »Nein«, sagte er, »gegen Nathaniels Regeln verstoße ich erst, seitdem ich dich kenne.«

»Habe ich einen schlechten Einfluss auf dich?« Sie betrachtete seine Lippen und kam ihm ein Stück näher.

Er schüttelte leicht den Kopf. »Ganz im Gegenteil«, flüsterte er und hob sie hoch. Sie klammerte ihre Beine um seinen Oberkörper. Mit dem Daumen fuhr sie über seinen warmen, weichen Mund. Er hielt den Atem an. Es fühlte sich wie eine Ewigkeit an, dass sie das letzte Mal allein gewesen waren. Mit beiden Händen griff sie in sein Haar und zog seinen Kopf zu sich heran. Im nächsten Moment lagen sie auf dem Bett. Er sah zu ihr herunter und kreuzte ihre Arme über ihrem Kopf. Dann küsste er sie ... ihre Wange ... ihren Hals ... Ein angenehmes Kribbeln breitete sich in ihrem ganzen Körper aus. Dieser Moment sollte niemals enden...

Die Pythia

Es war hell. Die Sonne schien. Unter sich sah sie grüne Wiesen und in weiter Entfernung das Meer.

Ihre Arme waren ausgebreitet, als hätte sie Flügel. Sie flog und sie war nicht allein. Neben ihr schwebte Eden. Er nahm ihre Hand.

Der Wind wurde kräftiger. Immer näher kamen sie dem Meer.

Am Horizont zeichnete sich eine Insel ab. Das war ihr Ziel. Dort wollte sie hin. Sie wusste es ganz genau.

Plötzlich erhob sich ein schwarzer Schatten vor ihr. Feuer spie ihnen entgegen.

Nein, es war kein Schatten. Es war ein Drache. Ein riesiger, schwarzer Drache.

Er fuhr seine Klauen aus und griff nach dem Stein, der um ihren Hals hing.

Sie taumelten zurück. Verloren an Höhe und fielen. Hinunter in den blauen Ozean.

Effie schlug die Augen auf. Durch das winzige Fenster drangen wenige Sonnenstrahlen ins Zimmer. Die Bettdecke lag zerwühlt neben ihr und Eden war nirgends zu sehen.

Verschlafen rieb sie sich die Augen und setzte sich auf den Bettrand. Sie hatte schon wieder geträumt. Das zweite Mal in einer Woche. Es waren nur noch ein paar Tage bis zu ihrem 21. Geburtstag. Und der Phönix nahm nun eindeutig Kontakt zu ihr auf.

Sie tastete nach ihrer Halskette und umfasste den kleinen Beutel, in dem sie den Stein aufbewahrte. Wärme pulsierte durch seine Oberfläche, durchdrang ihre Haut und erfüllte ihren Körper. Die Zeit drängte.

Verdammt. Sie hatte ihren Eltern noch nicht geschrieben. Hoffentlich machten sie sich keine Sorgen. Schnell schaltete sie ihr Smartphone ein, ging zum Fenster und machte ein Foto von der schönen Aussicht. Besonders viel war nicht zu sehen. Aber es war sonnig und grün, das musste reichen. Oder sollte sie ihnen doch besser ein Selfie schicken? Sie lehnte sich vor das winzige Fenster und lächelte in die Kamera. Oh nein. Auf keinen Fall. Das Foto war schrecklich. So wie sie darauf aussah und mit dem Hintergrund, dachten ihre Eltern hinterher noch, sie sei in die Fänge von Verbrechern geraten. Das andere Bild musste genügen. Über WhatsApp schickte sie ihnen das Landschaftsfoto, schrieb, dass die Reise schön sei und dass sie sie vermisste. Nur wenige Sekunden später bekam sie ein Foto vom unaufgeräumten Frühstückstisch zurück. Ihr Vater hatte schon manchmal einen seltsamen Humor. Sie grinste und schaltete das Smartphone wieder aus.

Gerade, als sie es wegsteckte, öffnete sich die Zimmertür und Eden kam herein. Er war bereits angezogen, mit Shorts und einem weißen T-Shirt. Sein brauner Teint ließ das Weiß seines Shirts noch viel heller strahlen. Bei seinem Anblick fing es in ihr wieder an zu kribbeln. Sie seufzte, lehnte sich zurück und beobachtete wie er ein Tablett hereintrug und es neben ihr aufs Bett stellte. Er lehnte sich über sie und küsste sie sanft. »Guten Morgen.« Lächelnd ließ er wieder von ihr ab, setzte sich neben sie und stellte die Nachtkommode vor sie.

»Die Damen in der Küche waren so nett, uns ein kleines Frühstück zusammenzustellen«, sagte er, während er die Speisen darauf anrichtete. Erdbeeren, Pfannkuchen, zwei gekochte Eier, frisch gepresster Orangensaft, Croissants, Brot und verschiedene Brotbeläge.

Teller und Besteck balancierten sie auf dem Schoß, dafür reichte der Platz auf dem Nachttischchen nicht aus.

»Bist du ausgeschlafen?«

»Ja.« Seitdem sie Jork verlassen hatten und hier eingetroffen waren, wirkte Eden viel entspannter. Und das beruhigte sie. Es fühlte sich an, als wäre die Gefahr weit weg. Sie lehnte ihren Kopf an seine Brust und lauschte seinem Herzschlag. Wie immer schlug es viel schneller als das ihre. Aber das würde nicht mehr lange so sein. Bald würde auch ihr Herz so rasen.

Eden schwieg eine Weile. Dann küsste er sie sanft auf die Stirn.

»Zenon hat mich gerade abgefangen und mir mitgeteilt, dass sie dich nach dem Frühstück sprechen möchten.«

Sie setzte sich auf. »Warum?«

»Wegen der Zeremonie, wenn ich es richtig verstanden habe.«

Er nahm sich eine Scheibe Brot.

»Welche Zeremonie?«

»Anscheinend wird für deine Verwandlung eine Zeremonie abgehalten. Sie soll dich bei dem Übergang in das neue Leben als Phönix-Elementar unterstützen. Es werden extra«, er schluckte, »Priesterinnen des Orakels dafür eingeflogen.«

Er legte die Scheibe Brot auf seinem Teller ab und runzelte die Stirn. »Sie wollen dich auch in die Geschichte und die Aufgaben des Phönix-Elementars einweihen«, sagte er. »Wenn du das alles nicht möchtest, werde ich es Zenon mitteilen. Ich dachte nur, es sei dir wichtig«, er stockte, »ich meine, du wolltest doch mehr über die Vergangenheit erfahren, oder nicht?«

»Ja«, sagte sie langsam. »Das stimmt.«

Er wandte sich wieder seinem Brot zu. »Hast du keinen Hunger?«

»Ist das meine Henkersmahlzeit?« Sie schmunzelte.

»Nein«, er grinste, nahm eine Erdbeere und steckte sie sich in den Mund. »Das ist nur ein Frühstück.«

Es klopfte an ihrer Tür. Da niemand eintrat, ging Eden hinüber und öffnete sie. Ein großer dünner Mann in weißem Gewand stand davor. Er war noch sehr jung, nicht älter als 20, hatte schwarze Haare und eine große Nase.

»I-Ich wollte, also i-ich, soll Eva abholen«, stammelte er.

»Wir sind noch nicht so weit.« Da hatte Eden vollkommen Recht.

Wie viel Zeit wurde einem hier denn bitte zum Frühstücken gestattet? Fünf Minuten? Das war alles andere als gesund. Außerdem hatte sie sich noch nicht mal umgezogen.

»I-in Ordnung.« Der Kopf des jungen Mannes lief rot an. »I-ich warte.«

»Das kann aber noch ein bisschen dauern.« Edens Stimme klang kühl und bestimmt.

Der Mann nickte nur, als Eden die Tür vor seiner Nase schloss.

»Was machen die denn so einen Stress?«, fragte er, während er sich wieder neben ihr aufs Bett setzte und sich seinen Teller nahm. »Dein Geburtstag ist doch erst in drei Tagen.«

***

Nach etwa einer halben Stunde waren sie satt gegessen und Effie hatte sich schnell ein Kleid übergezogen. Allerdings war es recht schwierig, das Frühstück zu genießen, wenn die ganze Zeit über jemand vor der Tür stand und darauf wartete, dass sie endlich herauskamen.

Ungeduldig wippte der junge Mann von einem Bein aufs andere, als sie die Zimmertür öffneten und zu ihm heraustraten.

»Seid ihr mit dem Essen fertig?«, fragte er in gebrochenem Deutsch.

Fast zeitgleich gingen die anderen Zimmertüren auf. An der einen Seite trat Choi zu ihnen auf den Flur, an der anderen Seite Vespa. Sie wirkte etwas benommen.

»Ich habe den Wasserhahn zerbrochen«, sagte sie anstatt eines »Guten Morgen«. Aus ihrem Zimmer drang ein plätscherndes Geräusch. »Diese Kräfte«, Vespa betrachtete ihre Hände und in ihren Augen blitzte Verzweiflung auf, »sie sind anders. Ich habe das Gefühl, ich kann sie kaum kontrollieren.«

Dieses Gefühl kannte Effie nur zu gut. Und auch wenn Vespa sich die Situation selbst eingebrockt hatte, tat sie ihr leid. Gleichzeitig graute ihr umso mehr vor ihrer bevorstehenden Verwandlung.

»Hast du Angst vor uns?« Choi musterte den jungen Mann und grinste dann breit.

Der arme Kerl. Effie verspürte den Impuls, ihn in Schutz zu nehmen, doch so wäre die Situation für ihn vermutlich noch peinlicher. Daher ließ sie es, aber als sie den Flur entlangliefen, stieß sie Choi mahnend in die Seite. Unschuldig hob er die Schultern.

»Sie haben auf Ihrem Zimmer geraucht?«, sagte eine verärgerte Stimme hinter ihnen. Mit schlabberndem Doppelkinn kam Phyrron auf sie zugestampft.

»Mann, bin ich hier auf einer Kinderfreizeit? Auf meinem Zimmer ist ein Fenster! Das wird ja wohl niemanden stören, wenn ich da mal eine rauche.«

»In diesem Haus ist das Rauchen strengstens verboten«, erwiderte Phyrron.

»Ach ja«, Choi hob mit gespielter Überraschung seine Augenbrauen. »Ich sehe aber kein Schild, das darauf hinweist.«

»Weil es hier niemanden gibt, außer Ihnen, der raucht!«, schrie der beleibte Pythagoreer jetzt.

»Hui«, machte Choi und sprang zurück. »Ganz ruhig, Brauner.«

»Schreit doch nicht so!« Mit gequältem Gesicht presste Vespa sich die Hände auf die Ohren.

Phyrron stürmte an ihnen vorbei, schritt bis zum Ende des Ganges und bog dann um die Ecke. Der dünne Schwarzhaarige schien nun noch aufgeregter als zuvor. Er stolperte über sein Gewand und konnte sich gerade noch fangen.

»Alles gut, Kleiner«, Choi grinste, »wir werden dir schon nichts tun.«

»Jetzt hör auf damit.« Effie konnte sich nicht mehr zurückhalten, auch wenn er bestimmt nicht glücklich darüber war, dass sie ihn verteidigte. Der junge Mann warf ihr jedoch einen dankbaren Blick zu.

»Mein Name ist Karl«, erklärte er.

»Kein griechischer Philosophenname?«, stutzte Eden.

Karl schüttelte den Kopf. »Den bekommt man erst, wenn man den Meistergrad erlangt hat.«

»Man kann bei euch einen Meistergrad erlangen?«

Karl nickte lebhaft. »Aber das wird bei mir wohl noch ein paar Jahre dauern.«

Sie liefen die Wendeltreppe hinunter. Diesmal führte Karl sie durch einen anderen Flur. Er war weiß gestrichen, blau beleuchtet und an den Wänden hingen wissenschaftliche Zeichnungen, die Effie nicht verstand. Und er passte so gar nicht in das Bild des restlichen Hauses.

»Es gibt bei uns verschiedene Aufgabenbereiche«, erklärte Karl, dem ihr neugieriger Blick aufgefallen war. »Auf diesem Flur sind die wissenschaftlichen Forschungsräume.«

Choi betrachtete ebenfalls die Bilder. »Wow, ist das winzig!« Er ging näher an eines heran, auf dem eine sehr filigrane Zeichnung zu sehen war. »Wer hat das denn gemalt? Eine Fruchtfliege?«

»Und was genau erforscht ihr?«, fragte Eden, bevor Karl auf Choi eingehen konnte.

»Wir forschen hauptsächlich in den Bereichen Mathematik, Geometrie, Medizin und Kosmologie«, antwortete Karl.

»Welche Aufgabenbereiche gibt es denn noch?«, hakte Effie nach.

»Landwirtschaft, Politik, Wirtschaft, Musik, Kampfkunst und natürlich die Magie.«

»Politik?« Eden klang skeptisch. »Bezieht sich eure Politik nur auf euer Dorf oder auch darüber hinaus?«

Karl schüttelte den Kopf. »Nein, unsere Politiker verteilen sich auf der ganzen Welt.«

»Dafür, dass ihr das *goldene Zeitalter* anstrebt, habt ihr aber noch nicht besonders viel erreicht, was?«, sagte Vespa zynisch.

»D-Dafür hat uns d-der Phönix-Elementar gefehlt«, stotterte Karl.

Na, das wurde ja immer besser. Erwarteten sie etwa, dass Effie in die globale Politik eingriff und so den Weltfrieden, oder was auch immer sie sich unter dem *goldenen Zeitalter* vorstellten, heraufbeschwörte? Und wie bitte sollte sie das anstellen? Indem sie weinte oder schrie? Hoffentlich hatten diese Pythagoreer auch einen guten Plan.

Choi dachte offenbar das Gleiche: »Das goldene Zeitalter? Was soll das denn sein?«

»Der Weltfrieden«, antwortete Vespa für Karl und verdrehte die Augen.

Choi zog ungläubig eine Augenbraue hoch. »Der Weltfrieden?«, wiederholte er. »Habt ihr euch zu viele Schönheitsköniginnen-Wahlen angeschaut oder wie kommt man auf so was?«

Wieder begann Karl, etwas zu stammeln, aber Choi schien keine Antwort zu erwarten. Stattdessen fragte er:

»Und was versteht ihr unter Kampfkunst?« Diesmal schien sein Interesse aufrichtig.

»Wir haben Lehrer und Meister der verschiedensten Kampfkünste in unseren Kreis aufgenommen. Kung-Fu, Taekwondo, Jiu-Jitsu, Karate aber auch der Schwertkampf und das Schießen werden bei uns gelehrt. Einige unserer Mitglieder werden zu Wächtern ausgebildet, für den Fall, dass wir angegriffen werden, und für den Tag, an dem wir gegen Nathaniel in den Krieg ziehen. Momentan dienen sie hauptsächlich unserem Schutz.«

Sie bogen in einen weiteren langen Gang ein. Hier hingen astronomische Karten und Landschaftsbilder an den Wänden. Außerdem war er nicht mehr weiß gestrichen, sondern in einem hellen Grün.

»Und nach welchen Kriterien werdet ihr den unterschiedlichen Aufgabengebieten zugeordnet?«

»Wir wenden dafür die Physiognomik an.«

»Was?« Choi runzelte die Stirn.

»Anhand des Gesichts wird gedeutet, ob ein Mensch eine gute Seele hat und was seine besonderen Eigenschaften sind.«

»Anhand des Gesichts?«, wiederholte Choi. Dann fing er laut an zu lachen. »Kein Wunder, dass ihr mit eurer Vorgehensweise keinen Erfolg habt.«

Karl wurde wieder rot und senkte den Blick. Vor einer Doppeltür blieb er stehen. An den Seiten des Eingangs standen tatsächlich goldene Phönix-Statuen. Man konnte es auch übertreiben, oder nicht?

Zaghaft klopfte er an die Tür.

Einen Moment später wurde sie von innen geöffnet. Mit einem gütigen Lächeln begrüßte sie Zenon bis er Eden, Vespa und Choi erblickte.

»Warum hast du sie alle mitgebracht, Karl? Ich hatte nur nach Effie gefragt.«

»S-sie sind einfach mitgekommen, Sir.«

»Ich werde sie auf jeden Fall begleiten«, schaltete sich Eden ein und legte seinen Arm um ihre Schultern.

Erleichtert atmete Effie aus. Sie hatte keine Lust, allein mit diesen Leuten in einem Raum zu sitzen und sich aus dem Gesicht lesen zu lassen. Vor allem, wenn dieser Phyrron dabei war.

»Wo ist eigentlich Phyrron?«, fragte Zenon, als hätte er gerade denselben Gedanken gehabt.

»I-ich dachte, er wäre schon längst bei euch.« Karl wirkte verwirrt.

Zenon verdrehte die Augen. »Was ist nur los mit ihm? Wenn du ihn siehst, schicke ihn bitte zu uns. Wenigstens ist Kritias soeben eingetroffen.«

Er öffnete die Tür noch ein Stückchen weiter. »Tretet bitte ein.« Seine Stimme klang etwas widerwillig. Doch bevor auch Vespa und Choi ihnen folgen konnten, stellte er sich ihnen in den Weg.

»Hey, was soll das?«, beschwerte sich Choi.

»Diese Besprechung ist wirklich nur für den Phönix-Elementar.« Ein missmutiger Blick streifte Eden. Dieser ließ sich davon nicht beirren.

»Und was sollen wir jetzt machen?«

»Ihr habt einen freien Tag. Genießt das schöne Wetter.«

Und ehe Choi noch etwas erwidern konnte, hatte Zenon die Tür vor seiner Nase verschlossen.

***

Der Raum war riesig. Beinahe so groß wie die Eingangshalle. Das Sonnenlicht drang durch gigantische Fenster und offenbarte kleine Staubpartikel, die in der Luft tanzten. An einem großen runden Tisch, oder besser gesagt einer Tafel, saßen mehrere Leute. Insgesamt sieben. Bis auf Kritias nur unbekannte Gesichter. Zwei Männer in weißen Kutten ähnelten den Pythagoreern, die sie bisher kennengelernt hatte. Dazu saßen vier Frauen an dem Tisch. Das Erste, was ihr an ihnen auffiel, war ihre unglaubliche Schönheit. Jeder von ihnen wallte langes volles Haar über ihre Schultern. Sie konnte nicht sehen, wie lang es war, weil es bis unter den Tisch reichte. Eine von ihnen trug ein Stirnband aus funkelnden Diamanten. Im Gegensatz zu den weißen Kutten der Männer schmiegten sich hellblaue Satinkleider an ihre Haut.

»Die Priesterinnen sind heute Morgen eingetroffen«, erklärte Zenon und bot Effie und Eden einen Platz an dem Tisch an. Eden verspannte sich. Er atmete tief ein und hielt lange Zeit die Luft an, bis er wieder ausatmete und sich setzte.

»In drei Tagen ist es so weit«, begann Zenon, als auch Effie Platz nahm. »Ich möchte dich heute in unsere weiteren Pläne einweisen. Deine Verwandlung steht an erster Stelle, aber dazu komme ich gleich und ich werde dann das Wort an die Pythia übergeben.« Er blickte zu der Priesterin mit dem Diamantenstirnband. »Aber zunächst ist es wichtig darüber zu sprechen, wie es nach deiner Verwandlung weitergeht. Wir wissen nicht genau, wie lange es dauert, bis du dich an deine neuen Kräfte gewöhnst. Ted hat uns berichtet, dass du bereits einmal verwandelt wurdest. Aber es kann sein, dass es diesmal, wenn es auf natürlichem Wege stattfindet, anders ist. Möglicherweise zeigen sich deine magischen Kräfte sofort und es benötigt diesmal keine weitere Entwicklungsphase, wie es bei den anderen Elementaren üblich ist.«

»Sie wird sich erst einmal daran gewöhnen müssen«, unterbrach Eden ihn.

Zenon zuckte zusammen und schenkte Eden einen bösen Blick. So kannte sie Zenon gar nicht. Er war immer der Freundlichste von den dreien gewesen. Lag es vielleicht daran, dass an dieser Tafel viele mächtige Personen versammelt waren? Er wartete einen Moment, bevor er weiterredete.

»Sobald du deine Kräfte beherrschst, werden wir mit dem Training beginnen.«

»Mit dem Training?« Diesmal unterbrach Effie ihn.

Zenon nickte. »Du wirst nicht allein kämpfen müssen. Und, auch wenn das einige unter uns anders sehen, bin ich froh, dass drei von Nathaniels Elementaren auf unsere Seite gewechselt sind. Außerdem stehen dir unsere Wächter zur Seite. Sie sind sehr gut ausgebildete Kämpfer. Dennoch wirst du letztendlich diejenige sein, die sich Nathaniel stellen muss. Denn keiner außer dir besitzt die Fähigkeit, ihm seine Kräfte zu nehmen. Es gäbe noch die Option, ihn vorher zu töten. Aber die Wahrscheinlichkeit, dass uns das gelingt, ist sehr gering. Er ist nicht nur ein sehr guter Kämpfer, wie wir von Theodoros wissen, sondern er verfügt auch über die magischen Fähigkeiten sämtlicher Elementare. Weißt du, welche dies genau sind?«, sprach er nun Eden an.

Dieser runzelte nachdenklich die Stirn. »Das ist schwer zu sagen. Er besitzt unsere Fähigkeiten, das heißt: Er kann sich unsichtbar machen, Menschen manipulieren, Gegenstände vervielfachen und bewegen, sich selbst und Gegenstände verformen und durch sehr enge Öffnungen zwängen, Erinnerungen verändern, jemanden gefrieren, das Wetter beeinflussen, alle Sprachen der Welt sprechen, fliegen, er kann sich selbst verdoppeln oder verzehnfachen, so dass es sehr schwierig ist herauszufinden, welche der Erscheinungen er ist«, zählte Eden auf. »Er kann sich auch verkleinern oder vergrößern und er kann an einen anderen Ort springen. Wir bewegen uns bereits sehr schnell, aber er muss nur an einen Ort denken und in der nächsten Sekunde ist er dort. Und so wie Vespa und ich trägt auch er Elementargift in sich.« Eden räusperte sich. »Es ist gut möglich, dass er noch über sehr viel mehr Kräfte verfügt. Es wurden viele Menschen von ihm in Elementare verwandelt, die er kurz nach ihrer Verwandlung wieder töten ließ, weil er an ihrer Loyalität zweifelte. Aber ich kann mir gut vorstellen, dass er sich ihre Kräfte zu eigen gemacht hat, bevor sie eliminiert wurden.«

Zenon nickte. »Vielen Dank für diese Informationen. Allein das zuletzt Genannte zeigt uns, wie größenwahnsinnig und gefährlich er ist. Und dennoch, dass er so viele Fähigkeiten besitzt, ist auf der anderen Seite auch sein Schwachpunkt. Es ist doch so: Alles im Leben, wenn man es zur Perfektion bringen möchte, braucht viel Aufmerksamkeit und Übung. Ein Mensch, der sich beispielsweise ausschließlich darauf konzentriert, ein bestimmtes Musikinstrument zu beherrschen, kann darin Perfektion erreichen. Spielt er daneben aber auch noch Fußball, kocht leidenschaftlich gern, schauspielert und widmet sich einer Wissenschaft, dann verteilt sich seine Konzentration. Was ich damit sagen möchte, ist, ihr anderen Elementare, die ihr nur eine Fähigkeit besitzt, beherrscht diese vermutlich um einiges besser als Nathaniel. Wie ist es, wenn ihr eure Fähigkeiten anwendet? Müsst ihr euch dann darauf fokussieren oder geschieht es von ganz allein?«

»Wenn ich in die Erinnerungen einer Person eingreife«, antwortete Eden, »konzentriere ich mich darauf. Ebenso, wenn ich in einer anderen Sprache spreche. Nach circa ein bis zwei Minuten ist es dann aber, als wäre es das Normalste der Welt.«

Wieder nickte Zenon. »Bei Nathaniel wird es genauso sein. Und deshalb wird er nicht alle Fähigkeiten gleichzeitig einsetzen können. Das heißt, wenn es zu einem Kampf kommen sollte, müssen wir alles daransetzen, dass wir ihn verwirren. Denn seine Ursprungskraft, die, die er am meisten beherrscht, macht ihn nicht stärker als uns.«

»Ihr dürft allerdings nicht vergessen, dass noch eine Menge anderer Elementare an seiner Seite kämpfen. Und wenn er zusätzlich noch Menschen für den Kampf manipuliert, dann wird es sehr schwer, an ihn heranzukommen.«

»Wir haben etwas, das er haben will, und damit werden wir ihn locken.«

»Ich soll als Lockvogel dienen?« Effie klappte der Mund auf.

»Erst, wenn du stark genug bist, und du bist ja auch nicht allein.«

Eden lehnte sich zurück und zog amüsiert seine Augenbrauen hoch. »Ich muss leider sagen, der Plan ist schwach. In den 200 Jahren, die ich an Nathaniels Seite verbracht habe, hat er sich kein einziges Mal selbst auf einen Kampf mit dem Phönix-Elementar eingelassen. Es wurde immer einer von uns vorgeschickt.«

Für einen Moment schwieg Zenon. »Das ist durchaus ein hilfreicher Hinweis«, gab er zu. »Also müssen wir doch auf unseren Plan B zurückgreifen, der mir persönlich nicht so gut gefällt. Wir müssen in Nathaniels Reich eindringen und ihn dort stellen.«

Eden nickte. »Das klingt schon besser. Ich hoffe, Ted hat euch darüber informiert, dass ihr sehr viele Hindernisse überwinden müsst, um dort hineinzugelangen. Und sollte es euch gelingen einzudringen, werdet ihr noch vielen weitere Barrieren durchschreiten müssen.«

»Ja.« Zenon faltete seine knochigen Hände vor sich auf dem Tisch. »Dabei baue ich auf euch.«

Eden musterte ihn. »Ich denke darüber nach«, sagte er dann. »Vielleicht haben wir ja Glück und uns fällt noch ein dritter Plan ein.«

Zenon bedachte Eden mit seinen weisen blauen Augen. »In Ordnung. Bevor es aber so weit ist, werden wir mit Effie und auch mit euch, wenn ihr das möchtet, das Kämpfen lernen und üben.«

»Ein bisschen Training schadet nie, das hat auch Nathaniel immer angeordnet.«

»Gut.«

»Und wenn wir es schaffen sollten?«, fragte Effie nun.

Sie hatte die meiste Zeit geschwiegen und zugehört, wie die beiden über ihre Zukunft redeten. Es hätte sie böse machen sollen, aber mittlerweile schien sie sich immer mehr damit abzufinden. Vielleicht beruhigte es sie ja auch einfach, dass Eden an ihrer Seite war. »Was ist, wenn wir Nathaniel tatsächlich besiegen sollten? Was geschieht danach?«

»Dann wird der Phönix-Elementar mit Hilfe der Pythia das *goldene Zeitalter* einleiten«, sagte Zenon feierlich. »Wo wir auch bei unserem zunächst wichtigsten Thema wären: Die Hohepriesterin des Orakels, die Pythia, ist angereist, um deine Verwandlungszeremonie abzuhalten. Wir möchten dich mit einem besonderen Schutzzauber belegen, der von den Göttern an das Orakel übergeben wurde. Eine Tragödie wie die mit Pythagoras darf nicht noch einmal geschehen. Für diesen Zauber benötigen wir allerdings das Phönix-Ei.«

Effie zuckte. Offenbar so sehr, dass Eden sie erschrocken ansah.

»Wofür braucht ihr es?«

»Es steht in einer engen Verbindung mit der Seele des Phönix, die sich immer wieder einen neuen Körper sucht, um wiedergeboren zu werden«, erhob nun die Pythia das Wort. Ihre Stimme war wunderschön. Melodisch und wohltuend. Fast klang es, als würde sie singen. »Die wahre Kraft liegt in dem versteinerten Ei. Die Götter haben uns aufgetragen, dieses mit einem Schutzbann zu belegen.«

Das klang wenig einleuchtend. »Aber«, setzte Effie an, »wenn dieser Stein das Ei des Phönix ist, sollte dann nicht daraus der richtige Vogel wieder schlüpfen?«

Für einen Moment hatte Effie das Gefühl, dass die Augen der Hohepriesterin zuckten. Dann redete sie aber mit der gleichen gelassenen und wohltuenden Stimme weiter. »Vor Jahrtausenden wurde das Ei des Phönix mit einem Bann belegt, der verhindert, dass die Phönix-Seele wieder die Gestalt des Vogels annimmt. Seine Kraft ist stärker, wenn er durch den Körper eines Menschen handelt, denn das *goldene Zeitalter* kann nur durch die Menschen hervorgerufen werden.«

»Und wie genau soll ich mir dieses *goldene Zeitalter* vorstellen?«

»Es bedeutet, dass sich Harmonie im gesamten Kosmos ausbreitet.« Während die Pythia redete, bewegte sich ihr Kopf, nur ganz leicht, gerade so, dass die vielen Diamanten aufgeregt glitzerten. »Frieden wird zwischen den Menschen und Tieren herrschen. Und jeder wird ein Leben in Reichtum, Fülle und Glückseligkeit führen.«

»Das Paradies auf Erden«, sagte Kritias.

Ja, das hatte Effie schon einmal gehört. Hatte Vespa nicht davon geredet?

»Mh«, machte sie, »ist das denn realistisch?«

Auf die Frage erntete sie böse Blicke. Nur das Gesicht der Priesterin blieb undurchschaubar. Aber das war doch eine berechtigte Frage. Selbstverständlich war sie auch der Meinung, dass sie mit ihren Fähigkeiten zum Guten beitragen sollten. Helfen, wo es möglich war. Aber übernatürliche Kräfte allein reichten dafür nicht aus. Das hatte sie längst herausgefunden. Natürlich wünschte sie sich den Weltfrieden. Ganz davon abgesehen, wie die Menschen mit den Tieren umgingen. Die Idee war toll. Nur wie sollte man sie umsetzen? Effie hoffte, dass nicht von ihr erwartet wurde, sie könnte die Lösung dafür allein finden.

»Nun«, sagte die Pythia, »wir haben die Götter gefragt, wie es passieren konnte, dass weitere Elementare mit unterschiedlichsten Kräften entstehen konnten. Ihre Antwort war: *Immer wenn ein leuchtender Stern sich auf den Weg macht, das Licht herbeizuführen, öffnet sich an anderer Stelle ein schwarzes Loch.*«

Ah ja. Und was sollte das bedeuten?

»Nathaniel hat einen Weg gefunden, sich die göttlichen Kräfte zu eigen zu machen, die ursprünglich Gutes bewirken sollten. Wir haben das schwarze Loch leider zu spät entdeckt, als dass wir den größten Schaden hätten verhindern können. Pythagoras wurde getötet. Unser Glück ist, dass Nathaniel kein Interesse an dem Weltgeschehen, sondern nur an seinem eigenen Wohl hat. Ansonsten würde die Welt heute vielleicht ganz anders aussehen. Genügend Macht hätte er durchaus.«

Kritias lächelte Effie aufmunternd zu. Es war leicht irritierend, obwohl es bestimmt nett gemeint war. Irgendwie schaffte er es immer, sie nur durch seine Anwesenheit zu verunsichern.

»Ich habe ein kleines Logikproblem«, änderte Eden das Thema. »Ihr sagt, Pythagoras verwandelte sich, nachdem er einen real existierenden Phönix tötete. Soweit ich weiß, benötigt Nathaniel keine Tiere, um ihre Kräfte auf uns zu übertragen. Ihre Seelen stehen längst in Kontakt mit uns. Wie ist es dann möglich, dass Nathaniel neue Elementare erschafft?«

»Nathaniel hat einen Weg gefunden, das magische Tor zur Seelenebene zu öffnen, wodurch das Seelentier mit der menschlichen Seele verschmilzt«, antwortete die Phytia. »Wir glauben, dass er durch das Töten der Phönix-Elementare an diese Kraft gelangt. Dein Seelentier ist ein Pegasus, richtig?«

Er nickte.

»Das ist sehr interessant. Bisher sind uns nur zwei magische Seelentiere unter Nathaniels Elementaren bekannt. Der Pegasus und der Drache. Ansonsten sind es Tiere, die auch auf der Erde vorzufinden sind. Oder hast du andere Informationen?«

Er schüttelte den Kopf. »Nein, das ist richtig.« »Jedenfalls«, sagte Zenon und wandte sich an Effie, »benötigt die Pythia den Stein. Würdest du uns ihn bitte geben?«

Nein! »Ich weiß gerade nicht, wo ich ihn habe«, sagte Effie so unschuldig wie möglich.

»Was?« Empörtes Gemurmel entstand um die Tafel herum. »Wie kann das denn passieren?« Kritias bedachte sie mit einem gezwungenen Lächeln. Nur für einen kurzen Moment war es, als würden seine Augen teuflisch aufblitzen.

Nervös knetete Effie ihre Hände. »Ich werde gleich mal nachschauen. Wann benötigt ihr ihn denn?«

»Sobald wie möglich«, sagte die Hohepriesterin.

»In Ordnung«, sagte Effie.

»Wir werden uns am Tag deiner Verwandlung um 19 Uhr im Zeremoniensaal zusammenfinden«, erklärte Zenon, der sich als Erster von dem Schock zu erholen schien. »Für die Zeremonie haben die Priesterinnen dir ein besonderes Gewand angefertigt.«

Eine der Frauen mit langen braunen Locken erhob sich und überreichte ihr ein Päckchen. Es war aus glänzend hellblauem Satin, so wie ihre Kleider, und mit einer Schnur zugebunden.

»Für den Tag der Verwandlung haben wir dir einen speziellen Speiseplan zusammengestellt. Es ist wichtig, dass du dich daran hältst und ausschließlich Wasser trinkst.« Er reichte ihr eine Liste.

»Warum?« Bei ihrer letzten Verwandlung war sie leicht *alkoholisiert* gewesen und es hatte auch funktioniert.

»Damit keine Komplikationen auftreten«, sagte Zenon.

Sie seufzte und überflog die Liste. Obst, Gemüse, Müsli, keine gekochten Mahlzeiten und keine Gewürze waren erlaubt. Nun gut. Wenn es sonst nichts war. Den Stein wollte sie auf jeden Fall nicht abgeben.

»Heute Abend würden wir gern mit euch zusammen dinieren.« Mit diesem Satz erhob sich Zenon und beendete das Zusammentreffen. Unwillkürlich sprang Effie auf. Sie wollte gerade nichts lieber, als diesen Raum verlassen.

Von der Vergangenheit eingeholt

Im Zimmer legte Effie das Satinpäckchen auf ihr Bett. Sie tastete an ihren Hals und zog die Kette hervor. Die Pythia wollte den Stein haben. Warum wollte sie ihn nicht abgeben? Es war doch nicht schlimm. Dennoch … sie hatte ein schlechtes Gefühl dabei. Es kam ihr vor, als würde sie an Sicherheit verlieren, wenn sie ihn nicht mehr bei sich trug. Aber war er überhaupt sicher bei ihr? Im Zimmer konnte sie ihn auch nicht verstecken. Es war einfach zu leer, um hier einen passenden Platz zu finden. Sie konnte ihn Eden geben. Der Gedanke, dass er auf ihn aufpasste, beruhigte sie. Bei ihm wüsste sie ihn in Sicherheit.

»Vertraust du der Pythia?« Eden zog sie zu sich heran.

»Ich weiß nicht.« Sie lehnte ihren Kopf an seine Schulter.

»Ich auch nicht.« Er drückte sie etwas fester an sich. »Mir kommt es vor, als verlieren wir die Kontrolle über die ganze Situation.«

»Ja«, sagte sie nachdenklich. »Aber ihr Ziel ist edel, oder nicht?«

Er schnaubte. »Es ist utopisch.«

Genau das dachte Effie auch.

»Nathaniel hat sein Paradies schon erschaffen. Der Ort, an dem wir leben«, er stockte, »also sein Reich, wo ich bis vor kurzem gelebt habe. Es war der Luxus pur. Abgeschieden von der restlichen Welt und mittlerweile auch unsichtbar, seitdem er Ted verwandelt hat und über seine Fähigkeit verfügt. Reichtum, Luxus, klare Regeln. Es hat uns nie an etwas gefehlt. Aber Harmonie oder Frieden? Es mussten sehr viele Menschen und Elementare sterben.«

»Nicht nur die Phönix-Elementare?«

Er schüttelte den Kopf. »Nein«, sagte er leise. »Er hat viele Menschen verwandelt, um ihre Fähigkeiten zu kopieren, und wenn er hatte, was er wollte, ließ er sie von uns töten.«

Sie hielt die Luft an. Dann sah sie ihn an.

»Er hat Choi manipuliert, dich anzugreifen«, begann sie. »Vespa hat gesagt, dass er das öfter bei euch getan hat. Kann es nicht sein, dass er euch auch zu diesen Morden manipuliert hat?«

Ein gequälter Ausdruck trat in sein Gesicht. Er schüttelte den Kopf und stand auf. »Du verstehst es nicht. Wir sind«, er stockte, »waren ihm treue und loyale Diener. Ich habe seine Befehle nie in Frage gestellt. Zumindest bis ... Du weißt schon. Er hatte es überhaupt nicht nötig, uns zu manipulieren. Elementare, die sich ihm nur minimal widersetzten, wurden sofort vernichtet.«

»Wurdest du nicht auch manipuliert, den Phönix-Elementar zu töten?«

Er lehnte sich mit beiden Armen gegen die Wand und ballte die Hände zu Fäusten, als würde er am liebsten dagegenschlagen. »Nein«, presste er dann heraus und sah sie an. Kälte glänzte in seinen Augen. »Ich habe es aus voller Überzeugung getan.«

»Mich hast du nicht getötet, obwohl du es wusstest.« Unsicherheit überkam sie. Was war plötzlich los mit ihm?

Er nickte. »Richtig. Aber nicht, weil ich so ein gutes Herz habe. Nur, weil ich diese Priesterin töten musste. Sie hat alles verändert ...«

»Töten musste«, wiederholte sie. Er war nicht überzeugt davon gewesen wie bei seinen anderen Taten. »Zu diesem Mord hat Nathaniel dich manipuliert.«

Er knirschte mit den Zähnen. »Möglich.« Dann wandte er sich ihr wieder zu. »Aber was spielt das für eine Rolle? Ich habe es getan. Ich habe mich seiner Manipulation nicht widersetzt so wie Choi.«

»Weil du nicht wusstest, *wie*«, sagte Effie verzweifelt. Sie nahm seine Hand und zog ihn zu sich aufs Bett. Er ließ es geschehen.

Resigniert ließ er den Kopf hängen. Er hatte sehr viel durchgemacht in seinem Leben. Von Anfang an. Sie im Gegensatz hatte eine sehr schöne Kindheit gehabt. Und ihre Probleme waren mit seinen nicht vergleichbar. Wie hätte sie wohl gehandelt, wenn sie sein Schicksal gehabt hätte? Ohne Eltern, als Waise, in einer Bande, immer in seiner Existenz bedroht. Und seine Wut auf die Menschen, die ihn töten wollten? War sie nicht nachvollziehbar? Sie hätte Nathaniels Angebot auch angenommen. Strebte nicht jeder Mensch nach

Glück in seinem Leben? Sogar mit großer Dankbarkeit. Es war ein Wunder, dass Eden sich so gewandelt hatte. Und die Priesterin, die er getötet hatte, war der Auslöser dazu gewesen. Zum ersten Mal in seinem Leben hatte er wahre Güte und Liebe empfangen.

»Ich bin froh, dass du da bist. Und ich bereue es kein bisschen, dass Nathaniel dich verwandelt hat, denn sonst hätte ich dich niemals kennengelernt. Dann wärst du jetzt schon lange tot. Was auch immer du für ein Mensch oder Elementar in der Vergangenheit warst, es ist mir … es ist mir egal.«

Seine Augen blitzten für Sekundenbruchteile in ihre Richtung. »Das sollte es aber nicht.«

»Es ist wichtig, wer du jetzt bist. Und …« Sie schaffte es nicht, in Worte zu fassen, wie viel er ihr bedeutete. »Du bist mir so wichtig. Ich … ich brauche dich. Ich …« Bevor sie ihren Satz zu Ende bringen konnte, küsste er sie.

»Da bin ich mir nicht so sicher«, sagte er, als er wieder von ihr abließ. »Ich glaube, ich bin derjenige, der dich braucht. Und das ist …« Er stand auf. »Ich habe das Gefühl, es ist falsch. Als würde ich dich benutzen, weil mir deine Zuneigung so wichtig ist. Als würde ich durch dich Gnade erfahren, für all das, was ich getan habe. Und das habe ich nicht verdient.«

Effie schluckte. Sie brauchte einen Moment, um sich zu sammeln. »Doch«, sagte sie dann. »Du hast es verdient. Und ich bin nicht die Erste, die dir deine Taten verzeiht. Aria hat es bereits vor mir getan. Du hattest eine Wahl. Und du hast dich entschieden, dich zu ändern. Und überhaupt …« Jetzt wurde sie allmählich wütend. »Ich will, dass du endlich verstehst, dass es in jedem Menschen eine dunkle und eine helle Seite gibt. Es ist doch nichts anderes als das, was die Hohepriesterin uns gerade erklärt hat.« Sie suchte nach ihren Worten, aber sie fielen ihr nicht mehr ein. »Das mit dem Stern und dem schwarzen Loch, meine ich.« Sie erhob sich ebenfalls. »Jeder von uns hat Fehler.«

Er schnaubte. »Fehler«, wiederholte er. »Möchtest du deine Schwächen wirklich mit meinen vergleichen? Du bist naiv und etwas tollpatschig und eindeutig viel zu vertrauensselig. Du könntest wirklich ein bisschen mehr gesundes Misstrauen an den Tag legen. Aber ich bin ein Mörder.«

»Naiv und tollpatschig?« Jetzt wurde er aber frech. »Okay, wenn wir schon bei unseren Schwächen sind, dann hast du noch vergessen, dass ich die meiste Zeit über nicht weiß, was ich will. Außer bei dir! Bei dir weiß ich es. Dich will ich. Aber das findest du wahrscheinlich auch naiv.«

»Ganz genau.« Sein Blick wurde hart.

»Und du«, ihr stiegen die Tränen in die Augen, »du bist nur mit deiner Vergangenheit beschäftigt. Ständig bereust du irgendetwas. Und noch was«, jetzt rannen ihr die Tränen über die Wangen, »du verdrehst die Tatsachen. Du bist kein Mörder! Du warst einer. Aber du scheinst überhaupt nicht sehen zu wollen, dass du dich geändert hast.«

Immer noch stand er da wie versteinert.

»Es tut mir leid«, sagte er dann.

Im nächsten Moment spürte sie einen Lufthauch. Und plötzlich stand sie allein im Zimmer. Er war verschwunden. Verzweifelt rieb sie sich die Tränen aus den Augen. Aber sie wollten überhaupt nicht aufhören zu fließen. Wie konnte er das nur tun? Er hatte sie einfach alleingelassen. Nach diesem blöden Streit. Diesem sinnlosen Streit.

Den Stein hatte sie ihm auch nicht gegeben, damit er darauf aufpasste. Aber wollte sie das jetzt überhaupt noch?

Wütend und immer noch weinend ging sie zu ihrem Bett, nahm das Päckchen und riss es auf. Toll. Ein wunderschönes Gewand. Ein Kleid, wie es die Priesterinnen trugen. Und eine Art Diadem war auch dabei. Nur nicht aus Diamanten, sondern aus vielen verschiedenen bunten Edelsteinen, die in allen Regenbogenfarben glitzerten. Sie legte es wieder aufs Bett. Das konnte ja spaßig werden. Jetzt hatte sie natürlich besonders Lust auf diese blöde Zeremonie.

Ob er wiederkam? Plötzlich begann ihr Herz, angsterfüllt gegen ihre Brust zu hämmern. Würde er ihr das wirklich antun? Sie einfach verlassen?

Sie musste hier raus. Zwei, drei tiefe Atemzüge. Sie halfen ihr, sich etwas zu beruhigen. Sie wischte sich die Tränen aus dem Gesicht und blickte in den Spiegel. Ihre Augen waren rot unterlaufen und leicht angeschwollen. Mit zittrigen Händen kramte sie ihre Schminktasche aus dem Koffer und trug eine dicke Schicht Make-up auf. Niemand sollte ihr ansehen, dass sie geweint hatte, geschweige denn sie darauf ansprechen. Wimperntusche, Lidschatten, Kajal, und schon war es ihren Augen kaum noch anzusehen. Dafür sah sie jetzt aus, als ginge sie auf eine Party. Großartig. Bis auf Vespa hatte sie auf diesem Gelände noch keine geschminkten Frauen gesehen. Bestimmt war das genauso unerwünscht wie das Rauchen.

Aber das war ihr jetzt egal.

***

Als sie ihr Zimmer verließ, lief sie direkt Kritias über den Weg. Er wirkte einen Moment überrascht.

»Eva«, sagte er und setzte sein charmantes Lächeln auf. »Wie ungewohnt, dich allein anzutreffen.«

Autsch. Ja, steck ruhig deinen Finger in die Wunde.

»Das freut mich. So bekomme ich einmal die Gelegenheit, mit dir unter vier Augen zu sprechen.«

Was wollte Kritias denn mit ihr unter vier Augen besprechen?

Er lachte auf. »Keine Angst.«

War ihrem Gesicht ihre Skepsis anzusehen? Da! Sie war doch misstrauisch. Eden hatte Unrecht! Das war der Beweis.

»Es ist gerade bestimmt alles sehr viel für dich. Ich wollte einfach mal nachfragen, wie es dir geht. Dafür nehmen sich die anderen ja nie die Zeit. Immer wollen sie nur etwas von dir.«

»Oh«, entwich es ihr. Damit hatte sie nicht gerechnet.

»Geht es dir nicht gut?«

»Klar«, log sie. »Es geht mir blendend.«

Mitfühlend betrachtete er sie. »Wirklich?«

Warum musste er denn auch nachhaken? Wieder stiegen die Tränen in ihre Augen. Noch so eine Schwäche von ihr, die Eden vergessen hatte aufzuzählen. Sie hatte ihre Gefühle einfach nicht unter Kontrolle.

»Was ist denn los?« Er legte seinen Arm um ihre Schultern. Oh nein. Warum tat er das? Aber es war schon zu spät. Wieder brachen die Tränen aus ihr heraus. Das war doch einfach nicht zu fassen.

»Wenn du möchtest, können wir darüber reden. Ich bin ein guter Zuhörer.«

Hastig versuchte sie, die Tränen wegzuwischen, damit ihre Schminke nicht verschmierte, und ließ sich von Kritias in einen kleinen Raum führen. Es war ein gemütliches Zimmer. Ein riesiges Sofa stand in der Mitte, mehrere Liegen waren im Raum verteilt, an der Wand hing ein Bild von einem Wasserfall und aus kleinen Boxen in den Ecken drang eine sanfte Melodie. Nur die Fenster fehlten, aber die Größe des Raumes machte das wieder wett.

»Das ist der Entspannungsraum«, erklärte er. »Ihr könnt ihn sehr gern jederzeit benutzen. Bestimmt hat euch das keiner gesagt.«

Nein, das hatte ihnen niemand gesagt. Und dieses Zimmer war viel schöner als die Schlafzimmer.

»Lass mich raten«, sagte Kritias. »Männerprobleme?«

Ach, was sollte es? Hier war ja gerade niemand, mit dem sie sonst darüber reden konnte. Sie nickte.

Er bot ihr einen Platz auf der Couch an und setzte sich mit etwas Abstand neben sie. Gerade, als er etwas sagen wollte, wurde jedoch die Tür hinter ihnen aufgestoßen.

»Hier bist du!« Choi kam mit Vespa im Arm hineinspaziert. »Kannst du diesen Lakaien mal sagen, dass sie uns nicht die ganze Zeit verfolgen sollen? Wir finden überhaupt kein ruhiges Plätzchen.«

Zwei Wachen der Pythagoreer standen wie Bodyguards mit finsteren Blicken hinter ihnen im Türrahmen.

Er ließ sich mit Vespa zwischen Effie und Kritias auf die Couch plumpsen.

»Das geht leider nicht«, antwortete Kritias. »Leider können wir euch nicht genug vertrauen.«

»Wirklich! Das ist der totale Wahnsinn. Wir bewegen uns schon in Lichtgeschwindigkeit, aber egal, wo wir sind, tauchen diese Wachen auf.« Choi schüttelte den Kopf und zog Vespa zu sich heran, die verschmitzt grinste. Ihre Augen hatten wieder ihre gelbe Farbe angenommen.

»Vielleicht solltet ihr einmal darüber nachdenken, euch ein bisschen besser zu benehmen. Dieses Geturtel ist ebenso unangebracht, wie eure übernatürlichen Kräfte zu nutzen.« Obwohl Kritias sie ermahnte, schien ihn die ganze Angelegenheit zu amüsieren.

Effie wurde einfach nicht schlau aus ihm.

»Benehmen?« Vespa kicherte, zog Choi zu sich herunter und küsste ihn. Und zwar sehr lange. So lange, dass Effie ihren Blick abwenden musste, weil es peinlich wurde.

»Habt ihr schon wieder was getrunken?«, fragte sie und verdrehte die Augen. Sie wünschte sich jetzt gerade nichts mehr, als dass sie auf Kritias' Rat hörten.

»Quatsch«, sagte Choi und zog Vespa auf seinen Schoß, »wir sind doch keine Alkoholiker.«

»Und seit wann könnt ihr die Finger nicht mehr voneinander lassen?«

»Ist da gerade ein Funken Eifersucht zu mir herübergeschwungen.« Choi grinste und legte Effie seinen Arm um die Schultern. »Dich haben wir doch auch lieb.«

»Nein, im Ernst.« Sie löste sich von ihm. »Was ist los mit euch? Hat Vespa dich manipuliert?«

»Schön wär's«, sagte Vespa. »Aber meine Kräfte funktionieren einfach nicht richtig. Die Schnelligkeit schon, aber der Rest … Ich fühle mich wie ein Elefant im Porzellanladen. Und die Manipulation will auch nicht funktionieren.« Sie zog Choi zu sich heran und sah ihm tief in die Augen.

»Tanz für mich den Cha-Cha-Cha«, sagte sie mit beschwörender Stimme.

»Nope«, lachte Choi auf. »Siehst du?« Er drehte sich zu Effie, während Vespa enttäuscht den Kopf hängen ließ. »Sie ist harmlos. Und genau so gefällst du mir.« Er kniff Vespa neckend in die Wange.

»Ich würde euch nicht manipulieren.« Ihre Worte klangen ehrlich. Sie wand sich von Chois Schoß, so dass sie neben Effie auf der Couch saß, lehnte sich zurück und blickte an die Decke. »Ja«, sagte sie dann. »Es ist besser so. Ich will, dass die Menschen etwas für mich tun, weil sie es wollen, und nicht, weil ich ihnen meinen Willen aufgezwungen habe. Trotzdem bin ich froh, dass ich die anderen Kräfte wiederhabe. Dann habe ich wenigstens eine kleine Chance gegen Nathaniel.«

Kritias stand auf. »Da werden wir uns wohl überraschen lassen müssen.«

Alle sahen ihn irritiert an. »Vergesst das Essen heute Abend nicht. Es findet im großen Speisesaal statt.«

»Ich kann's kaum erwarten«, Choi rieb sich gierig über den Bauch.

»Ach, und Effie …« Seine bernsteinfarbenen Augen durchbohrten sie. »Hast du den Stein schon gefunden?«

Ruckartig wandte sich Vespa in ihre Richtung.

Effie schüttelte den Kopf. »Ich schau später noch einmal nach.«

Wieder flog ein kaum merkliches Lächeln über Kritias' Lippen. »In Ordnung.«

Und ohne ein weiteres Wort verließ er den Raum.

»Du willst denen den Stein geben?« Ungläubig weiteten sich Vespas große gelbe Augen. »Das darfst du auf keinen Fall.«

»Süße«, erinnerte sie Choi. »Wir sind nicht allein hier.« Er deutete auf die Wachen, die immer noch die Tür blockierten.

»Ich sag ja nur, an deiner Stelle würde ich es mir gut überlegen.«

Da war Effie ausnahmsweise mal ihrer Meinung.

»Und, wie war eure wichtige Besprechung?« Choi nahm sein Feuerzeug aus der Tasche und ließ es in gewohnter Manier auf- und zuklappen. »Haben wir etwas verpasst?«

»Bis auf die Priesterinnen des Orakels von Delphi eigentlich nicht viel.«

»Ernsthaft?«, stutzte er. »Und wie war es?«

Sie lehnte ihren Kopf zurück und blickte an die Decke.

»Verwirrend.«

Er musterte sie. Das Feuerzeug klickte immer schneller. »Wo ist eigentlich Eden?«

Na toll. Da war es wieder. Das leidige Thema. Aber diesmal würde sie sich nicht die Blöße geben und losheulen. Eine knappe Antwort reichte. »Keine Ahnung.«

***

Um 17.30 Uhr gingen sie zu dritt hinunter in den Speisesaal. Eden war immer noch nicht aufgetaucht. Und mittlerweile schienen auch Vespa und Choi gemerkt zu haben, dass etwas nicht stimmte. Aber immerhin besaßen sie so viel Feingefühl, Effie nicht darauf anzusprechen.

»Bitte folgt mir, i-ich bringe euch in den Speiseraum.«

Karl empfing sie unten im Foyer. Mit geröteten Wangen lief er voraus, den ersten Flur entlang.

»Karli«, witzelte Choi, »was bist du denn immer so nervös?« Aber als Effie ihm einen bösen Blick zuwarf, ließ er es netterweise sein. Stattdessen sagte er: »Da bin ich ja mal gespannt, was es zu essen gibt. Ich habe einen Mordshunger. Ich hoffe, ich bekomme hier wenigstens eine Flasche Bier. Nicht, dass die mit dem Alkohol genauso pingelig sind wie mit den Zigaretten.«

Zu Chois Entsetzen traf jedoch genau dies ein.

»Drogen jeglicher Art sind bei uns nicht gestattet«, erklärte Karl, so wie bereits Phyrron ihn darauf aufmerksam gemacht hatte.

»Drogen?« Choi klappte die Kinnlade herunter. »Das ist doch nur ein Abendbrotbier. Mann, gibt's hier in der Nähe einen Supermarkt?«

»I-in unserem Haus ist Alkohol verboten.«

Choi schnalzte genervt mit der Zunge, sparte sich aber einen weiteren Kommentar. Unüblich für ihn. Ob er wirklich sauer darüber war? Auch wenn sie ihn mehr oder weniger mitgeschleift hatten, waren sie doch alle nur Gäste bei den Pythagoreern. Sie fand, dass man da die eine oder andere Sitte der Gastgeber schon tolerieren konnte.

Vor einer hölzernen Tür blieben sie stehen. An beiden Seiten schmückten eingetopfte Orchideen den Eingang. Karl atmete einmal tief ein und öffnete die Tür zum Speisesaal.

An den Wänden flackerten kleine Lichter und auf einem langen Tisch, der sich durch den ganzen Raum zog, waren Kerzen verteilt, die eine gemütliche Atmosphäre verbreiteten.

Der Tisch war mit zahlreichen Tellern eingedeckt und es befanden sich eine Menge Leute im Raum. Frauen und Männer, alle trugen weiße Gewänder. Nur die Priesterinnen konnte Effie nirgends erblicken. Bisher hatte sich noch niemand gesetzt. Die Anwesenden standen schweigend hinter jeweils einem Platz und blickten in ihre Richtung. Gerade, als Karl die Tür schließen wollte, kam Eden hereingehechtet.

Ein Schwall der Erleichterung überfiel Effie. Sie konnte sich überhaupt nicht dagegen wehren. Aber er erwiderte weder ihren Blick noch ihr Lächeln. Er stellte sich einfach neben sie, wartete und betrachtete das Bild, das sich ihm bot. Und er hatte sich umgezogen. Er trug einen Pulli, dessen Ärmel bis über seine Handgelenke reichten. Das war ungewöhnlich. Erstens war es ziemlich warm und zweitens hatte er eine Vorliebe für T-Shirts.

Zenon, der ihnen gegenüber in der Mitte des Tisches stand, breitete seine Arme aus. Neben Zenon stand Kritias, der Platz an seiner anderen Seite war nicht besetzt.

»Heißen wir unsere Gäste willkommen.«

Die anderen neigten freundlich den Kopf als Willkommensgruß.

»Bitte nehmt Platz.« Er deutete auf vier freie Plätze, die sich ihm gegenüber befanden.

Erst, als sie sich gesetzt hatten, taten es auch die anderen.

Eine Tür an der anderen Seite des Raumes öffnete sich und mehrere Männer und Frauen brachten dampfende Speisen herein. In regelmäßigen Abständen stellten sie die Schalen auf den Tischen ab. Reis, verschiedenes Gemüse und Soßen.

»Das Mahl ist eröffnet.« Sobald Zenon die Worte ausgesprochen hatte, wurde nach den Schüsseln gegriffen. Er und Kritias warteten, bis Effie und die anderen sich etwas aufgetan hatten, bevor sie selbst ihre Teller füllten.

»Wo ist eigentlich euer kleiner dicker Freund, der immer mit uns meckert?«, fragte Choi.

Zenon blickte kurz auf den leeren Platz neben sich. »Das haben wir uns auch schon gefragt. Er ist den ganzen Tag nicht gesehen worden.« Dann schüttelte er den Kopf. »Ich hoffe, er hat eine gute Erklärung dafür.«

Das Essen schmeckte, auch wenn Effie etwas Salz fehlte. Aber es stand nichts zum Nachwürzen auf dem Tisch und sie traute sich nicht, danach zu fragen.

Etwas verspätet gesellte sich auch Ted zu ihnen.

»Du kannst gern hier Platz nehmen, Theodoros.« Zenon bot ihm den Platz neben sich an. »Ich denke, Phyrron wird heute nicht mehr erscheinen.«

Ted stutzte, dann sagte er »Vielen Dank«, und nahm das Angebot an.

»Die Priesterinnen wünschen, dass der Zeremoniensaal für die Verwandlung mit weißen Blumen geschmückt wird. Gerbera, Lilien, Orchideen«, er überlegte kurz. »Sie haben mir eine Liste gemacht, ich fahre morgen in die Stadt, um sie zu kaufen.«

Er tat sich etwas Essen auf den Teller.

»Wie bist du eigentlich auf die Idee gekommen, Nathaniel den Stein zu entwenden?«, fragte Kritias Vespa. »Ich meine, mehr als tausend Jahre hat es dich nicht interessiert, oder?«

Sie bedachte ihn mit ihren gelben Augen. Es schien, als überlegte sie, ob sie es ihm sagen wollte. Dann kaute sie den Bissen, den sie im Mund hatte, und schluckte ihn herunter.

»Lange Zeit war mir die Bedeutung des Steins nicht bewusst. Erst, als ich durch Zufall belauschte, wie er mit dieser Priesterin sprach ...«

»Aria«, unterbrach Ted sie. Er legte die Gabel, die er gerade in die Hand genommen hatte, wieder neben den Teller und lehnte sich zurück, als sei ihm der Appetit vergangen.

»Soll ich es nun erzählen oder nicht?«

»Bitte fahre fort.« Kritias nickte ermutigend.

Vespa verdrehte die Augen. »Sie redeten über den Stein und das erste Mal hörte ich, dass er ihn zum neuen Phönix-Elementar führte. Ich hatte mich tatsächlich schon mehrmals gefragt, wie er die Phönix-Elementare aufspürte, war dem Geheimnis aber nie auf die Schliche gekommen. Aber da ich es nun wusste, witterte ich meine Chance. Wenn die Priesterin, Aria«, korrigierte sie sich bei Teds Blick, »an ihn gelangen konnte, dann würde ich es auch schaffen. Das war meine Hoffnung auf ein eigenes, freies Leben. Allerdings dauerte es länger als erwartet. Mehrere Jahre um genau zu sein. Trotzdem habe ich es geschafft. Der Gedanke, nicht mehr unter seiner Kontrolle leben zu müssen, nicht mehr das Leben führen zu müssen, das er für mich vorsah, trieb mich an, nicht aufzugeben.« Sie lehnte sich in ihrem Stuhl zurück. »Ich war schon ein paarmal ›ausgebrochen‹. Aber er holte mich jedes Mal zurück. Egal, wo ich mich versteckte, er fand mich. Es gibt keinen Weg, Nathaniel zu entkommen, außer man stirbt. Ich war tatsächlich kurz davor, mich in den Tod zu stürzen, bei der Aussicht, weitere tausend Jahre einfach nur zu existieren und zu gehorchen, aber nicht zu leben. Aber plötzlich eröffneten sich mir ganz neue Möglichkeiten. Wenn ich Nathaniel entmachtete, dann musste ich selbst nicht sterben. Diese Möglichkeit gefiel mir viel besser.«

Sie schob das Gemüse auf ihrem Teller zusammen. »Ich wusste, dass er den Stein in seinen verbotenen Räumen aufbewahrte. Es war nicht einfach, hineinzugelangen, aber ich schaffte es und stahl ihn.« Stolz reckte sie ihr Kinn in die Luft.

»Und was machte er mit Aria?«, wollte Kritias wissen.

Vespa runzelte die Stirn. »Das wisst ihr doch.« Sie seufzte. »Er ließ sie töten.«

»Er ließ sie töten?«, wiederholte er. »Also tötete er sie nicht selbst?«

Ted hob den Kopf und beugte sich nach vorn, als wäre dieses Detail neu für ihn.

Vespa verdrehte die Augen. Dann lehnte sie sich Kritias entgegen. »Nathaniel macht sich nicht gern die Finger schmutzig. Hatte ich das noch nicht erwähnt? Er befahl es Eden.«

Teds Gesicht entwich sämtliche Farbe und er sah zu Eden. »Du?«

»Wo ist er schon wieder hin?«, fragte Zenon und blickte auf den Stuhl neben sich, wo Ted saß. Aber Effie sah ihn immer noch auf seinem Platz. Und plötzlich ging alles viel zu schnell. Er stürzte sich auf Eden, packte ihn, knallte ihn auf den Tisch. Sämtliches Geschirr zerbrach und stürzte samt Essen auf den Boden.

Eden versuchte, ihn von sich zu schieben. Doch er kämpfte nicht. Warum wehrte er sich denn nicht?

»Ted!«, schrie Effie. »Hör auf damit.« Sie sprang dazwischen und wurde von Ted abgewehrt. So heftig, dass sie durch den Raum flog und hart auf dem Boden aufprallte. Ihr ganzer Körper schmerzte. Sofort kamen zwei Pythagoreer angerannt. Mühsam richtete sie sich wieder auf. Ted kniete auf Eden und drückte ihm mit beiden Händen den Hals zu. Eden legte seine Hände auf Teds Arme, aber er versuchte nicht, sie zu lösen. Die Ärmel seines Hemdes waren nach oben verrutscht. An seinem linken Handgelenk, war seine Haut völlig verätzt. Eine Wunde, die nicht heilte ...

»Ted«, rief Vespa. »Eden wollte sie nicht töten, Nathaniel hat ihn manipuliert.«

»Was?«, keuchte Ted und lockerte für einen Moment seinen Griff, so dass Eden atmen konnte. Er musste seinen Unsichtbarkeitszauber wieder abgelegt haben, denn Vespa blickte ihm direkt ins Gesicht.

Sie seufzte. »Habt ihr schon wieder vergessen, dass er all unsere Fähigkeiten kopiert hat? Selbstverständlich manipuliert er seine Elementare, wenn sie ihm nicht gehorchen. Zugeben, bei Eden war das lange Zeit nicht nötig. Ansonsten hätte er ihn längst eliminiert. Er umgibt sich nicht mit illoyalen Dienern. Aber die Priesterin wollte Eden nicht töten. Ich habe es mit eigenen Augen gesehen. Es war das erste Mal, dass er sich Nathaniels Befehl verweigert hat, und das war wirklich ein harter Schlag für meinen Bruder. Du weißt, dass er dich immer wie seinen eigenen Sohn angesehen hat, Eden.«

Ted schüttelte den Kopf. »Es ist mir egal«, zischte er dann. »Eden hat sie ermordet.«

Wieder presste er seine Hände um Edens Hals. Sein Gesicht lief rot an, er röchelte, aber wehrte sich immer noch nicht. Verzweifelt wollte Effie sich erneut auf Ted stürzen, aber die Pythagoreer hielten sie zurück.

»Das reicht jetzt!«, rief Choi. Anstatt Ted wegzustoßen, packte er Eden und zerrte ihn auf die Beine. Teds Hände um Edens Hals lösten sich. Choi wich mit ihm ans andere Ende des Raumes aus. Keuchend rieb Eden sich seinen Hals.

Ted erhob sich, fixierte Eden mit seinem Blick. Doch dann sah er zu Effie. »Was findest du nur an diesem Kerl?« Ohne eine Antwort abzuwarten, verschwand er.

Zenon wandte sich an Effie. »Ich entschuldige mich im Namen der Pythagoreer für dieses Verhalten. Arias Tod macht Theodoros immer noch sehr zu schaffen. Sie war seine Verlobte. Sobald sie ihren Auftrag erfüllt hatten, wollten sie heiraten. Dafür war sie bereit, ihren Status als Priesterin aufzugeben.« Er machte eine kleine Pause. »Wir sind eigentlich von friedlicher Mentalität.«

»Ha, ha«, machte Vespa. »Das habe ich aber anders in Erinnerung.«

»Das Schicksal, das dir und deiner Familie durch uns zugefügt wurde, tut mir sehr leid. Auch dafür entschuldige ich mich im Namen des Geheimbundes.«

Sie stutzte einen Moment, als wollte sie etwas erwidern, aber sie tat es nicht.

»Warum musstest du dieses Thema gerade in der Gegenwart von Theodoros ansprechen«, wandte Zenon sich verärgert an Kritias.

»Verzeih mir, ich hatte vergessen, wie sehr ihn diese Angelegenheit belastet.«

Zenon schnaubte, dann betrachtete er das Chaos im Raum. »Ich denke, es ist das Beste, wenn wir uns erst einmal alle etwas beruhigen.«

Das hielt Effie auch für eine gute Idee.

Die Fesseln ablegen

Eden lehnte sich an die Wand und blickte aus dem winzigen Fenster ihres Gästezimmers. Sie hatten den Speisesaal vorzeitig verlassen. Von Ted war nirgends eine Spur. Bisher hatten sie kein Wort miteinander gesprochen und die Atmosphäre in diesem kleinen Zimmer war so angespannt, dass sie sich davon beinahe erdrückt fühlte.

Er verschränkte die Arme vor seiner Brust und rieb sich fast unmerklich über sein Handgelenk, über das er wieder seinen Ärmel gezogen hatte.

»Was ist mit deinem Arm passiert?«, brach sie das Schweigen. Gedankenverloren sah er sie an. Es schien etwas zu dauern, bis ihre Worte ihn erreichten.

»Ich …«, fing er an und verstummte.

Wieder entstand dieses unerträgliche Schweigen. Am liebsten hätte sie ihr Handy herausgenommen, um etwas Musik anzumachen, nur damit es nicht mehr so still im Raum war.

»Ich habe nachgedacht«, sagte er nach einer gefühlten Ewigkeit. »Bis zum Abendessen hatte ich mir auch einen festen Entschluss gefasst. Was du heute Morgen gesagt hast, dass ich nicht mehr der bin, der ich früher war … Bis gerade eben hatte ich für mich entschieden, dass es stimmt. Es hat sich befreiend angefühlt, wie ein Neuanfang.«

Er zog seinen Ärmel hoch und zeigte ihr sein Gelenk. Eine klaffende Wunde offenbarte sich. Die Haut war bis aufs Fleisch weggeätzt und allein bei dem Anblick wollte Effie sich nicht ausmalen, welche Schmerzen sie verursachen musste.

»Was hast du getan?« Sie sah es sich genauer an. Der Rand der Wunde war blau verfärbt. Es sah aus, als würde sie sich langsam weiter ausbreiten.

»Warum verheilt sie denn nicht?«

Er atmete schwer. »Ich habe das Armband von Nathaniel entfernt. Es hat nur mit meinem Gift funktioniert, ein Tropfen ist dabei auf meine Haut gekommen. Es war wirklich nicht viel.«

Jetzt erst bemerkte sie, dass er das Armband nicht mehr trug. Sein Handgelenk wirkte geradezu nackt.

»Warum tust du nicht etwas von dem Elixier darauf?«

»Weil ich hoffe, dass es von allein verheilt. Es war nur ein winziger Tropfen.«

»Es verheilt aber nicht.« Ganz im Gegenteil, es wurde immer größer. »Du musst es mit dem Elixier behandeln.«

»Nein«, sagte er stur. »Es dauert nur etwas länger. Morgen früh hat sich die Haut regeneriert.«

Das bezweifelte sie. »Warum willst du es nicht nehmen? Genau für so eine Situation trägst du es bei dir.«

»Ich will es nicht verschwenden.«

»Verschwenden?« Das war doch nicht zu fassen. »Es ist Gift! Elementargift! Deine Selbstheilungskräfte sind nicht stark genug, um dagegen anzukommen. Du brauchst das Elixier, und zwar jetzt.«

Hartnäckig schüttelte er den Kopf. »Es ist das letzte, was ich habe, und ich will es für einen wirklichen Notfall aufbewahren.«

»Was denn für ein wirklicher Notfall?« Er musste es nehmen. Die Wunde an seinem Arm wurde größer, aber er beachtete es nicht. Als würde er diese Tatsache einfach ausblenden.

»Du bist noch ein Mensch und es sind noch zwei Tage bis zu deiner Verwandlung. Wenn dir vorher etwas zustößt, dann ...«

»Du willst es für mich aufbewahren?« Ungläubig sah sie ihn an. Er sollte endlich damit aufhören, ihr Wohlbefinden über sein eigenes zu stellen. Wenn sie jetzt schon ihre Kräfte hätte, wäre es eine Kleinigkeit, ihn zu heilen. Ein paar Tränen verdrücken und dann wäre alles wieder gut. Aber so war es nun mal nicht.

»Wo ist das Elixier?«, fragte sie ihn. Er verschränkte die Arme vor der Brust und presste seine Lippen zusammen. Das durfte doch nicht wahr sein. Dieser Mann war über 200 Jahre alt und benahm sich wie ein trotziger Junge.

»Gib es mir«, befahl sie ihm und hielt ihm ihre offene Hand entgegen.

Er schüttelte den Kopf. »Nein.«

Gut, wie er wollte. Sie griff nach seiner Hosentasche, die leicht ausgebeult war, als hätte er etwas hineingesteckt. Und sie lag genau richtig. Sie zog das zerstörte Metallarmband heraus.

Eden riss es ihr aus der Hand.

»Das ist unnötig. Du übertreibst.«

»Ist es das?« Sie wurde lauter, obwohl sie das gar nicht wollte. Aber sie befürchtete, er würde ihr sonst nicht zuhören. »Du willst mir helfen, ja?«

Er runzelte die Stirn. Dann nickte er.

»Wie möchtest du das bitte schön machen, wenn du morgen früh tot bist?«

»Ich werde nicht ...« Irritiert blinzelte er.

»Schau dir deine Wunde an.«

Er zögerte, dann tat er, was sie sagte. Das Gift breitete sich immer mehr aus. Wenn die Wunde vorher so groß wie ein Golfball gewesen war, hatte sie jetzt die Breite eines Tennisballs. Heilung war da in keinster Weise in Sicht.

Sie nahm ihm das Armband wieder ab und diesmal ließ er es zu. Ein kurzer Druck auf das Drachensymbol und die Dose öffnete sich und offenbarte den kleinen Flakon, in dem sich das Elixier befand. Vorsichtig holte sie es heraus. Dann fasste sie Eden an der Hand und zog ihn zum Bett, damit er sich setzte. Widerstandslos ließ er es zu.

»Nimm nicht zu viel!«, sagte er, als sie den Verschluss des Fläschchens aufdrehte. Nicht zu viel? Und selbst wenn sie das gesamte Elixier auf seine Wunde schüttete, wäre es nicht zu viel. Aber sie sparte sich einen weiteren Kommentar. Sie kippte das Fläschchen und ein kleiner Tropfen fiel auf seinen Arm. In Sekundenschnelle breitete sich das Heilmittel aus. Sie konnte beobachten, wie sich das Gewebe verschloss und die Hautschichten sich neu bildeten. Nach etwa fünf Minuten war alles verheilt. Als wäre nie etwas gewesen. Seine Haut erstrahlte gesund und frisch.

Sie drehte den Flakon wieder zu und setzte ihn zurück in das zerstörte Armband.

»Ein Tropfen«, sagte sie und schüttelte den Kopf. »Du hast mir Angst gemacht.«

Sie zog ihn zu sich heran und sah in seine grünen Augen. Traurigkeit spiegelte sich darin. »Tu so etwas nie wieder.«

»Okay«, sagte er ergeben.

Seufzend schlang sie ihre Arme um ihn und presste sich so fest an ihn, wie sie konnte. Es waren nur ein paar Stunden, die er verschwunden gewesen war. Aber es waren die quälendsten Stunden ihres Lebens gewesen. Und dann noch das. Was war nur los mit ihm? Er sollte endlich damit aufhören, sich selbst zu geißeln. Er legte seine Arme um ihren Rücken und seinen Kopf auf ihre Schultern.

»Ich habe das Gefühl, eine Fessel losgeworden zu sein«, flüsterte er.

»Ja«, sagte sie ebenso leise. »Das glaube ich.«

»Und ich dachte, es würde mich verändern.« Er atmete tief ein und wieder aus. »Aber es ist nicht so. Es lässt meine Vergangenheit nicht verschwinden. Ted hat Recht. Ich hätte es verdient, wenn er mich töten würde. Ich habe seine große Liebe umgebracht. Wenn dir jemand so etwas antun würde, dann ...« Er sprach nicht weiter.

»Niemand hat das Recht, einen anderen Menschen zu töten, auch Ted nicht. Ich kann ihn auch verstehen. Aber du warst nicht einmal du selbst, als du es getan hast. Erinnere dich doch mal. Du wolltest es nicht tun. Du hast dich innerlich gewehrt. Obwohl du manipuliert worden bist. Das ist sehr stark von dir gewesen.«

»Trotzdem habe ich es getan.«

»Aber du hast dich verändert. Und nach ihr hast du niemanden mehr ermordet, oder?«

»Ja«, sagte er, »das stimmt.«

Sein Kopf lag immer noch auf ihrer Schulter und sie streichelte ihm über die Haare.

»Ich glaube, dass jeder, der ein Leben auf dem Gewissen hat, sehr hart mit sich ringen muss. So etwas verarbeitet man nicht von heute auf morgen.«

Sie konnte es nur vermuten, weil sie zum Glück noch nie in einer solchen Situation gewesen war. Unter ihren Armen spürte sie, wie sich Edens Körper verspannte. Als wäre ihm das Thema unangenehm. Aber er wandte nichts dagegen ein.

Sie wollte nicht mit ihm tauschen. Aber sie versuchte, sich in seine Lage zu versetzen. Warum kam es so oft vor, dass Menschen, die schon einmal getötet hatten, auch ein weiteres Mal töteten? Eine Grenze wurde überschritten, das war klar. Aber war es nicht vielleicht auch so, dass sich in ihnen solch ein großer Selbsthass bildete, dass sie sich von jeglichen Gefühlen abschnitten? Auch von dem Mitgefühl für das Wesen, das ihnen unterlag. Wurde Eden jemals wahre Liebe entgegengebracht? Seine Eltern waren früh gestorben. Er wuchs in einem Heim auf und geriet schnell in schlechte Kreise. Vespa hatte gesagt, er wäre für Nathaniel wie ein Sohn gewesen. Vielleicht hatte es sich für Eden wie Liebe angefühlt. Die Liebe eines Vaters, die er nie erfahren durfte. Die Anerkennung, die Nathaniel ihm entgegenbrachte, wenn er seine Aufträge erfüllte. Aber in der Vergebung von Aria musste er das erste Mal in seinem Leben wahre Liebe gespürt haben. Vielleicht war sie wirklich das Heilmittel. Die Liebe. Romantisieren hin oder her. Irgendwo hatte Effie mal gelesen, dass jede Handlung dadurch motiviert sei, glücklich zu werden. Auch ein Mord oder ein Krieg. Es war die Hoffnung auf ein besseres Leben oder das Vernichten von Angst. Eden hatte die anderen Phönix-Elementare aus der Überzeugung getötet, sie würden seine Existenz bedrohen. Nathaniel hatte ihn sehr gut beeinflusst.

Sanft und warm spürte sie seinen Atem an ihrem Hals. Sie wich ein Stück zurück, um ihn anzusehen. So nah wie jetzt hatte sie sich ihm noch nie gefühlt. Er wirkte so … verletzlich. Langsam näherte sie ihren Mund dem seinen. Dann küsste sie ihn. Er erwiderte den Kuss. Erst behutsam, dann leidenschaftlich. Vorsichtig drückte er sie aufs Bett und legte sich über sie. Sie fasste seinen Pullover und zog ihn über seinen Kopf. Unwillkürlich schlug ihr Herz noch schneller, als es sowieso schon pochte. Sie fuhr über seine Brustmuskeln, seine warme Haut. Bei ihrer Berührung bekam er eine Gänsehaut, aber er regte sich nicht. Eden beobachtete sie. Dann nahm er ihren Kopf in die Hand und beugte sich zu ihr herunter, so dass sie ihm in die Augen sehen musste. Seine wunderschönen grünen Augen.

Es kam ihr wie eine Ewigkeit vor, die sie dort lagen. Sich einfach ansahen und nichts sagten. Bis er seine Wange an ihre schmiegte.

»Schön, dass es dich gibt«, flüsterte er in ihr Ohr. »Ich habe dich nicht verdient, aber ich weiß nicht, was ich ohne dich machen würde.«

Mord

Ein markerschütterndes Kreischen riss Effie aus ihrem Schlaf. Durch das kleine Fenster schien bereits die Sonne. Es war Morgen. Eden war auch aufgewacht. Mit dem Handballen rieb er sich über seine verschlafenen Augen und setzte sich auf.

»Er ist tot!« Es war eine verzweifelte Frauenstimme, die durch den Flur schallte. Kurz darauf hörten sie mehrere Menschen über den Flur laufen.

Weder Effie noch Eden rührten sich. Eine Minute später wurde ihre Tür aufgestoßen. Zenon trat ungefragt in ihr Zimmer. Das erste Mal sah er kein bisschen freundlich aus. Hinter ihm standen drei Wachen der Pythagoreer.

»Phyrron wurde ermordet«, sagte er zu Eden. »Das ändert einiges.«

»Hey!«, hörten sie Chois Stimme im Nebenraum. »Was soll ...« Ein Knall unterbrach ihn mitten im Satz.

Eden schnellte auf, aber Zenon zückte eine Pistole.

»Damit kannst du mich nicht aufhalten«, knurrte Eden.

»Doch«, sagte Zenon. »Dank Ted konnten wir das Mittel, das Elementare betäubt, erforschen und nachproduzieren. Wir hätten euch doch niemals eingeladen, wenn wir uns nicht vor euch schützen könnten.«

Effie sprang auf und stellte sich vor Eden. Zenon würde nicht auf ihn schießen, wenn er sie dabei verletzen könnte. Glücklicherweise hatte sie in der Nacht noch ein T-Shirt von Eden angezogen, sonst hätte sie nun nackt vor ihnen gestanden.

»Du traust den falschen Freunden«, sagte Zenon ruhig.

Sie schüttelte den Kopf. »Ihr könnt doch nicht willkürlich ein Urteil fällen! Wir wissen nicht mal, was geschehen ist.«

»Phyrron ist tot«, sagte Zenon. »Er wurde ermordet. Vergiftet. Es kann nur einer von euch gewesen sein.«

»Es ist erst ein paar Minuten her, dass ihr ihn gefunden habt.« Effie sah Zenon ungläubig an. »Woher wollt ihr dann wissen, dass er vergiftet wurde?«

»Der komplette Leichnam ist grün verfärbt, auf welche Todesursache würdest du schlussfolgern, Eva?«

Sie schluckte und versuchte das Bild, das sich vor ihrem inneren Auge zeigte, zu verdrängen. »Ich würde mir erst eine Meinung machen, wenn ein Fachmann es sich angesehen hat.«

»In diesem Haus gab es noch nie einen Mord. Und jetzt, da wir fremde Gäste eingeladen haben, die zusätzlich über ein starkes Gift verfügen, stirbt ein sehr wichtiges Mitglied unserer Gemeinschaft. Findest du das nicht merkwürdig?«

Keine Frage, es war seltsam. Und es war schrecklich. Aber dennoch konnte er nicht einfach eigenmächtige Beschuldigungen aussprechen.

»Beweise«, sagte sie, »das ist es, was ihr jetzt braucht.«

Zenons Augen formten sich zu schmalen Schlitzen. Dann richtete er seine Waffe auf ihr Herz. Ihre Knie begannen zu zittern.

»Vielleicht hatte Phyrron Recht und ich habe mich wirklich in dir getäuscht. Wie es scheint, schlägst du dich auf die Seite unseres Feindes. Wir sollten dich töten, bevor du unser Untergang wirst. Dann müssen wir eben noch einmal 21 Jahre auf den nächsten Phönix-Elementar warten.«

»Na, na.« Effie hatte nicht gemerkt, dass Kritias dazugestoßen war. Er legte seine Hand auf die Waffe und drückte Zenons Arm behutsam nach unten. »Wir sollten jetzt erst einmal einen kühlen Kopf bewahren. Das Mädchen hat Recht. Schauen wir erst einmal, was für ein Gift es war. Wenn die hier anwesenden Elementare unschuldig sind, werden sie uns mit Sicherheit bereitwillig etwas von ihrem Gift zur Verfügung stellen, damit wir es abgleichen können. Unser Labor ist sehr gut. Es wird nur wenige Stunden dauern, bis wir die Ergebnisse haben.«

»Ich werde niemanden von ihnen mehr unkontrolliert durch dieses Gebäude laufen lassen. Phyrron wurde auf diesem Flur ermordet. Die Beweislage steht sehr schlecht für sie.«

Noch mehr Wachen sammelten sich im Gang. Die Chancen für eine Flucht waren gering. Eden würde es vielleicht schaffen, so schnell wie er war. Nur würde er sich dadurch noch verdächtiger machen. Warum sollte er das tun? Und Choi? Hatten sie ihn bereits betäubt? Sie hörte keinen Mucks mehr von ihm. Sie konnten ihn und Vespa nicht einfach im Stich lassen.

»Vergiss nicht, was unser höchster Auftrag ist, Zenon.« Kritias durchbohrte ihn mit seinen bernsteinfarbenen Augen. »Wir wollen Frieden schaffen. Du bist kurz davor, unser eigenes Gelübde zu brechen.«

»Um Frieden zu schaffen, müssen immer zwei Seiten bereit dazu sein.«

»Ich bin dafür, dass die vier im Entspannungszimmer warten. Dort ist kein Fluchtweg. Sobald einer von ihnen den Raum verlässt, haben wir genug Wachen, die ihn aufhalten werden.« Bestimmt schob er Zenon aus dem Raum.

»Folgt mir bitte«, sagte Kritias zu Effie und Eden und setzte sich in Bewegung. Er schien offenbar keine große Angst zu haben, dass Eden ihn plötzlich vergiftete.

Ihnen blieb keine Wahl. Sämtliche Waffen waren auf sie gerichtet. Sie lösten sich aus ihrer Starre und gehorchten ihm.

Vor der Tür des Entspannungsraums blieb er stehen und öffnete sie. Langsam traten sie ein. »Ich werde gleich jemanden schicken, um eine Giftprobe zu entnehmen.«

Er zog die Tür zu, öffnete sie dann aber wieder. »Bringt ihn hier herein.«

Vier Wachen trugen den reglosen Choi und legten ihn auf dem Sofa ab.

»Was ist mit ihm?« Effie rannte zu ihm und fühlte seinen Puls. Die Ader an seinem Hals pochte.

»Einer unserer Wächter war zu schnell. Er hat auf ihn geschossen. Er ist betäubt. Von ihm benötigen wir keine Giftprobe, wenn ich richtig informiert bin?« Fragend zog er eine Augenbraue hoch.

»Nein«, antworte Eden. »Nur von mir und Vespa.«

»Gut. Führt Vespa bitte auch hierhin.«

Die Tür wurde erneut aufgestoßen. Ein wütender Schrei folgte. »Was soll das?« Vespas gereizte Stimme hallte durch den Flur. Barfuß und im Nachthemd wurde sie von mehreren Wächtern zu ihnen in den Raum gezerrt. »Geht's noch?« Sie öffnete die Arme und die Wächter flogen drei Meter zurück. Einer schlug gegen die Tür, der andere prallte von der Wand ab. Augenblicklich richteten die anderen Wächter alle Waffen auf sie.

»Was ist hier los?« Sie sah sich irritiert um. Ihre Haare standen in alle Richtungen ab und offenbar hatte sie am Vortag vergessen, sich abzuschminken, denn ihre Augen waren verschmiert und leicht verklebt. Ebenso wie der rote Lippenstift, von dem sich ein Streifen bis zu ihrem Wangenknochen zog.

»Choi!« Sie rannte zu ihm. »Was ist mit ihm?«

»Er wurde betäubt«, erklärte Kritias. »Diese Waffen enthalten das entsprechende Betäubungsmittel für Elementare.« Er zeigte auf die Pistole einer der Wächter, um es Vespa noch einmal zu verdeutlichen. Sie wich einen Schritt zurück und setzte sich langsam neben Choi auf die Couch.

»Heute Morgen wurde Phyrrons Leiche gefunden. Er wurde vergiftet. Wir müssen nun prüfen, ob es sich um euer Gift handelt. Gleich wird jemand kommen und eine Giftprobe entnehmen.«

Ohne ein weiteres Wort verließ Kritias den Raum und schloss die Tür hinter sich.

Auch wenn sie sich sicher war, dass niemand von ihnen es getan hatte, stellte Effie die Frage. Sie wollte es einfach von ihnen hören. »Hat einer von euch Phyrron vergiftet?«

Edens Augenbrauen zogen sich zusammen. »Ist das dein Ernst?«

»Bitte gebt mir eine Antwort«, sagte sie. Sie wollte doch nur ein *Nein* hören.

»Natürlich nicht.« Verärgert ließ Eden sich auf eine Entspannungsliege sinken.

»Wieso sollten wir?«, sagte Vespa. »Er war nervig, okay, und er konnte uns definitiv nicht ausstehen. Aber wieso sollte ich mir deswegen die Mühe machen, ihn zu vergiften? Da kann ich mit meiner Zeit wirklich was Besseres anfangen.« Sie beugte sich zu Choi und strich ihm sanft durchs Gesicht. »Hoffentlich wacht er bald wieder auf.«

Sie hatte Recht. Weder Eden noch Vespa hatten einen Grund, Phyrron zu töten. Doch er hatte gestern mit seinem Gift herumgewerkelt. Durch ein Kopfschütteln versuchte Effie, diesen Gedanken wieder zu vertreiben.

Und Choi? Er besaß nicht mal Gift. Er hätte sich von Vespa etwas holen können. Aber so abgebrüht schätzte sie ihn nicht ein. Er hatte doch eher Spaß daran, Phyrron ein bisschen zu ärgern. Das ergab alles einfach keinen Sinn. Dennoch saßen sie hier fest, in einem fensterlosen Raum, vor dessen Tür viel zu viele Wächter standen, die mit dem Betäubungsmittel bewaffnet waren, als dass sie einen Fluchtversuch hätten starten können. Außer vielleicht, wenn Choi gleich wieder aufwachte. Möglicherweise konnte er ihnen mit seiner Fähigkeit, Gegenstände zu bewegen, die Waffen entreißen. Aber jetzt war er bewusstlos und somit außer Gefecht gesetzt. Ihnen blieb also nichts anderes übrig, als abzuwarten. Hoffentlich waren die Testergebnisse des Giftes schnell ermittelt.

***

Erst nach etwa einer halben Stunde tauchte Kritias wieder auf. Er kam nicht allein, sondern in Begleitung von Ted, Zenon und zwei Männern, die im Gegensatz zu den anderen kein weißes Gewand, sondern einen weißen Kittel trugen. Sie sahen aus wie Ärzte oder Wissenschaftler, die gerade aus einer wichtigen Forschung in ihrem Labor gerissen worden waren. Dieser Eindruck bestärkte sich noch, als sie einen großen schwarzen Koffer öffneten und kleine gläserne Plättchen herausholten. Einer der Wissenschaftler hatte eine riesige Nase und der andere eine Halbglatze. Die wenigen Haare, die er noch besaß, reichten ihm bis zur Schulter, was etwas skurril aussah. Mehrere bewaffnete Männer und Frauen waren mit in den Raum gekommen und richteten ihre Pistolen auf Eden und Vespa.

Der Wissenschaftler mit der großen Nase ging zu Eden, der immer noch auf der Entspannungsliege lag und an die Decke starrte.

»Würden Sie mir bitte etwas von Ihrem Gift geben?« Er hielt ihm eine der Glasplättchen hin. Effie hatte solche Scheiben im Biologieunterricht benutzt, wenn sie Substanzen vermischen sollten, um sie unter dem Mikroskop zu untersuchen.

»Klar.« Eden klang sarkastisch. Obwohl sie ihn nur von der Seite sah, bemerkte sie, wie er die Augen verdrehte, und das tat er sehr selten. Er setzte sich auf, formte seine Hand zu einer Kralle und blaues Gift schoss unter seinen Nägeln hervor.

Die Scheibe, die der Wissenschaftler ihm entgegenhielt, wackelte in dessen zittrigen Händen. Sorgfältig strich Eden etwas von seinem Gift in der Mitte ab, so dass er die Haut des Mannes nicht berührte.

»Danke schön«, sagte dieser, als es ihm genug war, und wich schnell einen Schritt zurück. Eden legte sich wieder hin.

Sie packten die Scheibe in einen runden Glasbehälter, so dass das Gift hineinfließen konnte, und schlossen es mit einem Deckel. Dann holte er eine saubere Scheibe aus dem Koffer und widmete sich Vespa.

»Würden Sie bitte ...«

»Ja, sehr gern. Ich weiß nur nicht, wie.« Beleidigt verschränkte sie die Arme vor der Brust.

»Machen Sie es doch wie dieser Herr.«

»Sehr witzig«, sagte Vespa. »Mein Gift befindet sich in meinen Eckzähnen. Es kommt heraus, wenn ich beiße.«

Der Mann überlegte kurz. Dann hielt er ihr die Scheibe vor den Mund. »Am besten, Sie beißen ganz leicht darauf. So wird auch Schlangen Gift entnommen.«

»Ach«, machte Vespa überrascht. »Tatsächlich?«

Er nickte. Interessiert nahm sie die Glasscheibe und steckte sie sich in den Mund. Wie er gesagt hatte, floss kurz darauf grünes Gift aus ihren Zähnen. Bevor es ihr Zahnfleisch berührte, zog sie die Scheibe schnell wieder heraus.

»Ja, dass müsste reichen.« Vorsichtig nahm er es an und packte es, wie zuvor auch Edens, in einen größeren Glasbehälter.

Der Wissenschaftler mit der Halbglatze schloss den Koffer wieder und wandte sich an Kritias. »In ein bis zwei Stunden müssten wir die Ergebnisse haben.«

»Sehr gut.« Kritias dankte ihnen mit einem Kopfnicken, bevor sie das Zimmer wieder verließen.

Ted, der in der Nähe der Tür abgewartet hatte, setzte sich in Bewegung. Für Effie war es immer noch gewöhnungsbedürftig, ihn in der weißen Kutte zu sehen. Vor Eden blieb er stehen. Dieser blickte auf.

»Ich will, dass du gehst«, sagte Ted. »Der Mörder von Aria ist hier nicht willkommen.«

»Zu gern.« Eden setzte sich auf. »Öffnest du uns die Türen?«

»Nur dir.«

Wehe, er griff Eden erneut an. Effie erhob sich, auch wenn sie Ted kräftemäßig immer noch unterlegen war.

»Ted«, Zenon wirkte erstaunt. »Lass das. Wir prüfen erst einmal die Beweise.«

»Den Mord an Aria hat er längst gestanden«, knurrte Ted. »Alles andere ist mir egal. Es ist mehr als großzügig von mir, dass ich ihn rausschmeiße, anstatt ihn zu töten, wie er es verdient hätte.«

»In Ordnung«, ergriff nun Effie das Wort. »Wir werden alle gehen. Es scheint besser, wenn sich unsere Wege trennen.«

»Keiner wird gehen«, sagte Zenon bestimmt. »Wir warten die Testergebnisse ab. Wenn sie positiv sind, werden wir über die Konsequenzen verhandeln, und wenn sie negativ sind, sollten wir uns zusammentun und schauen, wie wir uns gegenseitig helfen können. Fakt ist: Unter uns treibt sich ein Mörder herum. Ich habe nachgedacht«, fuhr er fort. »Und ich muss gestehen, die Tatsache, dass der Mord auf eurem Flur geschehen ist, ist doch mehr als auffällig. Als ob euch jemand die Schuld zuschieben wollte.«

»Nimmst du sie jetzt etwa in Schutz?« Ted baute sich auf wie ein Bär und es war ihm anzusehen, dass er sich sehr zusammenreißen musste, sich weder auf Eden noch auf Zenon zu stürzen.

»Nein, aber ich habe vorhin den Fehler gemacht, einfach Anschuldigungen auszusprechen, ohne nur einen einzigen Beweis in der Hand zu haben. Das ist mehr als unprofessionell. Wir haben uns der Gerechtigkeit verschrieben, vergiss das nicht. Und diese kann nur walten, wenn man die Wirklichkeit akzeptiert, erforscht, sich nicht täuschen lässt und keine Tatsachen verdreht.«

»Ich verdrehe keine Tatsachen«, knurrte Ted.

»Ich weiß«, Zenon ging zu ihm und legte ihm einfühlsam den Arm um die Schulter. »Dein Schmerz ist unerträglich und er wird auch nicht so bald vorübergehen. Aber denke doch mal an Aria.«

Bei ihrem Namen zuckte Ted zusammen.

»Sie hat ein großes Opfer gebracht«, sagte Zenon, »aber ihr haben wir es mit zu verdanken, dass sie nun bei uns ist.« Er nickte in Effies Richtung. »Aria war ein so gutherziger Mensch. Eine Meisterin der Vergebung. Was glaubst du, hätte sie gewollt? Dass du zum Mörder wirst? Vielleicht solltest du dir lieber Gedanken darum machen, was ihr letzter Wunsch war. Weißt du das noch?«

Nachdenklich senkte Ted den Blick und biss die Zähne zusammen. »Arias letzter Wunsch ...« Er betrachtete Effie. Dann löste er sich aus Zenons väterlicher Umarmung.

»Ted«, seufzte Zenon, als dieser sich schon wieder unsichtbar gemacht hatte. »An diese Fähigkeit werde ich mich nie gewöhnen.«

Ted stand noch immer im Raum. Er stellte sich direkt vor Effie. Seine Augen füllten sich mit Tränen. Wieder sagte er: »Arias letzter Wunsch.« Dann wandte er sich ab und verschwand.

Unschuldig

Vespa legte sich Chois Kopf auf ihren Schoß und streichelte ihm über die Haare. »Vielleicht wacht er davon schneller wieder auf«, sagte sie hoffnungsvoll.

Effie wünschte sich, dass Eden auch zu ihr käme, aber er blieb auf der Entspannungsliege. Irgendjemand hatte die Musikanlage angestellt und aus den Lautsprechern tönte nun eine ruhige Melodie. Sie machte Effie nervös.

Nachdenklich biss sie auf ihre Lippe. Zenons Worte wollten ihr nicht aus dem Kopf gehen. Er hatte Recht. Irgendwer musste hier sein, der ihnen den Mord an Phyrron anhängen wollte. Der Vorfall war zu offensichtlich. Und dass gerade er umgebracht wurde, der Einzige, der augenscheinlich ein Problem mit ihrer Anwesenheit hatte, machte die Angelegenheit umso komplizierter. Er hatte ja nicht einmal ihr getraut. Und jetzt hatte sich sein Misstrauen bestätigt. Er hatte mit seinem Leben dafür bezahlt. Allmählich wurde ihr bewusst, wie schrecklich das war. Ein Mensch war gestorben. Direkt in ihrer Nähe. Einfach so, von heute auf morgen. Selbst wenn sie ihn nicht wirklich gemocht hatte, es war schlimm. Grausam. Nicht in Worte zu fassen. Immer wieder wurde sie vor Gefahren gewarnt. Aber sie hatte die Warnungen nicht so ernst genommen. Eden hatte sie immer beschützt. Und auch wenn sie über Nathaniel nachgedacht hatte, so hatte sich ihre Angst doch in Grenzen gehalten. Es war zu weit weg. Zu unreal. Bis jetzt. Schlagartig änderte sich einfach alles. Der Ernst der Lage schnürte ihr die Kehle zu und sie wusste nicht mehr, ob es an Phyrrons Mord lag oder daran, dass der Tod ihnen auf den Fersen saß. Hinter jeder Ecke lauerte er.

***

Nach etwa einer Stunde kamen Zenon und Kritias wieder zu ihnen. Choi hatte sich mittlerweile bewegt, war aber noch nicht wieder zu sich gekommen.

»Das Testergebnis war negativ«, sagte Zenon. »Weder Edens noch Vespas Gift wurden bei dem Abgleich identifiziert.«

Auch wenn Effie nicht geglaubt hatte, dass es einer von ihnen gewesen war, atmete sie erleichtert auf.

»Dürfen wir uns jetzt wieder frei bewegen?« Eden erhob sich aus seiner Liege. Die ganze Zeit über hatte er dort gelegen und kein Wort gesagt.

»Die Menschen hier fühlen sich unsicher, sie haben Angst.« Zenons Stimme klang ruhig und dennoch wirkte er angespannt. Er sagte nicht, *sie haben Angst vor euch*, aber es war seinen Worten zu entnehmen. »Wir müssen für die Sicherheit aller sorgen und wir wollen den Mord schnell aufklären. Jeder wird einzeln verhört. Nicht nur ihr. Phyrron wurde nicht mit eurem Gift getötet, aber mit einem anderen. Deshalb durchsuchen wir nun alle Zimmer. Bis der Mord aufgeklärt wurde, können wir euch nicht unbewacht herumlaufen lassen. Und ich hoffe sehr, dass ihr damit einverstanden seid. Denn«, er stockte, »ich möchte euch nicht zu unseren Feinden haben. Ganz im Gegenteil. Wir brauchen euch auf unserer Seite und ich hoffe weiterhin, dass auch ihr unsere Hilfe annehmt.«

»Choi ist immer noch nicht aufgewacht!«, schimpfte Vespa dazwischen. »Ihr habt einfach auf ihn geschossen!«

»Das tut mir aufrichtig leid.« Seine Worte klangen ehrlich. »Unser Wächter wurde von Angst und falscher Annahme dazu verleitet.«

»Das bringt mir jetzt auch nichts«, murmelte sie und wandte sich Choi wieder zu.

»Wir können euch nicht ewig aufhalten und ich habe nicht vor, euch einzusperren, zu betäuben oder zu töten. Aber ich bitte dich«, nun sah er Effie an, »bitte denke gut über deine nächste Entscheidung nach. Wenn wir zusammenhalten, sind wir stärker, als wenn jeder für sich allein kämpft. Wir haben genug Betäubungsmittel produziert, um es im Kampf gegen Nathaniel und seine Elementare einzusetzen. Wir werden dir helfen, deine Kräfte und Fähigkeiten zu optimieren. Und wir werden euch in weitere Kampfkünste einweihen, wenn ihr das wünscht.« Letzteres sagte er zu Vespa, Eden und dem immer noch schlafenden Choi. »Unsere Wächter haben keine übernatürlichen Kräfte, aber sie sind gute Kämpfer und sie sind furchtlos.« Er stockte. »Die Pythia und die anderen Priesterinnen werden dafür sorgen, dass deine Verwandlung ohne Komplikationen verläuft. Ihr Wissen ist alt und mächtig und bereits Pythagoras wurde bei seiner Verwandlung durch die Priester des Orakels begleitet.«

Ja, nachdem er den einzigen Phönix tötete und sein Ei stahl. Das war nichts, worauf man sich etwas einbilden sollte. Heute hatte der Stein keine gute Arbeit geleistet. Er hatte sie nicht beruhigt mit seiner wunderbaren Wärme, wie er es sonst immer getan hatte. Sie griff nach der Kette an ihrem Hals, Aber ... Sie tastete über ihre Haut. Wo war das Band? Und das Säckchen? Der Stein ... er ... er war nicht da.

Hysterisch sprang sie auf. »Er ist weg!« Schockiert sah sie zu Eden, der sie irritiert ansah.

»Der Stein«, sagte Effie. »Er ist weg!«

Nicht nur Edens Gesicht wurde bleich, auch Vespas und Zenons. Sie rannte aus dem Raum, vorbei an den Wächtern, die sich ihr nicht in den Weg stellten, und stieß die Tür zu ihrem Gästezimmer auf.

Mit einem Ruck zog sie die Decke vom Bett, durchwühlte jeden Zentimeter des Stoffes, sah unter dem Kopfkissen nach, schob das Bett zur Seite. Vielleicht war er dahinter gefallen. Aber bis auf ein paar Staubkugeln war nichts zu finden. Auch wenn es keinen Sinn machte, durchsuchte sie sogar Edens Bett. Dann riss sie die Schranktüren auf, schmiss alle Sachen auf den Boden. Aber nichts ... Nirgends war der Stein zu finden. Er war verschwunden.

»Oh mein Gott«, stammelte sie. »Er ist weg.«

»Was soll das heißen: Er ist weg?« Zenon und die anderen waren ihr gefolgt, aber erst jetzt merkte sie, dass sie in der Tür standen und das Chaos betrachteten, das sie angerichtet hatte. Eden schob sich an den anderen vorbei, kam zu ihr und nahm sie in den Arm.

»Beruhig dich«, sagte er und drückte sie an sich. Erst jetzt merkte sie, wie hysterisch sie atmete.

»Er ist weg, Eden!«

Er streichelte ihr über den Rücken. Es tat gut. Vielleicht auch, weil er plötzlich nicht mehr so kalt und abweisend war wie noch vor ein paar Minuten. Aber es brachte den Stein nicht zurück.

»Wir dürfen jetzt nicht die Nerven verlieren. Weißt du, wo du ihn das letzte Mal gesehen hast?«

Sie überlegte kurz. »Gestern Abend, bevor wir eingeschlafen sind.« Sie fuhr sich durch die Haare. »Ich habe ihn die ganze Zeit bei mir getragen. Immer um meinen Hals. Als wir eingeschlafen sind, war er noch da.« Sie war sich hundertprozentig sicher. Sie hatte ihn noch einmal in ihre Hand geschlossen und war so eingeschlafen.

»Und heute Morgen?«, hakte Eden nach.

Heute Morgen ... heute Morgen war so viel geschehen, dass sie überhaupt nicht an den Stein gedacht hatte. »Da habe ich nicht nachgesehen.«

»Also muss er entweder in der Nacht oder seit dem Morgen verschwunden sein.«

»Jemand muss ihn gestohlen haben.« Es war eine harte Anschuldigung, aber sie war sich sicher.

»Nur wie?« Eden löste sich von ihr und kräuselte die Stirn. »Du hast ihn bei dir getragen und wir waren die ganze Zeit zusammen.«

»Vielleicht in der Nacht, als wir geschlafen haben«, überlegte sie.

Nachdenklich sah Eden sich im Zimmer um.

»Das sind sehr merkwürdige Zufälle, die da aufeinandertreffen«, bemerkte Kritias. »Zuerst wird Phyrron getötet, dann der Stein gestohlen, den wir unbedingt für die Zeremonie brauchen ... Kann es sein, dass ihr nur so tut, als wäre er verschwunden, weil ihr ihn uns nicht geben wollt?«

»Was?«, sagten Effie und Eden gleichzeitig. Das war ja wohl eine Frechheit.

»Hattest du nicht gestern noch behauptet, du müsstest erst nach ihm suchen? Und dabei wusstest du die ganze Zeit über, wo er sich befand?«

»Ich hätte ihn euch auch nicht gegeben«, sagte sie ehrlich und ein bisschen trotzig. »Vielleicht habt ihr es ja gemerkt und ihn mir deshalb gestohlen!«

»Wir stehlen nicht.« Zenon klang zutiefst gekränkt. »Du wolltest uns den Stein nicht geben? Aber warum nicht?« Verständnislos sah er sie an.

»Weil der Stein zu mir gehört.« Sie wusste nicht, ob sie schreien oder heulen sollte. »Niemand sonst sollte ihn haben. Weder Nathaniel noch ihr noch die Priesterinnen. Er gibt mir Kraft! Und ich brauche ihn zurück.«

»Du hättest ihn nach der Zeremonie doch zurückbekommen«, erwiderte Zenon.

»Ach ja?«, fragte sie spöttisch. »Ich kann mich nicht erinnern, dass davon die Rede war.«

»Vermutlich haben wir vergessen, es zu erwähnen.«

»Vermutlich«, sagte Effie zynisch und wandte sich von ihm ab. »Aber das ist nun ja sowieso egal. Denn er ist nicht mehr da.«

Keiner sagte etwas. Einer der Wachen hustete kurz und blickte danach beschämt zu Boden.

»Es gibt einiges aufzuklären«, brach Zenon nach einer Weile das Schweigen. »Gleichzeitig müssen die letzten Vorbereitungen für die Zeremonie getroffen werden. Ich werde mit der Pythia reden, inwieweit diese auch ohne den Stein vollzogen werden kann.« Mit diesen Worten verabschiedete er sich und verließ den Raum.

Auch Kritias ging. Nur einige Wächter blieben in den Fluren stehen.

***

Da sie es in den dunklen Gemäuern des Gemeindehauses irgendwann nicht mehr ausgehalten hatten, hatten sie sich eine Decke genommen und auf die Wiese gesetzt. Die Pythagoreer, die dort gerade ihre Mittagspause machten und picknickten, hatten sich fast zeitgleich erhoben und das Rondell fliehend verlassen. Nur die Wächter, die jeden ihrer Schritte verfolgten, waren bei ihnen geblieben. Es waren genau zehn, die sich nur wenige Meter von ihnen entfernt aufstellten und sie nicht aus den Augen ließen. Diese Tatsache hob ihre Stimmung nicht gerade. Aber immerhin schien die Sonne. Eine Fliege landete auf Effies Arm und begann sich ihre kleinen Beinchen zu reiben.

Choi hatte mittlerweile sein Bewusstsein wiedererlangt. »Warum werde immer ich betäubt?« Mit schmerzverzerrtem Gesicht rieb er sich die Stirn. »Davon bekommt man so verdammte Kopfschmerzen. Ich hab das Gefühl, mein Schädel platzt.« Mühsam zog er sich eine Zigarette aus der Schachtel und zündete sie an. Der Qualm wehte Effie ins Gesicht und sie musste husten.

»Sorry.« Choi setzte sich um, so dass der Qualm von ihnen wegwehte. »Ich meine es ernst«, sagte er dann. »Es ist mittlerweile wirklich nicht mehr lustig. Irgendwer wird umgebracht. Wir werden beschuldigt, betäubt, bestohlen. Was machen wir überhaupt hier? Wir würden uns einen größeren Gefallen tun, wenn wir hier verschwinden. Und zwar so schnell wie möglich.«

»Ja«, sagte Eden, »aber leider brauchen wir ihre Hilfe genauso wie sie unsere.«

»Meinst du, wir könnten es nicht auch allein mit Nathaniel aufnehmen?«, fragte Choi.

»Ist das eine rhetorische Frage?«

»Nein. Wir sind zwar in der Unterzahl, aber wir kennen uns in seinem Reich bestens aus. Außerdem haben wir ja den Phönix-Elementar auf unserer Seite. Dann stürzt Effie sich einfach auf ihn, wenn wir ihn aufgespürt haben, nimmt ihm seine Kräfte und alles ist tutti.«

»Den *Phönix-Elementar?*« Edens Stimme klang plötzlich bedrohlich. Sein Blick änderte sich. Er wurde gläsern. Dann fixierte er Effie. Er machte einen Satz und sprang auf sie zu. In letzter Sekunde fing Choi ihn ab und sie taumelten über die Wiese.

»Verdammt«, fluchte Eden. Wieder wollte er auf sie losstürmen, aber Choi presste ihn auf den Boden. Mit aller Konzentration griff Eden an sein Handgelenk, an dem er das Armband trug, das sie ihm geschenkt hatte und wandte sich ab. »Jemand hat mich manipuliert«, presste er hervor. »Geh weg von mir!«

»Was?« Effie sah ihn schockiert an.

»Na los. Verschwinde! Du bist hier nicht sicher.«

Bevor sie sich bewegte, sprang Vespa hoch, half ihr auf die Beine und zog sie von Eden weg.

»Was ist denn los?«

»Er wurde manipuliert«, erklärte Vespa knapp.

»Aber«, Effie stockte, »wie kann das sein? Warst du es?«

»Nein!« Vespa schien entsetzt. »Ganz davon abgesehen, dass sich diese Fähigkeit bei mir noch nicht ausgebildet hat.«

»Aber, wer war es dann?«

Sie hatten die Treppen zum Haupthaus erreicht und blickten zurück zur Wiese. Eden rang immer noch mit sich. Choi, der ihm Beistand leistete, ließ ihn langsam los und wirkte dabei überfordert. Eden stand nicht auf. Zaghaft legte Choi ihm die Hand auf die Schulter, vermutlich in der Hoffnung, ihn dadurch zu beruhigen, aber der schlug sie weg. Die Wächter, die um sie herumstanden, hatten ihre Waffen gezückt und zielten auf ihn.

»Er hat auf das Wort *Phönix-Elementar* reagiert.« Nachdenklich beobachtete Vespa Eden. »Eine solche Manipulation habe ich nur äußerst selten angewandt. Sie ist anstrengend. Es ist einfacher, jemanden dahingehend zu manipulieren, dass er einfach tut, was du ihm sagst, anstatt ihm den Auftrag zu geben und ihn auf das Schlüsselwort warten zu lassen. Aber wer ...«

Plötzlich, es ging viel zu schnell, stürzte sich Choi auf Vespa. Effie hatte ihn nicht mal kommen sehen. Sie kugelten über den Boden. Dann drückte er sie auf die Wiese.

»Du!«, sagte er. »Wie konnte ich nur glauben, dass du dich geändert hast!«

»Was?« Vespa versuchte, sich aus seinem Griff freizukämpfen.

»Warst du nicht ganz scharf auf diesen blöden Stein? Und jetzt das mit Eden? Du hast ihn manipuliert.«

»Choi.« Verzweifelt umfasste sie seine Hände. »Ich habe es nicht getan. Ich schwöre es. Bei meiner Seele.«

»Lüg mich nicht an.«

Sie wehrte sich nicht weiter. »Ich lüge dich nicht an.« Tränen stiegen ihr in die Augen. Und ihr Blick war voller Enttäuschung.

»Hör auf mit deinen Spielchen«, sagte Choi, auch wenn er etwas verunsichert wirkte.

Jetzt rannen Vespa dicke Tränen über die Wangen. »Ich war es wirklich nicht«, schluchzte sie. »Wenn du mir nicht glaubst, dann tu doch, was immer du gerade tun wolltest. Töte mich. Setze meinem armseligen Leben ein Ende.«

Choi runzelte die Stirn. Dann, ganz langsam, lockerte er seinen Griff. Immer noch rührte sie sich nicht. Er stieg von ihr herunter und half ihr auf die Beine. Mit einem Zipfel ihres weißen Kleides wischte sie die Tränen aus ihrem Gesicht. »Ich war es nicht«, schluchzte sie noch einmal.

»Irgendjemand möchte uns gegeneinander aufstacheln.«

»Nathaniel«, sagte Vespa.

»Du glaubst, er ist hier?« Effie schluckte.

Aber Vespa schüttelte den Kopf. »Das kann ich mir beim besten Willen nicht vorstellen. Vielleicht täusche ich mich auch. Aber naheliegender wäre es, dass er einem seiner Elementare die Fähigkeit der Manipulation übertragen hat und ihn hier eingeschleust hat.«

»Aber dann müsste Nathaniel erst einmal von diesem Ort hier wissen.« Eden trat zu ihnen, hielt aber Abstand zu Effie. Er sah sie an, umklammerte das Armband so fest, dass sie fürchtete, es würde zerbrechen. »Es geht wieder«, sagte er schnell. »Ich habe mich wieder im Griff.«

»Wollen wir es ausprobieren?« Vespa runzelte die Stirn.

Eden nickte.

»Phönix-Elementar«, sagte sie.

Eden zuckte. Für eine Sekunde wurden seine Augen glasig. Doch dann kehrte die vorherige Klarheit wieder zurück.

»Du bist stark.« Vespa nickte anerkennend. »Oder die Manipulation war sehr schwach. Ist das Armband von Effie?«

Er nickte.

»Vielleicht sollten wir uns alle mit Gegenständen von uns ausstatten. Es scheint zu helfen, sich der Manipulation zu widersetzen.«

»Wir müssen mit Zenon sprechen«, sagte Eden.

»Warum?«

»Irgendwer ist hier. Ein Elementar, und er treibt sein Unwesen. Ich befürchte, dass er bei der Zeremonie zuschlagen wird.«

Planänderung

»Was soll das heißen, jemand hat sich hier eingeschlichen?« Aufgebracht erhob sich Zenon hinter seinem Schreibtisch.

Sie hatten sich von den Wächtern zu Zenon bringen lassen und um ein Gespräch gebeten. Effie fühlte sich wie in einem Schulleiterbüro. Zwischen zwei hohen Fenstern und hinter einem zwei Meter breiten Eichenholzschreibtisch hing ein riesiges Portrait von Pythagoras. Der Schreibtisch war aufgeräumt. Ein Stift und ein Blatt lagen darauf. Gegenüber dem Schreibtisch an der Wand stand eine gemütliche dunkelgrüne Couch. Daneben befand sich ein Bücherregal. Und das war es.

»Jemand hat Eden manipuliert«, sagte Vespa. »Und wir vermuten, dass es dieselbe Person war, die auch Phyrron getötet und den Stein gestohlen hat.«

Zenon, der schweigend hinter seinem Schreibtisch stand, ging nun langsam um ihn herum. Die Wächter, die ihnen in den Raum gefolgt waren, hielten ihre Waffen vor sich. Jederzeit zum Abschuss bereit.

»Manipuliert, sagst du?« Er musterte sie.

Vespa nickte.

»Bist du nicht diejenige von euch, die über genau diese Fähigkeit verfügt? Und warst nicht auch du es, die Nathaniel zuvor den Stein gestohlen hat?«

»Das Thema hatten wir schon«, mischte sich Choi ein. »Sie war es nicht. Erstens kämpft sie auf unserer Seite und zweitens haben sich ihre Fähigkeiten noch nicht vollends entwickelt.«

Er hatte Vespa tatsächlich noch einmal aufgefordert, ihn zu manipulieren. Sie hatte es versucht, aber es hatte mal wieder nicht funktioniert. Natürlich war es möglich, dass sie es nur vortäuschte, aber Effie glaubte ihr. Und die anderen beiden auch.

»Warum seid ihr euch da so sicher?«

»Wir vertrauen ihr.«

»Vertrauen ist an dieser Stelle völlig fehl am Platz.« Zenons Mund formte sich zu einem schmalen Strich. »Die Fakten sprechen gegen dich, Vespa.«

»Wenn ich es tatsächlich gewesen wäre, warum sollte ich dann jetzt hier vor euch stehen?«, erwiderte sie.

»Vielleicht bist du so dreist.« Zenon ließ nicht von seiner Vermutung ab und die Wächter rückten Vespa immer näher.

»Los! Tastet mich ab.« Sie breitete ihre Arme aus. »Und durchsucht mein Zimmer.«

Mit einem Kopfnicken gab er den Wachen ein Zeichen und sie begannen Vespa abzutasten. Zwei weitere verließen den Raum, vermutlich um ihr Zimmer zu überprüfen.

»Ich würde euch ja gern beweisen, dass meine Kräfte immer noch nicht funktionieren, aber ihr würdet mir ja doch nicht glauben.«

»Ich glaube dir«, sagte Effie.

Vespa sah sie an. »Wirklich?«

»Ja.«

»Danke schön.« Ihre Augen begannen, vor Freude zu glänzen. »Das ist ...« Sie stockte. »Danke schön«, sagte sie noch einmal.

»Zenon«, sagte Eden. »Wir hätten uns auch einfach entscheiden können zu gehen. Aber wir sind geblieben, weil wir es für richtig halten, dass wir uns mit euch zusammenschließen. Ihr habt uns hierher eingeladen. Warum sollten wir all die Dinge tun? Nathaniel muss diesen Ort entdeckt haben. Entweder ist er selbst hier oder er hat einen seiner Elementare geschickt.«

»Verfügen denn mehrere Elementare über die Fähigkeit, jemanden zu manipulieren?«

»Nathaniel kann seine Kräfte an jeden weitergeben, wenn er das denn möchte. Damit ist er jedoch sehr ... sparsam.«

»Ihr glaubt, Nathaniel ist unter uns?« Effie hatte nicht gemerkt, dass Kritias zu ihnen gestoßen war.

»Wenn das wirklich der Fall sein sollte«, sagte Zenon, nachdem er sich von dem ersten Schock erholt hatte, »dann haben wir ein riesiges Problem. Wir müssen sofort alle in Sicherheit bringen.« Er begann, im Büro auf und ab zu laufen. »Die Häuser müssen evakuiert werden. Aber wohin sollen wir die Dorfbewohner bringen? Das Haupthaus wäre meine erste Wahl gewesen, doch hier hat bereits ein Mord stattgefunden. In unseren Räumen können wir keine Sicherheit gewährleisten.«

»Aber wenn Nathaniel unseren Ort längst entdeckt hat, warum hat er uns noch nicht angegriffen?«, wollte einer der Wächter wissen.

»Seine Pläne sind schwer durchschaubar«, erklärte Eden. »Vielleicht muss er sich erst einmal einen Überblick verschaffen. Seit den Vorfällen ist nicht mal ein Tag vergangen. Oder er will die Verwandlung abwarten und dann zuschlagen.«

»Ich dachte, er hat Angst vor dem verwandelten Phönix-Elementar.« Kritias runzelte die Stirn.

Bei dem letzten Wort zuckte Eden und hielt sich wieder an seinem Armband fest. Es dauerte einen Moment, bis er sich sammeln konnte. »Ja, das stimmt.«

»Wäre es dann nicht logisch, wenn wir nun tatsächlich von seiner Anwesenheit ausgehen, dass er Effie entführen will, solange sie noch ein Mensch ist? Schließlich stellt sie so keine Gefahr für ihn dar.«

Eden nickte. »Wie gesagt, es kann gut sein, dass er einen anderen Elementar damit beauftragt hat. Als Mensch ist sie ihm nicht nützlich. Er braucht sie verwandelt. Ob tot oder lebendig ist ihm dann egal.«

So wollte man doch, dass der Geliebte über einen redete. *Als Mensch unnütz, tot oder lebendig ist egal …* Manchmal, dachte sie, wäre es schon schön, wenn Eden ein wenig romantischer wäre. Aber diese Erwartung war in der momentanen Situation vermutlich unangebracht.

Die Wächter hatten Vespas Leibesvisitation beendet und nichts bei ihr gefunden. Auch die beiden, die das Zimmer durchsuchen sollten, tauchten wieder auf. Mit einem Kopfschütteln blickten sie Zenon an.

»Niemand ist hier mehr sicher«, sagte Zenon erneut, als würde es ihm jetzt erst bewusst werden. »Wir müssen alle evakuieren.«

»Aber was ist mit der Zeremonie?«, unterbrach ihn Kritias.

»Die Zeremonie?« Zenon wirkte irritiert. »Die Zeremonie«, sagte er dann, als erinnerte er sich wieder. »Wir müssen sie absagen. Es gibt gerade Wichtigeres. Sie wird sich so oder so verwandeln, ob mit oder ohne Zeremonie.«

»Und was glaubst du, was passieren wird, wenn du jetzt Alarm schlägst? Panik wird ausbrechen.« Kritias zog den Gürtel an seinem Gewand strammer. »Wenn Nathaniel oder einer seiner Elementare tatsächlich unter uns ist, dann wird derjenige es mitbekommen. Es wäre besser, es erst einmal geheim zu halten.«

Zenon runzelte die Stirn. »Meinst du?«

»Möchtest du die Menschen hier in unnötige Gefahr bringen?«

»Aber einer ist schon gestorben!«

»Richtig, einer von uns dreien. Wer glaubst du, ist das nächste Angriffsziel? Dieser Mord geschah doch nicht willkürlich.«

»Dann sollten wir beide erst einmal untertauchen«, überlegte Zenon.

»Richtig.«

»Aber wir sind doch verantwortlich für die anderen Pythagoreer. Wir können sie nicht einfach im Stich lassen.«

»Das tun wir doch auch nicht«, beruhigte ihn Kritias. »Seit Phyrrons Tod sind die Wächter im ganzen Dorf verteilt. Sie schützen die Bewohner. Jeder hier ist im Moment sehr vorsichtig. Aber«, er räusperte sich, »die Verwandlung lässt sich nicht verschieben. Wir sollten mit der Pythia reden.«

»Ja.« Zenon nickte. Dann schickte er zwei der Wächter los, die Hohepriesterin zu ihm zu bringen.

»Ist die Zeremonie denn wirklich nötig?« Effie verstand den Sinn mittlerweile nicht mehr. »Die anderen Phönix-Elementare haben sich doch auch alle ohne Zeremonie verwandelt.«

»Die anderen Phönix-Elementare haben auch nicht lange überlebt. Die Priesterinnen wollen während der Verwandlung einen Schutzzauber durchführen und angesichts der bedrohlichen Situation kannst du ihn dringend gebrauchen, oder findest du nicht?«

»Und wo soll die Prozedur stattfinden?«, schaltete Eden sich wieder ein. »Ein Ort, an dem alle wichtigen Personen versammelt sind ... ich kann mir keine bessere Gelegenheit für Nathaniel vorstellen, um anzugreifen. So kann er alle seine Feinde auf einen Schlag vernichten.«

»Unterschätze dieses Gebäude nicht.« Zenon hob den Zeigefinger. »Es gibt hier viele unterirdische Geheimgänge und Räume. Wir haben einen sehr alten Zeremoniensaal. Er wurde schon seit mehr als hundert Jahren nicht mehr genutzt. Und außer Kritias und meiner Wenigkeit weiß niemand davon. Ich bin überzeugt, dass es der perfekte Ort für diesen Anlass ist.« Er räusperte sich. »Wir sind hier unter uns. Nur der engste Kreis der Vertrauten wird eingeweiht. Auch einige Wächter müssen dabei sein. Ohne Schutz sollte hier niemand mehr herumlaufen.«

»Ist der alte Zeremoniensaal denn sicherer?« Kritias zog skeptisch die Augen zusammen.

»Auf jeden Fall«, nickte Zenon. »Von dort aus gelangt man in mehrere Geheimgänge. Wenn hier wirklich jemand sein Unwesen treibt, dann wird er uns dort nicht so schnell finden. Vor allem, weil wir nur durch einen der Geheimgänge dorthin gelangen. Und dafür benötigt es unseren Netzhautscan.«

»Wie du meinst«, sagte Kritias, immer noch nicht ganz überzeugt.

Netzhautscan? Diese Pythagoreer waren schon merkwürdig. Auf der einen Seite völlig altmodisch und traditionell und auf der anderen Seite verfügten sie über modernste Technologien.

***

Es beruhigte Effie, dass sie schon diese Nacht einen Schlafraum in einem der Geheimtrakte bekamen. Und dieser war sogar viel größer als das Zimmer, das sie vorher bewohnt hatten. Sie mussten nur noch die blöde Zeremonie durchstehen. Effie wollte diese Verwandlung endlich hinter sich bringen. Dann hatte sie ihre Kräfte zurück und fühlte sich nicht mehr so hilflos. Für einen Moment dachte sie darüber nach, wie sie ihren 21. Geburtstag zu Hause verbracht hätte. Sie hätte wohl ein paar Schulfreunde eingeladen, Kathy und Valentina. Ihre Mutter hätte ihr ihren Lieblingskuchen gebacken, grüne Philadelphiatorte. Bei dem Gedanken daran lief ihr das Wasser im Mund zusammen. Sie hätten ein wenig Sekt getrunken und wären dann in die Stadt gefahren und tanzen gegangen. Vielleicht auf dem Kiez.

Nie hätte sie geglaubt, dass sie an ihrem Geburtstag einmal in einem blauen Satinkleid, geschmückt mit einem Edelsteinstirnband und umringt von

Priesterinnen des Orakels von Delphi, verbringen würde. Noch dazu in irgendwelchen unterirdischen Katakomben, weil sie jederzeit zu befürchten hatte, dass sie jemand töten könnte.

Eden öffnete die Zimmertür und ließ Vespa und Choi hinein. Choi brachte eine große Matratze mit und breitete sie auf dem Boden aus.

Bevor sie dazu kam, Eden zu fragen, was das sollte, beantwortete er ihre Frage bereits.

»Ich möchte die Nacht nicht allein mit dir in einem Raum verbringen«, erklärte er, während Vespa und Choi es sich auf der Matratze gemütlich machten. »Ich weiß nicht, ob ich nicht auch noch in anderer Weise manipuliert wurde. Das Risiko ist einfach zu hoch.«

Mit vier Leuten wirkte der Raum nicht mehr so groß. Sie fühlte sich wie auf einer Ferienfreizeit. Vor allem als Choi zu pfeifen begann und Vespa mit einstimmte. Es gab diese Momente, da konnte man sich wirklich nicht vorstellen, dass sie mehrere hundert oder sogar tausend Jahre alt waren. Vielleicht wurde man ja nie richtig erwachsen …

***

Gelähmt lag sie auf ihrem Bett. Dunkelheit umgab sie. Sie wollte sich bewegen, aber ihr Körper gehorchte ihr nicht. Panisch schlug sie ihre Augen auf. Eden, Choi, Vespa, alle waren sie da. Doch da war noch jemand. Sie sah einen Schatten. Nur das Gesicht … Es war schwarz, nicht zu erkennen. Ein klapperndes Geräusch. Sie wollte aufstehen, aber konnte sich kein Stück rühren. Auch zu sprechen, gelang ihr nicht. Das hier war kein Traum. Es fühlte sich nicht wie ein Traum an. Etwas stimmte nicht. Und sie konnte nichts tun.

Als sie die Augen aufschlug, saß Eden kerzengerade vor ihr. Dunkle Ränder zeichneten sich unter seinen Augen ab. Er wirkte, als hätte er die ganze Nacht kein Auge zugetan.

»Hast du wieder geträumt?«

Sie nickte.

»Schlimm?«

»Ich weiß nicht.« Sie nahm seine Hand und legte sie an ihre Wange. Das war schön kühlend.

Behutsam streichelte er ihr über den Kopf und sie lehnte sich an ihn.

»Ich bin froh, wenn dieser Tag vorbei ist«, sagte sie.

»Ich auch.«

Schein und Sein

Am Frühstückstisch herrschte eine eisige Stimmung. Selbst Choi schien angespannt. Zumindest hatte er bis jetzt noch keinen seiner Sprüche zum Besten gegeben. Für die anderen war die Tatsache, dass Nathaniel oder einer seiner Elementare hier sein Unwesen trieb, vermutlich der ausschlaggebende Faktor, für Effie kam der Gedanke an den bevorstehenden Abend hinzu. Obwohl die ganze Zeit über schon die Rede von der Zeremonie und ihrer Verwandlung gewesen war, schien ihr dies immer sehr weit in der Zukunft zu liegen. Es war, wie wenn man den Termin für ein Referat in zwei Monaten bekam und sich dachte, da ist noch so viel Zeit bis dahin. Und plötzlich stand man vor der Klasse und das Lampenfieber stieg ins Unermessliche, weil man sich mit der Vorbereitung viel zu viel Zeit gelassen und alles dann auf den letzten Drücker gemacht hatte. Ja, genauso fühlte sie sich jetzt. Sie hatte Lampenfieber. Dabei musste sie nicht mal eine Rede halten. Konnte sie überhaupt etwas falsch machen? Eigentlich musste sie ja nur daliegen und abwarten. Warten, bis ihr Körper von selbst zu arbeiten begann.

Die Speisen auf dem Tisch rührte kaum einer an. Sie trank einen Schluck Wasser. Vor ihr stand eine Schüssel Müsli, aber allein bei dem Gedanken daran, etwas zu essen, wurde ihr übel.

»Iss wenigstens eine Kleinigkeit«, sagte Eden.

»Ich habe keinen Hunger.«

Er musterte sie. Dann nahm er die Müslischüssel und stellte ihr eine kleine Obstschale vor die Nase. »Probier‘s mal damit.«

Sie pflückte eine Weintraube ab, steckte sie sich in den Mund und kaute langsam. Halb so schlimm. Etwas Obst verkraftete sie. Eden erbarmte sich und aß ihr Müsli.

Hier unten im Geheimtrakt zu frühstücken, war nicht besonders schön. Fenster gab es nicht. In keinem einzigen Raum. Wie auch? Sie befanden sich unter der Erde. Dauerhaft würde sie hier wahnsinnig werden, so ganz ohne Tageslicht. In einer Fernsehdokumentation hatte sie einmal einen Bericht über ein Volk gesehen, das unter der Erde lebte. Immer! Waren das Maulwürfe? Diese Menschen mussten doch vollkommen depressiv gewesen sein. Es war doch sogar wissenschaftlich bewiesen, dass Sonnenlicht Endorphine freisetzte. Man brauchte die Sonne einfach, um sich glücklich zu fühlen.

Das Warten auf den Abend, die Dunkelheit und die schmalen Gänge machten Effie nervös. Sie wusste ja nicht einmal, ob gerade wirklich Tag war. Nur die Uhr sagte es ihr. Am liebsten wäre sie rausgerannt, um dem beengenden Gefühl hier unten zu entkommen. Aber ihr blieb nichts anderes übrig, als abzuwarten. Augen zu und durch.

***

Die Stunden bis zum Abend zogen sich wie Kaugummi und gleichzeitig verflogen sie wie im Flug. Genauso fühlte sie sich. Die Zeit konnte nicht schnell genug vergehen, aber auf der anderen Seite hätte sie sie am liebsten angehalten.

Nun stand sie in ihrem Zimmer und zog das hellblaue Satinkleid an. Ihr fröstelte etwas. Ohne ihren Cardigan würde sie sich darin mit Sicherheit erkälten. Bevor sie ihn sich überzog, drehte sie ihren Rücken noch einmal zum Spiegel und betrachtete das Mal auf ihrer Schulter. Der Phönix war nun eindeutig zu erkennen. Da musste sich nichts mehr entwickeln. Es gefiel ihr. Wie es aussah, verlief ihre Verwandlung tatsächlich etwas anders, als die Verwandlung durch das Elixier. Sie legte sich ihren Cardigan um und rieb sich über die Schultern, damit sie sich ein bisschen aufwärmten. Ihr Haar trug sie ausnahmsweise offen und es fiel in leichten Wellen über ihre Schultern. Vor dem Spiegel legte sie sich das Edelsteinstirnband an und betrachtete dann ihr Erscheinungsbild. Die Farbe des Kleides schmeichelte ihrer Haut und die Steinchen an ihrer Stirn schimmerten und erhellten ihr Gesicht. Dieses Outfit stand ihr ausgesprochen gut. Auch wenn sie es zu Hause niemals angezogen hätte, gefiel es ihr. Man hätte sie glatt für eine der Priesterinnen halten können. Oder für eine Disneyprinzessin …

»Sie sehen wunderschön aus, Frau Berger.« Eden legte von hinten seine Hände um ihre Hüfte und küsste sie auf die Wange. Passend zu ihrem Kleid hatte er ein hellblaues Hemd angezogen und eine einfache Jeans. Ihr gemeinsames Spiegelbild gefiel ihr. Sie sahen gut aus zusammen.

»Seid ihr soweit?« Choi stürzte ohne anzuklopfen ins Zimmer. Als er Effie erblickte, gab er einen kurzen Pfiff von sich. »Schick siehst du aus.«

Und auch Vespa, die ihm folgte, legte den Kopf schräg, musterte Effie und lächelte. »Du solltest mehr Sachen in dieser Farbe tragen. Es steht dir sehr gut.«

»Danke schön.«

Zenon klopfte an die offene Tür. »Alles ist vorbereitet. Wenn ihr fertig seid, würde ich euch gern in den Zeremoniensaal geleiten.«

Eden hielt Effie seine Hand hin. »Bereit?«

Tief ein- und ausatmen.

»Ja«, sagte sie und umklammerte seine Finger. »Bereit.«

***

Zenon lief vorweg und sie folgten ihm schweigend. Überall verteilten sich Blumen und verströmten einen süßlichen Duft in den Gängen. Je näher sie dem Zeremoniensaal kamen, umso mehr Blumen schmückten die Seiten des Ganges. Lilien, Orchideen, Gerbera. Alle in Weiß. Dann erreichten sie eine große stählerne Doppeltür und Zenon öffnete sie.

»Bitte tretet ein«, sagte er mit einer einladenden Handbewegung.

Effie hatte den Zeremoniensaal bisher noch nicht betreten. Aus den Erzählungen hatte sie sich ein inneres Bild davon gemalt. Doch er übertraf ihre Erwartungen. Er war riesig. Wie groß, konnte sie kaum einschätzen. Die Aula ihrer alten Schule war definitiv kleiner. An den Wänden ringsherum hingen Portraits und auch hier verteilten sich auf dem Boden wunderschöne weiße Blumen. Die Decke wurde durch massive, in einem Kreis angeordnete Pfeiler gestützt. In der Mitte befand sich ein Podest oder vielleicht war es auch eine Art Altar. Sie lief an der Wand entlang und betrachtete die einzelnen Bilder.

»Hier hängen nur die Portraits der höchsten Mitglieder. Diejenigen, die den Meistergrad erlangt haben. Der Großteil ist bereits verstorben«, erklärte Zenon, der nicht von ihrer Seite wich.

Eden presste ihre Hand etwas fester. Ob auch er aufgeregt war?

»Der sieht ja lustig aus.« Choi zeigte auf das Portrait eines Mannes, der riesige Augen hatte und ein kleines bisschen einem Insekt ähnelte.

»Besonders viele Frauen haben es aber nicht bis hierher geschafft, was?«, bemerkte Vespa, die vor dem Portrait einer Frau stehen geblieben war.

»Wir verwehren Frauen in keinster Weise die Aufnahme in die Meisterliga. Nur die wenigsten haben tatsächlich Interesse daran. Die meisten wollen sich lieber ihrer Familie widmen.«

»Tatsächlich?« Vespa zog zweifelnd eine Augenbraue hoch.

»Gleichberechtigung wurde von Pythagoras von Anfang an gelehrt. Es war damals schon revolutionär, dass auch Frauen in seinen Kreis aufgenommen wurden«, verteidigte sich Zenon.

Vespa zuckte die Schultern. »Ja«, sagte sie dann. »Ich erinnere mich vage.«

»Da sind endlich mal mir bekannte Gesichter«, sagte Choi und grinste. Er zeigte auf drei Fotos, die sich in der Mitte des Raumes direkt gegenüber der Tür befanden. Effie kannte sie auch. Zumindest zwei von ihnen. In der Mitte befand sich ein Portrait von Zenon. Rechts von ihm hing ein Bild von Phyrron. Und links war ein dünner alter Mann abgebildet, den sie noch nie gesehen hatte. Sie deutete darauf.

»Und wer ist das?«

Choi lachte auf. »Na, Kritias. Die Hakennase erkennt man doch sofort.«

»Kritias?« Sie ging einen Schritt näher. Der Mann auf dem Bild war hager, hatte lichtes Haar und eingefallene Wangen, wässrige Augen und tatsächlich eine Hakennase. »Meint ihr den Kritias?« Sie zeigte auf Kritias, der gerade gemeinsam mit einigen Priesterinnen den Zeremoniensaal betrat. Er sah dem Mann auf dem Foto nicht im Geringsten ähnlich. Seine dichten schwarzen Haare glänzten, seine Augen waren aufmerksam und klar und nicht wässrig, er war weder dünn noch hager, sondern eindeutig gut trainiert und muskulös und eine Hakennase hatte er auch nicht.

»Er hat sich aber ganz schön verändert«, bemerkte sie.

Zenon lachte. »Ja, findest du?«

»Er sieht viel jünger aus als auf dem Foto.«

Wieder lachte Zenon. »Da wird er sich aber freuen, dass du das so siehst.«

»Und er hat schwarze Haare anstatt weißer, und bernsteinfarbene Augen anstatt blauer«, stellte sie weiterhin fest.

»Was redest du da?« Eden fasste sie am Arm und drehte sie zu sich.

»Das würde ich auch gern wissen«, sagte Zenon. Plötzlich lachte er nicht mehr.

»Da schaut doch, wie sieht er denn für dich aus, Eden?«

»Genauso wie auf dem Foto«, antwortete dieser langsam.

Zenon nickte zustimmend.

»Aber«, Effie blickte auf das Foto und wieder zu Kritias. »Das verstehe ich nicht.« Es war eindeutig ein anderer Mann.

»Wenn die Beschreibung, die du uns gerade geschildert hast, stimmt, und wir die ganze Zeit jemand anderes gesehen haben als du«, sagte Eden und holte Luft, »dann haben wir eindeutig ein Problem.«

»Warum?«, fragten Zenon und sie beinahe gleichzeitig.

Choi und Vespa waren ganz still geworden.

Eden wollte gerade antworten, hielt sich dann aber zurück. Und sie wusste auch, warum.

Kritias steuerte direkt auf sie zu.

»Bist du bereit?«, fragte er Effie mit feierlichem Lächeln.

Sie nickte langsam.

»Sehr schön«, er klatschte begeistert in die Hände. »Dann können wir ja anfangen. Wo bleibt die Musik?«

Eden legte seinen Arm um ihre Schultern und schob sie langsam wieder zurück in Richtung Tür.

»Wo wollt ihr denn hin?«

»Wir müssen noch kurz«, Eden stockte, »Effie hat ihren Haarschmuck vergessen.« Er schüttelte bedauernd den Kopf. »Wir müssen ihn noch schnell holen.«

Kritias betrachtete Effies Stirnband.

»Was fehlt denn noch?«

Eden betrachtete ihre Haare und bemerkte, dass seine Ausrede nicht besonders gelungen war. »Blumen«, sagte er daher schnell.

»Kannst du sie nicht eben für sie holen?«, fragte Kritias. Sein Lächeln war steif geworden. »Dann weisen wir Effie schon einmal in den Ablauf der Zeremonie ein.«

Eden schüttelte den Kopf. »Sie wissen doch, wie Frauen sind. Ich werde auf jeden Fall die falschen Blumen holen, wenn sie mich nicht begleitet. Das Risiko möchte ich an so einem wichtigen Tag nicht eingehen.« Eden nickte mit dem Kopf in Richtung Vespa, die eine Kamera bei sich trug, um ein paar Aufnahmen von der Zeremonie zu machen. »Effie wird mich für immer verdammen, wenn sie auf einem ihrer Fotos ..., na, Sie wissen schon.«

Nun ja, das war wohl etwas übertrieben. Effie wäre es ziemlich egal, ob sie sich nun eine weiße, eine rosafarbene oder eine rote Blume ins Haar steckte. Oder überhaupt eine.

Kritias' Lächeln erlosch. »Das geht leider nicht.«

Eden drückte Effie fester an sich. Alles um sie herum verschwamm. Die Luft wurde dicker. Ein lauter Pfiff. Und im nächsten Moment prallten sie gegen etwas und purzelten auf den Boden. Jemand kreischte auf.

Sie brauchte einen Moment, um sich zu orientieren. Sie lag auf dem Boden, einige Meter von Eden entfernt, direkt vor der großen Eingangstür, die nicht mehr offen stand, sondern verschlossen war. An der großen Metalltür war eine tiefe Delle zu sehen. Eden musste versucht haben, mit ihr dort hinaus zu flüchten. Durch den Aufprall mit der Tür musste er zurückgeschleudert worden sein. Aber die Tür war nicht verschlossen, als Eden mit ihr hindurch wollte ... Und jetzt sah Effie vier Gesichter, die sie lieber nicht hatte sehen wollen.

Direkt vor der Tür standen Greta, Trixi, Sebastian und Johnny. Langsam kam Kritias auf sie zugeschritten.

»Nun gut«, sagte er, »dann ziehen wir meine kleine Überraschung eben vor. Es hätte sich schließlich nur noch um ein paar Stunden gehandelt. Dabei hat mir das Spiel so viel Spaß gemacht.« Er breitete seine Arme aus und drehte sich der kleinen Versammlung zu. »Guten Abend«, sagte er mit seiner tiefen melodischen Stimme.

Ein Raunen ging durch den Saal. Wenn Edens Gesicht schon bleich war, wurde es jetzt noch bleicher.

»Nathaniel«, flüsterte er neben ihr.

Für Effie hatte sich seine Gestalt immer noch nicht verändert, aber in den Gesichtern der anderen war zu erkennen, dass sie nun jemand anderes sahen.

Macht

»Habt keine Angst vor mir.« Nathaniel machte eine kleine Pause. Seine Haltung hatte sich geändert. Er stand viel aufrechter und selbstbewusster und seine Präsenz nahm den gesamten Saal ein. »Der ein oder andere mag vielleicht schon einmal von mir gehört haben. Manche von euch kennen mich persönlich«, sein Blick blieb für einen kurzen Moment an Eden haften. War es Enttäuschung, die in seinen Augen aufblitzte? »Für diejenigen, die mich noch nicht kennen: Ich bin Nathaniel.« Mit seinem charmanten und einladenden Lächeln sah er von Zenon zu den Wächtern und dann zu den Priesterinnen. Eine von ihnen, sie war noch sehr jung, gab ein markerschütterndes Schluchzen von sich.

Vespa und Choi hatten sich in die hinterste Ecke des Raumes zurückgezogen.

So wie die anderen konnte auch Effie ihren Blick nicht von ihm wenden. Obwohl sie ihn die ganze Zeit über schon gesehen hatte, betrachtete sie ihn jetzt mit ganz anderen Augen.

Langsam und majestätisch wie ein Löwe schritt er eine kleine Runde durch den Saal. Diejenigen, denen er näherkam, wichen zurück.

Wie auch immer Effie sich Nathaniel vorgestellt hatte, so jedenfalls nicht. Sie hatte ihn sich weder charmant noch attraktiv vorgestellt. Angsteinflößend? Ja. Das war er auch. Aber sie hatte gedacht, er sähe älter aus. Eher so wie Pythagoras auf seinem Portrait statt wie ein Mann, der es mit Anfang 40 noch locker auf die *Men's Health* geschafft hätte. Sein Blick schweifte durch den Raum und kehrte wieder zu ihr zurück. Dann betrachtete er Eden. Unwillkürlich senkte dieser seinen Blick.

Richtig, sie hatte es fast vergessen, Nathaniel verfügte über Vespas Fähigkeit. Und noch über so viele mehr.

»Ich wusste nicht, dass er diese Fähigkeit besitzt«, flüsterte Eden.

»Keiner wusste es.« Nathaniel wandte sich ihm zu.

Die ganze Zeit über hatte Effie Nathaniel gesehen und sie hatte es nicht gemerkt. Sie war immun gegen seine illusorischen Fähigkeiten. Sie hätte die anderen warnen können. Ihr war doch aufgefallen, dass etwas mit diesem Mann nicht stimmte, von Anfang an. Warum hatte sie nichts gesagt? Sie schluckte. Weil sie nicht gewusst hatte, wie Nathaniel aussah.

Nathaniel betrachtete sie. Augenblicklich überkam sie eine Gänsehaut.

»Eva«, sagte er dann, »du bist doch eine intelligente junge Dame. Warum hast du Angst vor mir?«

»Hör nicht auf ihn«, mischte sich Eden ein.

Nathaniel machte ihn mit einem lauten »Schweig!« mundtot. Dann wandte er sich ihr wieder zu. »Ist es nicht so, dass du mich nur aus Erzählungen kennst? Woher möchtest du wissen, dass ich wirklich der Böse bin, als der ich dir verkauft wurde? Geschichten über einen Menschen enthalten so viele Lügen. Hast du schon einmal darüber nachgedacht, dass nicht ich derjenige bin, der versucht, dich zu manipulieren?«

»Effie, du darfst ihm nicht glauben«, rief Vespa. »Ich bin gut darin, jemanden zu manipulieren, aber mein Bruder ist ein Meister der Verführung.«

»Danke für das Kompliment, geliebte Schwester. Aber du bist jetzt auch still. Keiner soll es mehr wagen, mich zu unterbrechen.« Er machte eine Handbewegung.

Das Gemurmel im Saal verstummte. Die Leute fassten sich an den Mund, öffneten ihn. Eine Priesterin sah aus, als würde sie schreien, die Augen eines Mannes waren geweitet, seine Lippen öffneten und schlossen sich, aber kein Ton kam heraus.

Auch Edens Lippen bewegten sich. Doch seine Stimme …

»Was hast du getan?« Schockiert sah Effie zu Nathaniel.

»Ja, du bist die Einzige, die noch reden darf. Und selbstverständlich werde ich dir auch eine Antwort geben: Keiner in diesem Raum weiß, über wie viele Fähigkeiten ich tatsächlich verfüge. Ich halte noch einige Überraschungen für euch bereit. Glaube mir, es wird nicht langweilig werden. Aber kommen wir wieder zu dir. Na!«

Aus der Menge rannte jemand mit gezücktem Messer auf Nathaniel zu. Unbeeindruckt streckte er seine Hand aus. Im Laufen gefror der Mann. Sebastians Fähigkeit.

»Ich hoffe, ich muss euch nicht alle einfrieren.« Tadelnd betrachtete er die Menge. »Das würde für viele von euch einen schnellen Tod bedeuten.« Er wartete einen Moment. Aber niemand regte sich mehr. Also konzentrierte er sich wieder auf Effie. »Weißt du, ich hatte tatsächlich mit dem Gedanken gespielt, alle hier Anwesenden zu manipulieren. Aber«, er schüttelte den Kopf, »das hätte der ganzen Sache ihren Reiz genommen, findest du nicht?« Er schritt langsam durch den Raum und genoss seinen Auftritt. »Nur noch wenige Stunden und das Warten ist vorüber.« Er kam ihr näher. Sie wollte zurückweichen, aber ihr Körper gehorchte nicht, war wie gelähmt, bis er direkt vor ihr stand.

Eden drückte sie an sich, als Nathaniel seine Hand nach ihrem Gesicht ausstreckte.

»Keine Angst, Eden, solange sie sich nicht verwandelt hat, befindet sie sich in keiner großen Gefahr.« Nathaniel fasste Effies Kinn und hob ihren Kopf an, bis sie ihm direkt in die Augen blickte. So nah war er ihr noch nie gewesen. Als Kritias hatte er immer genügend Abstand gehalten. Das Innere seiner Iris war goldbraun, so, als würde ein Feuer darin lodern. Effie spürte Edens Herzschlag, der noch viel schneller war als sonst. Ihren eigenen nahm sie überhaupt nicht mehr wahr.

»Du willst mehr«, sagte Nathaniel. »Ich spüre deine Sehnsucht.«

Er wich einen Schritt zurück und blickte auf sie herab.

»Ja, ich weiß. Ich habe all deine Vorgänger getötet. Aber stell dir nur vor, wir beide würden uns zusammenschließen. Wir wären mächtig. Du würdest groß werden. Sehr groß sogar. Ich kann dir viel mehr bieten als diese Leute hier.« Er zeigte auf die Pythagoreer. »Sie sind doch nicht wirklich an dir interessiert. Ich schon. Ich mag dich und ich kann sogar verstehen, dass du Edens Herz gestohlen hast. Dass er sich deinetwegen von mir abgewandt hat, verletzt mich dennoch. Aber vielleicht«, er machte eine dramatische Pause, »bekomme ich ja auch meinen verlorenen Sohn zurück, wenn du mein Angebot annimmst.«

Seinen verlorenen Sohn? War es gespielt oder meinte Nathaniel es wirklich so? Auch von Sebastian und Vespa hatte sie etwas in der Richtung gehört. Bedeutete Eden ihm tatsächlich so viel?

»Das *goldene Zeitalter,* das *Paradies auf Erden,* gemeinsam könnten wir es schaffen, Eva.« Seine Überzeugungsversuche waren nicht sonderlich gut. Sie sah zu Zenon, Ähnliches hatte sie auch von den Pythagoreern gehört und es hatte sie ebenso wenig beeindruckt. Nathaniel folgte ihrem Blick.

»Glaubst du wirklich, die Pythagoreer wollen den Frieden? Die Reichen und Mächtigen dieser Welt leben vom Krieg. Das haben sie schon immer und das werden sie immer. Dir wurde Angst gemacht. Weißt du, wozu das gut ist? Die Machthabenden dieser Welt wenden es täglich an, durch Nachrichten, durch ihre Lügen, durch ihre Taten ... Sie halten die Menschen klein, machen sie handlungsunfähig und gehorsam. Genau dies hat auch Zenon versucht. Er will dich zum Gehorsam erziehen, wie alle anderen Pythagoreer auch. Angst«, sagte er, »das ist die größte Waffe der Mächtigen. Und ich spreche mich nicht davon frei, sie selbst anzuwenden. Meinen Elementaren machte ich Angst vor dir, vor dem Phönix-Elementar.« Verständnisvoll neigte er den Kopf. »Weißt du, die meisten brauchen Regeln, nach denen sie leben können. Das gibt ihnen Sicherheit. Ich gebe ihnen diese Regeln. Bis auf Vespa. Sie hat sie nie gebraucht.« Er blickte zu ihr und ein liebevoller Ausdruck trat in sein Gesicht. »Sie hat sich immer nach Freiheit gesehnt. Aber sie ist meine kleine Schwester. Ich kann sie doch nicht einfach gehen lassen. Und durch sie«, er wartete einen Moment, in dem er Vespa mit seinem Blick fixierte, bevor er weiterredete, »das Geheimnis um unsere Existenz in Gefahr bringen lassen.«

»Warst du es, der Phyrron getötet hat?«, riss Effie ihn aus seinem Monolog.

Er legte den Kopf schräg. »Ja. Er war mir auf die Schliche gekommen. Phyrron misstraute mir, seitdem ich die drei Pythagoreer in Jork entdeckt, Kritias ermordet und seinen Platz eingenommen hatte. Phyrron und Kritias schienen gute Freunde gewesen zu sein. Ein Glück, dass Zenon nichts aufgefallen ist. Er öffnete mir die Türen zu dem Versteck der Pythagoreer. Leichter hätte ich hier nicht hineingelangen können. Und vor allem all ihre Geheimnisse und Pläne, mich zu besiegen, erfahren können.«

»Warum hast du nicht einfach seine Erinnerungen verändert? Du hättest Phyrron nicht töten müssen.«

Nathaniel schenkte ihr ein anerkennendes Nicken.

»Du bist clever. Das gefällt mir. Ich habe es anfangs sogar getan. Nur kehrte sein Misstrauen immer wieder zurück. Am Ende wurde es mir einfach zu anstrengend. Vor allem, als er mich zur Rede stellte. Er ahnte, dass ich nicht Kritias war. Also tötete ich ihn und stiftete ein bisschen Chaos, indem ich es euch anhängte. Ich muss gestehen, es hat mir Spaß gemacht. Ganz davon abgesehen, habe ich so erfahren, dass die Pythagoreer doch tatsächlich das Betäubungsmittel für Elementare nachproduziert haben.« Er sah zu Zenon und schüttelte tadelnd den Kopf. »Und bevor du fragst: Ja, den Stein habe ich auch an mich genommen.«

Mit Bedacht öffnete er seine Kutte und ließ sie auf den Boden fallen. Darunter trug er ein schwarzes, perfekt gebügeltes Hemd, eine elegante dunkelgraue Stoffhose und schicke, schwarz glänzende Herrenschuhe.

»Hach, das fühlt sich befreiend an. Ich kann die Einstellung der Pythagoreer wirklich nicht nachvollziehen, ständig dieses hässliche Gewand zu tragen. Aber diesbezüglich habe ich meine Elementare doch gut erzogen. Ihr habt euch alle geweigert, eines anzuziehen und eure eigene Kleidung anbehalten.« Er sah von Eden zu Choi und Vespa. »Ich bin sehr stolz auf euch.« Mit beiden Händen richtete er seinen Kragen und zog dann ein Band hervor, an dem Effies Säckchen hing. »Ich hätte es schöner gefunden, wenn du ihn mir freiwillig gegeben hättest. Das hätte die ganze Angelegenheit irgendwie dramatischer gemacht. Aber so musste ich ihn dir im Schlaf stehlen. Ich muss sagen, ein besonders gutes Versteck war es nicht. Als Kettenanhänger um deinen Hals.«

Gut, Vespas Versteck war um einiges besser gewesen. Aber Effie hatte nun mal keine Lust gehabt, ihn in ihrem Körper einzupflanzen. Dazu noch ohne übernatürliche Selbstheilungskräfte.

»Und Eden hast du auch manipuliert«, stellte sie resigniert fest.

Nathaniel lachte. »Nach dem Mord an Phyrron kam ich richtig in Fahrt. Es hat so viel Spaß gemacht, euch alle zu verwirren und zu verängstigen.

Ich hätte es nicht besser machen können. Sieh dich um.« Er drehte sich einmal im Kreis. »Zenon hat mich vorher auf sämtliche Fluchtwege aufmerksam gemacht. Ich konnte sie alle versperren. Wir befinden uns unter der Erde. Wie wollt ihr hier wieder herauskommen?« Er lächelte. »Ihr sitzt in der Falle.«

Noch ein letzter faszinierter Blick auf den Stein, dann steckte Nathaniel ihn wieder zurück. Schön, dass er sie erst für ihr Versteck kritisierte und es ihr jetzt nachtat. Dennoch, so wie es aussah, war es unmöglich, ihm den Stein zu entwenden.

»Aber kommen wir wieder zurück zu dir«, sagte Nathaniel und sah Effie in die Augen.

»Glaubst du, die Pythagoreer haben dir die ganze Wahrheit gesagt?« Sein Gesichtsausdruck war belustigt. »Gewiss nicht. Nur lassen sie sich selten in ihre Karten blicken. Sie wollen dich nur benutzen.« Er zog sich wieder ein Stück zurück. »Ich biete dir mehr. Wenn du dich mit mir verbündest, nehme ich dich mit auf eine Reise, in eine Welt, in der all deine Träume wahr werden. In der du deine eigene Wirklichkeit erschaffst.«

Eden zog sie näher zu sich und schüttelte unmerklich mit dem Kopf. Hatte Nathaniel auch ihm diese ganzen Dinge versprochen, bevor er seiner Verwandlung zustimmte?

»Eva«, sagte Nathaniel. »Möchtest du dich mit mir zusammenschließen?« Effie wich einen Schritt zurück und schüttelte langsam den Kopf. »Nein?«, fragte er. »Nein«, antwortete sie bestimmt.

»Schade.« Er seufzte theatralisch. »Also bleibt mir nur Option B. Damit bin ich durchaus auch einverstanden.« Er faltete die Hände vor der Brust. »Ja, du wirst sterben. Aber glaube mir, es ist nicht persönlich gemeint.«

Sehr charmant. Diese Tatsache beruhigte sie natürlich – nicht. Wenn es möglich war, drückte sie sich noch näher an Eden, der sich schützend vor sie stellte.

Nathaniel beobachtete es mit einem leichten Lächeln.

»Eden war so ein guter Junge. Mit der Intensität, mit der er sich jetzt um dich sorgt, hat er früher für mich gekämpft. Ich bedauere es sehr, ihn verloren zu haben. Er ist noch immer wie ein Sohn für mich, aber die Umstände haben sich geändert. So ist es leider manchmal im Leben. Nun müssen wir alle mit den Konsequenzen leben. Seine Illoyalität kann ich nicht dulden. Aber dazu kommen wir später.«

Er seufzte. »Das Leben wäre so einfach, wenn man es tatsächlich in Gut und Böse aufteilen könnte. Man wüsste, wofür und wogegen man zu kämpfen hätte. Aber so ist das leider nicht.« Sein Blick war wachsam, als würde er alles mitbekommen, was in diesem Saal gerade geschah. »Ich weiß, in euren Augen bin ich der Böse.« Nathaniels charismatische Stimme hallte durch den Raum. »Aber so unvorstellbar es auch klingen mag, meine Motive sind ehrenhaft.« Er sah zu Effie und es war, als redete er wieder nur mit ihr. »Der Krieg zwischen den Pythagoreern und mir ist sehr alt. Und wenn sie deine Familie getötet hätten, würdest du vielleicht auch anders über sie denken.«

Effie schluckte. Was war es, was er wollte? Einen Rachefeldzug, der schon über tausend Jahre anhielt? Sie zog den Frieden all dem vor. Aber den Gedanken schien Nathaniel nicht zu erwägen.

»Habt ihr eigentlich schon einmal den Sinn hinterfragt?« Jetzt wandte er sich den Wächtern und den Priesterinnen zu. »Ihr wolltet mich töten, mich zerstören, im Namen des Guten. Ohne den Mord an meiner Familie hätte ich Pythagoras niemals getötet, weil ich niemals von blinder Rache angetrieben worden wäre, sondern von denselben Motiven wie ihr: der Herstellung der universellen Gerechtigkeit und Harmonie und dem Streben nach dem, ihr wisst schon, man muss ja nicht ständig über das *goldene Zeitalter* reden.«

Zenon bewegte seinen Mund, als wollte er etwas sagen. Mit gesenktem Blick sah Nathaniel in seine Richtung und er wirkte plötzlich überhaupt nicht mehr charmant, sondern nur noch bedrohlich. Mit einer flüchtigen Handbewegung gab er ihm seine Stimme zurück. »Was wolltest du sagen?«

»Die Pythagoreer, die deine Familie getötet haben, haben einen schrecklichen Fehler begangen«, sagte Zenon, »es ist unverzeihlich, doch wir haben uns geändert, heute …«

»Schweig«, unterbrach Nathaniel ihn wieder und von jetzt auf gleich war Zenons Stimme wieder verschwunden. »Hätte ich euch nicht das genommen, was euch am wichtigsten ist, würdet ihr in keinster Weise Reue empfinden. Also lüg mich nicht an.« Er machte einen bedrohlichen Schritt auf ihn zu.

Zenon blieb tapfer stehen. Er senkte nicht mal den Kopf und obwohl Effie ihn für seinen Mut bewunderte, so betete sie doch, dass er ihn nicht provozierte.

Doch Nathaniel hielt inne. »Eure Geschichte neigt sich dem Ende. Ihr tötet im Namen der universellen Gerechtigkeit?« Er lachte gespielt. »Jetzt frage ich euch, was ist das für eine Moral? Ist es richtig, jemanden hinzurichten, der, weil er versuchte zu überleben, stahl? In einer Welt, in der Armut und Reichtum mehr als ungerecht verteilt sind?« Er musterte Eden.

Unwillkürlich dachte Effie an Edens Vergangenheit. Die Geschichte, die er ihr erzählt hatte, was geschehen war, bevor er verwandelt wurde.

»Was ist das für eine Welt, in der Ungerechtigkeit belohnt und Gerechtigkeit bestraft wird? Die Menschen sind grausam. Lange Zeit wollte ich eingreifen, etwas ändern. Wie alle Pythagoreer war ich von dem Drang besessen, die Welt zu verbessern. Sie zu einem schöneren Ort zu machen. Bis ich erkannte, dass dies unmöglich ist. Viel zu viele Menschen wollen dies nicht. Also, warum sollte ich einen Kampf führen, den ich niemals gewinnen könnte? Daher kam ich zu dem Schluss, meine eigene Welt zu erschaffen. Das *goldene Zeitalter* einzuleiten und zwar nur für die Menschen, die es in meinen Augen verdient haben. Nun gut, lange Rede und noch mehr Sinn, warum soll ich hier weiterhin meine Zeit verschwenden?« Er lächelte, sah zu Greta, Trixi, Sebastian und Johnny, die wachsam den Ausgang blockierten.

Im nächsten Moment hatten sie Eden und Effie umzingelt.

Eden fasste Effie, sie krallte sich in seine Arme und er sprang hoch in die Luft. Ein vergeblicher Versuch zu fliehen. Ein Schuss ertönte, Eden stöhnte auf. Effie, die ihre Arme um ihn geschlungen hatte, sah sofort, warum. Sebastian hatte auf ihn geschossen. Eden verlor das Bewusstsein und ein roter Fleck bildete sich auf seinem Shirt. Sie stürzten zurück auf den Boden. Noch im Fall drehte er sich, so dass er zuerst aufschlug und sie auf ihn fiel und durch seinen Körper abgefedert wurde.

Angsterfüllt sah sie in sein Gesicht. Ein letzter Blick in seine Augen, bevor sie sich nach oben drehten und seine Lider zufielen.

Sebastian packte Effie und übergab sie Nathaniel, der mit seinen Händen ihre Arme umschloss wie mit einem Schraubstock. Sie wandte sich, als es plötzlich in ihr zu vibrieren begann. Es war, als würde sich ihr Magen umdrehen. Alles um sie herum wurde unscharf und dann plötzlich wieder scharf. Geräusche und Stimmen wurden lauter und drangen von allen Seiten auf sie ein, so dass sie nicht mehr wusste, wo sie hinhören sollte. Es war unerträglich. Mit ihren Händen auf den Ohren versuchte sie, sich vor dem wirren Geräuschpegel zu schützen, aber es half nicht.

»Die Verwandlung hat begonnen«, hörte sie Nathaniel sagen. Seine Arme schlangen sich um ihren Körper, drückten sie an seine Brust und im nächsten Moment presste er ihr ein weißes Tuch vor das Gesicht. Ein stechender Geruch schoss ihr in die Nase. »Mal schauen, ob es ausreicht, bis wir in meinem Reich angekommen sind«, flüsterte er ihr ins Ohr.

»Greta, Trixi, Sebastian«, rief Nathaniel wie aus weiter Ferne. «Nehmt die anderen Elementare. Johnny, du kümmerst dich um den Rest.«

Düstere Offenbarungen

Sie schlug ihre Augen auf. Der Untergrund, auf dem sie lag, war hart und kalt. Bei dem Versuch, sich zu bewegen, wurde sie zurückgehalten. Einzig ihren Kopf konnte sie heben. Ihr Herz raste so schnell, dass es ihr die Luft abdrückte. Immer noch trug sie das Satinkleid, das sie für die Verwandlung anziehen sollte. Dreckig und zerrissen hing es an ihr herunter. Metallschellen fesselten ihre nackten Arme und Beine. Eine große Schelle um ihren Bauch drückte sie fest auf den kalten Untergrund. Panisch versuchte sie, sich freizukämpfen, aber je mehr sie sich bewegte, umso tiefer schnitten die Fesseln in ihr Fleisch.

Sie drehte ihren Kopf zur Seite, der einzige Körperteil, der nicht an den Tisch fixiert war. Der Tisch aus Metall erinnerte sie an einen Operationstisch. Außerdem befand er sich in einer Art Becken. Es sah aus wie eines dieser Bäder, die es früher bei den alten Römern gegeben hatte. Und am steinernen Beckenrand befanden sich merkwürdige Geräte. Zunächst schienen sie wie gewöhnliche Wasserhähne, die das Becken gleichzeitig von verschiedenen Seiten mit Wasser befüllen konnten. Doch sie hatten keine Öffnung. Zumindest keine, durch die ein Wasserstrahl fließen konnte. Sie sah genauer hin. Kleine dünne Schläuche befanden sich an den Hähnen und führten zu einem großen gläsernen Behälter. Und an der Spitze der Hähne … Ihr Herz machte einen Aussetzer. Es war, als würde ihr größter Albtraum wahr werden. An der Spitze eines jeden Hahns befand sich eine Kanüle. Eine spitze Nadel, die zu ihr herunterzeigte. Sie wollte schreien, aber ihr Mund war zugeklebt. Wieder versuchte sie, sich aus den Fesseln zu befreien, versuchte, den Schmerz zu ignorieren, der immer stärker wurde, umso mehr sie sich bewegte.

Ein Keuchen ließ sie aufhorchen.

Sie hatte es deutlich gehört. Eine Person musste sich in diesem Raum befinden. Sie hob ihren Kopf in der Hoffnung, etwas zu erkennen. Der ganze Raum war mit kleinen bunten Kacheln gefliest. Da! An der gegenüberliegenden Wand entdeckte sie drei Gestalten. Sie standen auf einem Podest. Stahlfesseln ketteten sie an die steinernen Gemäuer.

Eden! wollte sie rufen, aber sie gab unter dem Klebeband nur ein dumpfes Geräusch von sich.

Edens Kopf hing nach unten, die Arme zu den Seiten ausgestreckt und an die Wand gefesselt, als sei er gekreuzigt worden. Nur minimal regte er sich und sie wusste nicht, ob er sie gehört hatte oder nicht. Neben ihm waren Choi und Vespa ebenso an die Wand gefesselt. Wahrscheinlich waren sie alle bewusstlos.

Wieder wand sie sich in den Fesseln, aber sie schnitten nur tiefer in ihr Fleisch und erzeugten einen unerträglichen Schmerz. Tränen stiegen ihr in die Augen. Wo waren sie hier?

Eden! versuchte Effie es erneut. Aber nur ein Murmeln war zu hören.

»Es dauert nicht mehr lange, bis sie aufwachen.« Die Stimme drang aus dem Nichts zu ihr. Und dann trat Nathaniel aus dem Schatten einer Säule. In einem unkontrollierbaren Fluchtinstinkt strampelte sie noch heftiger. Vergeblich. Seine Lippen verzogen sich zu einem Lächeln. Er sagte nichts, beobachtete sie, wie sie versuchte, verzweifelt wie ein Fisch im Netz, sich zu befreien. Wohl wissend, dass es keine Chance gab.

»Warum kämpfst du denn noch so?« Interessiert betrachtete er sie. »Du wirst dich nicht befreien können.« Er deutete auf eine Uhr an der Wand. »Eine halbe Stunde noch, um zwölf Uhr, wird es erst richtig losgehen. Aber ich habe dich dennoch schon einmal in Fesseln gelegt, die aus einem Material bestehen, das Elementarkräfte nicht zerstören können. Und deinen hübschen Mund habe ich dir auch geknebelt. Denn deinem Schreien möchte ich mich schließlich nicht aussetzen.« Er musterte sie belustigt. »Weißt du«, fuhr er fort, »wenn du nicht der Phönix-Elementar wärst, dann würde ich dich, glaube ich, mögen. Vielleicht hätte ich dich sogar in einen Elementar verwandelt. Für Eden. Als ich dich und Eden anfänglich beobachtet habe und noch nicht wusste, wer du bist, habe ich tatsächlich mit dem Gedanken gespielt. Mir war es wichtig, dass er glücklich ist. Es hat lange gedauert, bis er und Greta ein Paar wurden. Doch dafür waren sie lange Zeit zusammen. Mehr als 40 Jahre. Das schaffen die meisten Menschen nicht mal. Es tat mir im Herzen weh, als Eden sich von ihr trennte. Als ich ihn vor ein paar Wochen mit dir sah, ihr standet in der kleinen Siedlung, in der die anderen sich in der Villa versteckten, da dachte ich, ihr beide passt wirklich gut zueinander. Ich habe mich für ihn gefreut, wie man sich für jemanden freut, den man liebt. Aber nun gut, die Zeiten ändern sich. Zu dem Zeitpunkt wusste ich noch nicht, dass du der Phönix-Elementar bist und Eden ein Verräter.« Er nahm einen tiefen Atemzug. »Kennst du diese Kaninchenzüchter?«, fragte er dann. »Die Leute, die die süßen kleinen ›Racker‹ monatelang pflegen und streicheln, ihre Kinder mit ihnen kuscheln lassen und sie dann, wenn sie fett genug sind, schlachten? Genauso geht es mir mit dir.« Er lächelte, als hätte er etwas Nettes gesagt.

Eine Zeremonie bei den Pythagoreern hätte ihr jetzt eindeutig besser gefallen, als gefesselt auf einem Operationstisch zu liegen und auf ihren baldigen Tod zu warten.

»Das hier ist ein ganz besonderer Tag für mich. Soll ich dir verraten, weshalb?«

Sie antwortete nicht, wie auch, mit geknebeltem Mund?

»Weil du der erste Phönix-Elementar bist, den ich lebendig in mein Reich geholt habe. Sonst ließ ich sie immer zuvor töten und dann zu mir bringen. Aber heute habe ich die Chance, endlich meine Erfindung, meine eigene Kreation an dir auszutesten.« Er klopfte auf den Rand das Beckens und strich über einen der merkwürdigen Hähne. »Ich weiß nicht, ob es dir schon aufgefallen ist, aber Eden, dich und mich unterscheidet etwas von den anderen Elementaren. Wir sind anders. Etwas Besonderes.«

Er sollte das Wort »wir« nicht gebrauchen. Sie hatte überhaupt nichts mit ihm gemeinsam. Niemals.

»Wie ich mitbekommen habe, wird offenbar viel darüber spekuliert, wie ich das Elixier herstelle, um Menschen in Elementare zu verwandeln. Ja, ich bin den Pythagoreern einen weiten Schritt voraus. Dass ich dafür den Phönix-Elementar benötige, ist, denke ich, kein Geheimnis mehr«, sagte Nathaniel. »Es ist so schön, dass ich mit jemandem darüber sprechen kann, ohne ihm danach seine Erinnerungen verändern zu müssen, weil du ja sowieso gleich tot sein wirst«, amüsiert wanderten seine Augen über ihren Körper. »An sich ist es ganz banal. Das Elixier besteht zum größten Teil aus dem Blut des Phönix-Elementars. Du fragst dich bestimmt, wie ich das herausgefunden habe, oder?«

Effie schüttelte vehement den Kopf. Auch wenn sie glaubte, ihre Blutphobie mittlerweile überwunden zu haben, wollte sie sich alle unnötigen Details ersparen.

Aber Nathaniel schien es nicht zu interessieren, denn er redete weiter. »Während meiner Zeit bei den Pythagoreern hatte ich eine Menge Zeit zu forschen. Sie waren im Besitz des größten Teils der Schriftrollen aus der *Bibliothek von Alexandria*. Besonders die Traditionen anderer Kulturen interessierten mich. Nehmen wir einmal die Chinesen. Sie glaubten und glauben es teilweise heute noch, dass sich ihre Potenz steigert, wenn sie Körperteile eines Tigers essen. Das Faszinierende dabei ist der Gedanke, dass sich die besondere Kraft des Tieres auf sie überträgt, wenn sie es sich einverleiben. Auch die Mayas waren ein sehr interessantes Volk. Blut galt bei ihnen als das Getränk der Götter. Sie tranken Tier- und Menschenblut, um die Verbindung zu den Göttern und ihren Ahnen herzustellen. Die Ägypter glaubten, dass im Blut der Sitz der Seele sei. Deshalb war es nur naheliegend, dasselbe auszuprobieren.« Er hielt kurz inne. »Ganz so einfach war es nicht.« Dann räusperte er sich. »Auch wenn du es mir vermutlich nicht glaubst, es war ursprünglich nicht mein Ziel, Pythagoras zu töten. Er war mein größtes Vorbild. Und ich hatte mich schließlich dem höheren Wohl und der Gerechtigkeit verschrieben, so wie der Rest der Pythagoreer auch. Pythagoras schätzte mich, weil ich so belesen war.« Nathaniel blickte hinüber zu Vespa. »Unsere Eltern waren bereits Pythagoreer, bevor wir zur Welt kamen, wir wurden sozusagen in den Geheimbund hineingeboren.« Er wandte seinen Blick wieder zu Effie. »Ich himmelte Pythagoras an, so wie die meisten anderen auch. Bis zu dem Tag, an dem meine Eltern verkündeten, sie würden den Geheimbund verlassen. Da sie jedoch von Pythagoras' Existenz wussten und davon, dass er ein Phönix-Elementar war, verwehrte er ihnen ihren Wunsch. Die Pythagoreer ertränkten meine Eltern und ließen es wie einen Unfall aussehen.«

Die Geschichte kannte sie doch schon. Zumindest ohne die kleinen Details. Leider konnte sie ihm das nicht sagen, weil ihr Mund zugeklebt war. »Aber kommen wir wieder zu dir. Oder besser gesagt zum ersten Phönix-Elementar.« Er umkreiste das Becken und blieb vor einem kleinen weißen Metalltisch stehen, auf dem mehrere Werkzeuge lagen. »Nachdem ich den Mord an meinen Eltern einigermaßen verkraftet hatte, sann ich auf Rache. Ich wollte sie alle töten. Aber es waren viel zu viele für mich. Also beschloss ich, ihnen das zu nehmen, was ihnen am wichtigsten war. Ich schlich nachts in das Gebäude, in das gut bewachte Schlafgemach von Pythagoras, und enthauptete ihn.«

Effies Magen drehte sich um, ihr wurde übel. Warum erzählte er ihr das alles? Blöder Selbstdarsteller. Sie wollte es nicht hören.

»Und da floss es, das Blut. Es war einfach ein Impuls, dass ich es trank. Ich trank es, um ihm sein letztes bisschen Macht zu nehmen, dass er noch über mich hatte. Danach wurde mir übel. Ich schaffte es gerade noch, den Stein an mich zu reißen, den Pythagoras immer bei sich getragen hatte. Er war meine Trophäe. Das Symbol für meine Rache, meinen Sieg über ihn. Ich flüchtete in die Tiefen der Gemäuer. Zum Glück kannte ich mich aus. Ich konnte mich gerade noch in einem seit Monaten leer stehenden Kellerraum verstecken, bevor ich mein Bewusstsein verlor.« Er hob eines der Werkzeuge von dem Tablett und begutachtete es eindringlich, eine winzige Säge. Dann legte er es wieder zurück. Ja, die sollte auch schön da liegen bleiben! Ihr gefielen diese ganzen Geräte ganz und gar nicht. Wieder hob sie ihren Kopf, um zu sehen, ob Eden sich bewegte. Aber wie die anderen hing er reglos in den Ketten. Was sollte sie bloß tun? Die Uhr tickte. Erneut fing sie an zu strampeln, auch wenn sie wusste, dass es sinnlos war, und versuchte, Edens Namen zu rufen, aber wieder kamen nur unverständliche gedämpfte Laute zu Stande.

Nathaniel sah sie an. Dann seufzte er bedauerlich. »Leider, leider kann ich dich nicht verstehen, auch wenn ich mich zu gerne mit dir unterhalten hätte.« Wieder sah er auf seine Uhr. »Da wir noch etwas Zeit haben, erzähle ich dir meine spannende Geschichte weiter. Es interessiert dich bestimmt brennend.«

Irgendwo klopfte es und das Geräusch hallte durch den Raum. Verärgert drehte Nathaniel sich um.

»Wer wagt es, mich zu stören?«

Das Klopfen verzagte. Mit großen Schritten ging er zur Tür und öffnete sie.

»Was willst du, Greta?«

Effie konnte sie nicht sehen, nur hören.

»Ich«, sie stockte, »ich, es tut mir leid, dass ich dich störe, Nathaniel, aber ich wollte, also es ist wegen Eden.« So unsicher hatte sie Greta noch nie reden hören.

»Das kann doch nicht wahr sein«, knurrte Nathaniel. »Lässt die Manipulation etwa schon wieder nach? Ich hoffe, ich verliere dich nicht auch noch.«

Im nächsten Moment schrie Greta auf. Dann folgte beschwörendes Gemurmel. Nach etwa einer Minute hörte es auf.

»Geh jetzt, Greta«, sagte er.

Bevor er die Tür wieder schloss, huschte ein Schatten in den Raum.

Effie reckte ihren Kopf, soweit dies möglich war, aber niemand außer Nathaniel war mehr zu sehen. Vielleicht hatte sie es sich eingebildet.

»Wo war ich stehen geblieben?«, überlegte Nathaniel, als er wieder zu ihr kam. »Ach ja, bei meiner ersten Verwandlung. Durch das Trinken von Pythagoras' Blut wurde ich ein Elementar und tötete sämtliche Pythagoreer, aber das kennst du ja alles schon. Jedenfalls verschwanden meine Kräfte nach ein paar Wochen wieder. Ich verwandelte mich zurück in einen Menschen und begann, mir und Vespa ein neues Leben aufzubauen. 21 Jahre lang geschah nichts Besonderes, dann begann der Stein plötzlich zu vibrieren. Ich hatte ihn schon fast vergessen. Er hing nur als Trophäe in einer Vitrine in meinem Arbeitszimmer.« Er fasste nach dem Säckchen, das er immer noch um den Hals trug. »Als ich ihn in die Hand nahm, spürte ich einen Sog. Ich war so beeindruckt, dass ich ihm gehorchte. Er führte mich zu einem jungen verwirrten Mann. Nachdem ich ihn eine kurze Zeit beobachtet hatte, erkannte ich, dass er übernatürliche Fähigkeiten besaß, aber damit restlos überfordert war. Es war einfach, ihn zu töten. Ich nahm den Leichnam mit und untersuchte ihn genauer. Es war das erste Mal, dass ich das Phönix-Mal auf dem

Rücken entdeckte. Ob Pythagoras auch eines gehabt hatte? Vermutlich. Ich habe es nie zu Gesicht bekommen. Diesmal sammelte ich all sein Blut. Zumindest das, was übrig blieb. Es ist nicht so einfach, jemanden im Kampf ohne Blutverlust zu töten, sag ich dir.«

Es war widerlich. Nathaniels Brust platzte beinahe vor Stolz, während er über seine Morde sprach. Schade, dass es keinen Knopf gab, der sein Gerede abstellte. Sein Prahlen ging ihr mächtig auf die Nerven. Obwohl er sie nicht verstehen konnte, rief sie: Sei endlich still. Wieder war nur ein Nuscheln zu hören. Heftig schlug sie mit dem Kopf hin und her, damit er ihr endlich das Klebeband abnahm. Entzückt beobachtete er dies und redete dann ungeniert weiter.

»Ich lagerte das Blut tief in der Erde, damit es gekühlt war, und möglichst lange frisch blieb. Ich experimentierte, bis ich ein gutes Blutkonservierungsmittel hergestellt hatte.« Wie ein Blitz zog ein Schmerz durch ihren Körper und sie zuckte zusammen. Und noch einer. Die Verwandlung begann. »Diesmal spritzte ich es in mein eigenes Blut und zwar über mehrere Wochen. Die Vermischung funktionierte. Es verwandelte mich. Dauerhaft.« Effie sah hinüber zu den anderen. Eden bewegte sich, er kam zu sich! Doch da war noch jemand. Ted. Er musste der Schatten gewesen sein, der sich hineingeschlichen hatte.

Er ging auf Eden zu. Was sollte sie tun? Bei ihrer letzten Begegnung war Ted Eden an den Hals gesprungen und hatte ihn gewürgt. Sie begann zu schreien, solange sie konnte.

»Was ist denn los?« Nathaniels Augen blitzten gefährlich auf. »Kannst du nicht einfach still sein und mich meine Arbeit machen lassen?« Sie schrie weiter. Was sollte es? Er wollte sie sowieso töten. Da konnte sie ihre letzten Minuten noch nutzen, um Eden zu warnen.

Aber dann sah sie, wie Ted die Handschellen begutachtete und begann, daran herumzuwerkeln. Würde Ted ihnen helfen, nach allem, was geschehen war?

»Geht doch«, sagte Nathaniel, als sie wieder still wurde. »Eigentlich wollte ich dir meine Geschichte viel ausführlicher erzählen, aber du willst mir ja nicht zuhören.« War er tatsächlich eingeschnappt? Was ein Psychopath.

»Also verkürze ich es ein wenig.« Zwanghaft legte er die Werkzeuge auf dem Tablett zurecht.

»Nachdem ich auch Vespa verwandelt hatte, stellte ich fest, dass sich sowohl auf ihrem als auch auf meinem Rücken ein Mal bildete, auf dem sich ein Tier abzeichnete. Bei Vespa war es eine Schlange und bei mir ein Krokodil. Um mehr darüber zu erfahren, bereiste ich die Welt und lernte verschiedenste Urvölker kennen. Schamanen, die von Krafttieren sprachen, Tiere auf einer geistigen Ebene, mit denen sie in Kontakt traten und die ihnen in schwierigen Lebenssituationen halfen. Ich lernte, dass jeder Mensch ein anderes Seelentier besaß, passend zu seiner Persönlichkeit, das ihn begleitete während seiner Lebenszeit auf der Erde. Das Elixier musste einen Verwandlungsprozess in Gang gesetzt haben, in dem mein Seelentier mit meiner Seele verschmolzen war.« Das Klimpern der Ketten, die Eden fesselten, riss Nathaniel aus seinem Monolog. Hastig blickte er sich um. Ted war unvorsichtig gewesen. Er hielt inne und rührte sich kein Stück, damit er nicht noch mehr Geräusche verursachte.

Nathaniel ging zu ihnen hinüber und betrachtete jedes Gesicht einzeln. »Ich denke«, sagte er dann und kam wieder zu Effie, »sie wachen allmählich auf.« Er rieb sich die Hände. »Das finde ich sehr gut. Dann können sie zuschauen, wie ich meine neue Maschine einweihe.« Er streichelte über einen der Hähne, aus denen eine Kanüle herausragte. »Nun kommen wir zum spannenden Teil. Zu meinem kleinen Geheimnis, in das ich bis jetzt noch niemanden eingeweiht habe. Zu unserer Gemeinsamkeit.«

Ted prüfte, ob Nathaniel zu ihm sah, packte dann Edens Hand, die kraftlos nach unten hing, und formte sie zu einer Kralle. Die Nägel an seinen Händen färbten sich blau und ein wenig Gift trat heraus. Aus seiner Tasche zog Ted ein Stofftuch und versuchte damit, das Gift aufzufangen. Wie sollte das denn funktionieren? Er sollte sich was Besseres einfallen lassen. Und zwar schnell! Er legte das Tuch mit dem Gift hastig auf Edens Fessel.

»Hast du herausgefunden, was ich meine? Was dich, Eden und mich von den anderen unterscheidet?«, riss Nathaniel ihre Aufmerksamkeit wieder auf sich.

Effie schüttelte den Kopf. Aber dafür wusste sie, dass sich Edens rechte Fessel gelöst hatte. Er kam allmählich zu sich. Ebenso wie Choi und Vespa. Vorsichtig, ohne wieder ein unnötiges Geräusch zu verursachen, nahm Ted die Kette ab und legte sie auf den Boden.

»Die anderen Elementare haben ein Seelentier, das real existiert. Nur wir drei haben Fabelwesen als Seelentiere. Damit ich mich von einem Krokodil in einen Drachenelementar verwandelte, brauchte ich etwas ganz Bestimmtes.« Er tippte Effie an die Stirn. »Etwas, was sich in deinem Gehirn befindet.«

Er nahm eines der Werkzeuge von dem Tisch und hielt es ihr vor die Augen. Es ähnelte im Entferntesten einer Schere.

»In den Schriften aus der Bibliothek von Alexandria habe ich einige interessante Forschungen zum menschlichen Gehirn von *Erasistratos von Keos* und *Herophilos von Chalkedon* entdeckt. Dabei stieß ich auf die Zirbeldrüse. Sie sitzt mitten im Gehirn und ist nur wenige Millimeter groß. Erasistratos schrieb, dass sie die Verbindung zum Reich der Götter sei. Ich dachte mir, wenn bei mir ein Verwandlungsprozess nur durch das Einflößen von Blut stattfindet, ist es bestimmt auch möglich, dass ich mir diese Teile des Gehirns einverleibe. Als ich das Gehirn des Phönix-Elementars aufschnitt … du wirst es mir vermutlich nicht glauben, aber die Zirbeldrüse war golden. Ich nahm sie heraus, zerkleinerte sie und mischte sie unter das Blut. Dann spritzte ich mir diese Substanz erneut über mehrere Wochen. Et voilá.« Er breitete begeistert seine Arme aus. »Es funktionierte. Das Mal auf meinem Rücken veränderte sich. Plötzlich bekam das Krokodil Flügel.« Er lachte breit. »Ein Drachen.«

Eden kam zu sich. Es dauerte einen Moment, bis er sich orientiert hatte. Als er sie erblickte, weiteten sich seine Augen. Hastig sah er sich um. Er bemerkte, dass seine eine Hand befreit war, formte sie zur Kralle und griff an die Fessel seiner anderen Hand. Effie begann wieder zu schreien, um Nathaniel von möglichen Geräuschen abzulenken.

»Na, hasst du mich nun, nachdem ich dir diese Geschichte erzählt habe?« Er lachte auf. »Machst du dir Gedanken über dein Leben?« Eden war leise.

Vorsichtig schlich er zu Choi und kümmerte sich um seine Fesseln. »Trauerst du über den dir bevorstehenden Tod? Dabei hast du doch nichts zu befürchten. Dein Seelentier ist der Phönix. Du wirst alle 21 Jahre wiedergeboren.«

Ja genau, und alle 21 Jahre wieder ermordet. Wer bitte sollte sich darüber freuen? Außerdem war es ja nicht sie, die wiedergeboren wurde, sondern die Phönix-Seele, die sich einen neuen Körper suchte.

Eden hatte Choi befreit und presste ihm die Hand auf den Mund. Gemeinsam schlichen sie zu Vespa.

»Lass uns nun zu den wichtigen Details kommen, die dich aktuell interessieren könnten. Bewundern wir meine Erfindung.« Liebevoll strich Nathaniel über die merkwürdigen Metallhähne und drückte auf einen Knopf. Elektrische Schienen fuhren heraus, erhoben die spitzen Kanülen an deren Ende und richteten sie auf Effie. Von beiden Seiten näherten sie sich ihren nackten Beinen und Armen. Sie konnte nicht genau sehen, wie viele es waren, acht oder vielleicht zehn?

»Weißt du«, begann Nathaniel wieder, nachdem er seiner Maschine genügend Zeit für ihren Auftritt gelassen hatte, »trotz meiner Bemühungen war es letztlich immer so, dass viel zu viel des edlen Blutes verloren ging. Und genau deshalb habe ich dieses wunderschöne Gerät erfunden. Wie du bereits gesehen hast, befinden sich an der Spitze einer jeden Schiene Kanülen. Diese werden nach deiner Verwandlung in deine Venen und deine Halsschlagader eingeführt, um dein Blut abzusaugen.«

Bei der Vorstellung, stieg Übelkeit heftig in ihr hoch und sie unterdrückte ein Würgen. *Bitte! Eden!* Sie mussten sich beeilen.

»Durch die Schläuche wird das Blut dann in diese Glasgefäße transportiert, in die ich bereits ein Blutkonservierungsmittel eingefüllt habe.«

Noch ein bisschen Gift... und auch Vespa war ihre Ketten los. In dem Moment drehte Nathaniel sich um. Panisch begann Effie zu kreischen, um ihn abzulenken. Es funktionierte. Zumindest für den Moment, denn er wandte sich wieder ihr zu.

»Keine Angst«, sagte Nathaniel, »soweit ich weiß, fühlt sich der Tod durch übermäßigen Blutverlust an, als würde man einschlafen.« Er hatte nichts gemerkt. Das war gut. Die vier, die in eine Schockstarre verfallen waren, näherten ihnen sich nun. Wortlos gab Eden ihnen Zeichen. Sie würden sie retten. Wenn Effie gekonnt hätte, hätte sie erleichtert aufgeatmet, aber das Klebeband auf ihrem Mund erschwerte es ihr.

Plötzlich spürte sie ein Stechen in ihrer Brust. Dann ein Ziehen durch ihren ganzen Körper. Sie keuchte auf vor Schmerzen.

»Es ist so weit.« Nathaniel nahm einige Schritte Abstand. Ein Schmerz durchzog ihren Bauch. Sie wollte sich krümmen, aber die Fesseln hinderten sie daran. Nur schwach bekam sie mit, dass Eden, Vespa, Choi und Ted, sich im Raum verteilten.

»Ach so, ich habe dir noch gar nicht erklärt, was ich mit diesen Instrumenten vorhabe.« Nathaniel hielt ein kleines Messer und eine kleine Kreissäge hoch. »Damit wird deine Schädeldecke aufgeschnitten«, erklärte er und drehte die Säge zwischen seinen Fingern hin und her. »Und damit«, er nahm eine Art Schere, die vorne ein Loch aufwies, »wird deine Zirbeldrüse herausgeholt. Aber keine Angst, wenn dies geschieht, bist du längst tot.«

In dem Moment blickte Nathaniel hinüber zu seinen Gefangenen. Sein Gesicht wurde bleich. »Ahhhrrrgg!«, schrie er auf und pfefferte das Tablett mit dem Operationsbesteck durch den Raum. »Wie ist das möglich?« Langsam drehte er sich um.

Effie versuchte auch zu schauen, wo die anderen waren, aber sie konnte keinen mehr sehen.

»Nun gut«, zischte er, »ich weiß zwar nicht, ob du schon vollständig verwandelt bist, aber bevor du überlebst, gehe ich das Risiko lieber ein.« Er drückte auf einen Knopf. Die Spritzen senkten ihre Köpfe und kamen auf sie zu.

Sie versuchte zu schreien, aber wieder erklang nur ein stumpfes Ächzen.

Im nächsten Augenblick stürzten sich Vespa, Ted und Eden gleichzeitig auf Nathaniel. Ein Kribbeln fuhr durch Effies Körper. Dann begann es, vor ihren Augen zu flimmern. Choi war plötzlich bei ihr, riss ihr den Klebestreifen vom Mund, befreite sie von ihrem Knebel und stürzte sich auf ihre Fesseln. Die Kanülen kamen immer näher.

»Choi«, schrie sie verzweifelt, »die Spritzen!«

Einen Augenblick wirkte er irritiert. Dann verstand er. Er packte die erste Spritze und brach ihren Kopf ab. Es funktionierte. Das Material war nicht so fest wie die Fesseln. In Sekundenbruchteilen hatte er alle Kanülen entfernt. Er trat gegen das Gerät. Es zersplitterte in tausend Einzelteile.

»Puh«, machte Choi und ein Grinsen trat auf sein Gesicht. »Das war knapp.«

Ja, das war es. Aber sie hatte keine Zeit, sich zu freuen. Nathaniel kam auf sie zugerannt, ein Schwert gezückt vor seiner Brust. Und plötzlich war es nicht mehr eine Person, die sie sah, sondern zehn von ihm oder mehr.

»Scheiße«, rief Choi neben ihr.

Effie öffnete ihren Mund und schrie aus Leibeskräften. Das Einzige, was sie jetzt tun konnte. Sie kniff die Augen zu und wartete auf die Klinge, die sie töten würde. Doch es geschah nichts. Erst nach einer gefühlten Ewigkeit hörte sie auf zu schreien. Sie öffnete wieder die Augen. Nathaniel war nirgends zu sehen.

Choi sah sie befremdet an. »Die Nathaniels sind mitten im Flug zurückgewichen, als du angefangen hast zu schreien.«

Außer Atem stand Eden plötzlich neben ihr. »Los! Raus hier!« An seiner Stirn klebte getrocknetes Blut. Effie wusste nicht, ob es seines oder Nathaniels war. Doch das spielte auch keine Rolle. Ihm ging es gut. Er fasste an eine der Fesseln und ließ das Gift unter seinen Nägeln auf das Metall tropfen. Es zischte leise und die Handschellen schmolzen. Nach und nach befreite er ihre Gliedmaßen, bis er Effie vorsichtig herausheben konnte. Weg von dem Operationstisch, auf dem sie hatte sterben sollen. Sie klammerte sich um seinen Hals und drückte sich, so fest sie konnte, an ihn.

»Danke für deine Hilfe, Ted«, sagte Eden und setzte Effie vorsichtig auf dem Boden ab.

Ted sah ihn kurz an, sagte aber nichts.

»Wo ist Vespa?« Suchend sah Choi sich um.

»Nathaniel hat sie«, antwortete Ted.

Alle sahen ihn an.

Chois Gesicht wurde blass. »Was hast du gesagt?«

»Nathaniel hat Vespa gepackt. Ich konnte nichts tun.«

Plötzlich hörten sie ein Rauschen. Sie sahen sich um. Aus Drüsen an den Wänden drang ein nebeliger Dampf.

»Wir müssen hier verschwinden«, rief Ted und hielt sich den Ärmel vor Mund und Nase. »Einige Kilometer von hier steht ein Flugzeug. Ich hab es schon vor Monaten unsichtbar gemacht. Die Flucht gelingt uns am ehesten, wenn die anderen Elementare uns nicht sehen können.«

»Komm!« Eden schob Choi an.

»Nein!« Vehement schüttelte dieser den Kopf. »Wir müssen Vespa finden.«

»Das werden wir.« Eden sprach plötzlich einfühlsamer. »Aber jetzt müssen wir erst einmal hier raus.«

Er packte Choi und zog ihn aus dem Raum. Dann rannten sie los.

Flucht

Sie liefen vorbei an vergoldeten Säulen. Alles hier schien golden. Selbst der Boden. Als sie aus dem Gebäude stürmten, traten sie auf einen großen Platz. Nein, das war eindeutig eine Untertreibung. Vielmehr betraten sie einen Hofgarten. Akkurat gemähte Wiesen, zu Figuren geformte Buchsbäume, gleichmäßig angereihte Hecken, Blumenbeete, die zu bunten Bildern angelegt waren. Etwas weiter entfernt gab es einen großen See und daneben sogar ein Labyrinth.

»Ist das Nathaniels Gesicht?«, fragte sie, als sie eine der Buchsbaumfiguren näher betrachtete. Sämtliche Figuren waren zu Nathaniels Kopf geformt. Dieser Mann war größenwahnsinnig.

In mehr als einem Kilometer Entfernung, vielleicht waren es auch zwei, umschloss eine riesige Mauer das Gelände. Nur in der Mitte befand sich ein geöffnetes zweiflügeliges Tor. Effie wandte sich nach hinten um und ihr klappte die Kinnlade herunter. Bis jetzt hatte sie das Gebäude, aus dem sie geflüchtet waren, noch nicht von außen betrachtet. Aber jetzt ... Es war ein riesiger Palast. Die Fassaden waren golden gestrichen und die Fenster mit Edelsteinen und Diamanten geschmückt.

»Wir müssen zurück.« Choi rannte wieder auf das Gebäude zu. »Wir müssen sie da rausholen!«

Eden packte ihn und zerrte ihn zurück. »Wir wissen nicht, wo sie ist, Choi!« Er drehte ihn an den Schultern zu sich herum. »Wir holen Vespa da wieder raus. Versprochen. Aber erst einmal müssen wir uns in Sicherheit bringen.«

»Beeilt euch«, schrie Ted. »Wir müssen zu den Toren! Sie schließen.«

In der Entfernung bewegten sich die Tore aufeinander zu.

Sie rannten.

»Können wir nicht über die Mauer klettern?«, rief Effie.

»Auf keinen Fall.« Eden schüttelte den Kopf.

»Elektrizität!«, erklärte Choi knapp.

Ted hatte das Tor bereits erreicht. Er stemmte sich mit aller Kraft zwischen die Türen, die weniger als einen Meter voneinander entfernt waren. Seine Kraft reichte nicht, um sie wieder aufzudrücken. Beim Bau des Tores hatte Nathaniel vermutlich darauf geachtet, dass es Elementarkräften standhielt. Dennoch, Ted konnte das Schließen zumindest verlangsamen. Vor Anstrengung traten die Adern an seinen Schläfen hervor.

Gerade, als sie sich hindurchquetschen wollten, schrie Choi markerschütternd auf. Er blieb wie angewurzelt stehen, so dass Effie gegen ihn prallte und nach hinten fiel.

Dann sah sie Sebastian nur wenige Meter neben ihnen. Seine Hände waren auf Choi gerichtet. Er gefror ihn.

Eden schulterte Choi, um ihn die letzten Meter zu tragen. Dann brach er zusammen.

Sebastian lachte auf. »Das macht Spaß.«

Ohne zu überlegen, stürzte Effie sich auf ihn. Ihre wiedergewonnenen Kräfte pulsierten in ihr. Sie riss ihn zu Boden. Und schrie. Sebastian wusste nicht, wie ihm geschah. Er war zu schockiert, um überhaupt zu reagieren. Sein Mund öffnete sich. Weißer Nebel trat zwischen seinen Lippen hervor, nahm die Gestalt eines Eisbären an, vermischte sich mit der Luft und löste sich dann auf.

Etwas überrascht darüber, dass sich ihre Kräfte bereits vollkommen entwickelt hatten, ließ sie wieder von ihm ab.

Effie war froh, dass sie ihre Fähigkeiten bereits kannte.

Sebastian rappelte sich wieder auf, streckte seine Arme aus, als wollte er sie gefrieren. »Was …?« Verzweifelt strengte er sich an. Aber nichts geschah.

Choi und Eden konnten sich wieder bewegen. Der Spalt des Tores war nur noch knapp einen halben Meter geöffnet. Teds Gesicht war verzerrt, er schien am Ende seiner Kräfte. Nur ein Sprung, dann hätten sie es geschafft. Choi und Eden machten einen Satz über Ted hinweg und landeten auf der anderen Seite.

»Effie!«, japste Ted.

Sie hechtete zu ihm, fasste an einen Flügel des Tores, um sich hindurchzuziehen. In dem Moment sprang ihr etwas in die Seite. Sie purzelte zurück. Johnny blickte grinsend auf sie herab. Die Tore rückten näher zueinander. Nur noch wenige Zentimeter.

Choi eilte Ted zur Hilfe und Eden presste sich durch die beiden hindurch, um zu ihr zu gelangen.

Sie sprang wieder auf die Beine. Und dann tauchten plötzlich hunderte auf und verbauten ihr den Weg. Hunderte Johnnys. Wie aus einer Seifenblasenmaschine vermehrte er sich.

»Ich wollte schon immer mal einen Phönix-Elementar töten«, knurrten alle gleichzeitig.

Na großartig. Und wer war jetzt der Richtige?

»Und ich wollte schon immer mal mit einem U-Boot fahren«, sagte Effie gereizt. Man bekam nun mal nicht immer das, was man wollte.

In der nächsten Sekunde stürzten sich die Johnnys zeitgleich auf sie. Sie sprang aus der Masse, breitete ihre Arme aus und flog. Es war faszinierend. Ihre Kräfte ... Sie waren vollends entwickelt. Und sie wusste genau, was sie tun musste.

»Effie!«, schrie Eden. »Vorsicht!«

Sie prallte gegen etwas Unsichtbares. In der nächsten Sekunde durchdrang ein unglaubliches Brennen ihren ganzen Körper. Sie stürzte hinunter. Am Himmel sah sie kleine Blitze aufflackern.

Jemand fing sie auf. Eden. Benommen versuchte sie, sich zu bewegen. Aber ihr Körper war plötzlich gelähmt. Verschwommen nahm sie wahr, wie Choi seine Arme ausgebreitet hatte. Seine Hände leuchteten blau und im nächsten Moment erhoben sich sämtliche Ziersteine aus Nathaniels Garten, stiegen in die Luft und prasselten auf die Johnnys nieder. Eden schlang seinen Arm um ihren Bauch, zog sie aus der Meute heraus und presste sich mit ihr durch den winzigen Spalt im Tor. Sie wichen alle zurück, die Türen knallten aufeinander und sperrten die Johnnys in Nathaniels Reich ein.

Sie waren draußen. Sie hatten es geschafft. Effies Körper gehorchte ihr nicht. Eden schulterte sie und rannte mit ihr los. Das Klima änderte sich schlagartig, als sie Nathaniels Reich hinter sich ließen. Warme, feuchte Luft legte sich auf ihre Haut, während sie an riesigen Bäumen und bunten Pflanzen vorbeihasteten, die Effie noch nie gesehen hatte.

»Schneller!«, rief Ted ihnen zu.

»Wo ist denn das Flugzeug?«, schrie Eden zurück.

»Hinter dem Wasserfall.« Sie durchquerten eine Wand aus riesigen runden Blättern und ein gigantischer Wasserfall tat sich vor ihnen auf, wie sie es noch nie gesehen hatte. Wunderschön, wie aus einer anderen Welt.

»Kommt schon!« Ted ging in die Hocke, machte einen Satz und stand in der nächsten Sekunde oben auf dem Wasserfall. Sie taten es ihm nach und landeten neben ihm. Der mächtige Fluss strömte durchs raue Gestein und daneben war eine große bemooste Fläche auf der ein kleines Propellerflugzeug parkte.

»Hier entlang.« Ted öffnete die Luke, packte erst Choi und half ihm hinein und dann Effie und Eden. Gerade als sie in den Innenraum krochen, schlug direkt neben ihnen ein Blitz ein, dicht gefolgt von einem Donnern. Über ihnen braute sich ein Gewitter zusammen.

»Greta«, knurrte Ted, schloss die Luke, eilte ins Cockpit und startete die Maschine.

Das Flugzeug brummte beängstigend auf und sie rollten los. Der Regen klatschte gegen die kleinen runden Scheiben. Blitze schlugen um sie herum ein. Langsam beschleunigte Ted, fuhr in Richtung des Wasserfalls, die Maschine taumelte in die Luft und sie flogen aus der Gewitterwolke heraus. Der Regen ließ nach. Noch ein paar Meter und über ihnen schien die Sonne, während hinter ihnen immer noch das Unwetter wütete.

Erst einmal waren sie in Sicherheit.

Hier drinnen roch es modrig. Der Ausstattung nach zu urteilen war es eine sehr alte Maschine. Eden setzte Effie auf einen der ranzigen Sitze. Allmählich spürte sie ihren Körper wieder und schaffte es, sich zu bewegen.

»Was war das?«, fragte sie und fasste sich an die Stirn.

»Nathaniel hat ein magisches Schutznetz aus Elektrizität über sein Reich ausgebreitet«, sagte Choi resigniert und leicht abwesend. »Die Kraft eines Zitteraal-Elementars.«

»Angeblich dient sie dem Schutz vor Eindringlingen«, erklärte Eden, »aber eigentlich kontrolliert er seine Elementare damit. Niemand kann ungesehen das Gelände betreten oder verlassen. An den Toren ist ein Sensor, der jede Person registriert.«

»Ich habe es geschafft«, sagte Ted aus dem Cockpit. »Dafür musste ich mich nur gemeinsam mit Nathaniel hinausschleichen.«

Eden wirkte nachdenklich. »Das ist gut«, sagte er dann. »Vielleicht hilft uns deine Taktik, wenn wir zurückkehren, um Vespa zu retten.«

»Wenn sie dann noch lebt.« Choi senkte den Kopf.

»Tot nützt sie Nathaniel wenig.«

»Und lebendig schadet sie ihm.«

Sein Blick war gläsern. Er erhob sich und öffnete einen der Schränke neben dem Cockpit.

»Whisky.« Als hätte er einen Schatz gefunden, nahm er die Flasche aus einem der Fächer.

Er drehte sie auf und trank einen großen Schluck. Viel war nicht mehr darin. Dann ließ er sich wieder auf seinen Platz fallen.

Eden blickte nachdenklich aus dem Fenster. Dichter Urwald breitete sich unter ihnen aus, der von einer riesigen Gebirgskette durchzogen wurde. »Wir hatten Glück, dass Nathaniel sich so in Sicherheit gewähnt hat. Sonst wären wir jetzt bestimmt nicht hier.«

»Er hat nicht mit Ted gerechnet«, sagte Choi. »Nachdem er ihn gegen dich aufgestachelt hat, dachte er bestimmt, Ted wendet uns den Rücken zu.«

»Ja«, sagte Eden. »Ted hat uns gerettet.«

»Denke nicht, ich habe dir verziehen, Eden«, sagte Ted aus dem Cockpit. »Ich bin nur zurückgekehrt, um Arias letzten Wunsch zu erfüllen. Und dann werdet ihr mich nie wiedersehen.«

Effie schluckte. »Und was ist Arias letzter Wunsch?«

»Den Phönix-Elementar zu den Phönix-Inseln zu bringen. Die Priesterinnen des Orakels von Delphi leben dort seit ihrer Vertreibung aus Griechenland. Es ist die Insel, auf der der wahre Phönix lebte, bevor Pythagoras ihn tötete.«

Die Insel

Vom Boden stieg weißer Nebel auf. Barfuß watete sie über das weiche Moos. Es kribbelte an ihren Füßen. Um sie herum standen dichte Bäume. Es war dunkel und doch hell. Nur wusste sie nicht, was es für ein Licht war, das ihr den Weg leuchtete. Immer weiter drang sie voran. Bis sie aus dem Wald heraustrat.

Der Nebel verzog sich und sie blickte hinaus auf den weiten Ozean.

Sanfte Wellen kitzelten ihre Füße. Plötzlich begann sich das Wasser zu drehen. Immer schneller und schneller, bis sich vor ihr ein Loch auftat. Tief, noch tiefer als der Meeresgrund. Eine wunderschöne Melodie erklang, die sie schweben ließ. Sie erhob sich in die Luft und sank langsam hinunter. Immer weiter hinab, durch den Strudel, der das Wasser zur Seite drängte, hinein in das Loch, in die Tiefen der Erde.

Sie landete auf kaltem Stein. Über ihr schloss sich das Loch und sie wurde von der Dunkelheit umhüllt. Doch ... sie fürchtete sich nicht. Nein, es war, als wäre sie schon einmal hier gewesen. Als kannte sie sich hier aus. Von überall erklangen die lieblichsten Töne. Erst zaghaft, dann immer stärker drang von allen Seiten ein Schimmern. Es wurde heller und heller. Und dann blickte sie in zwei riesige, blaue, wunderschöne Augen.

Etwas war anders. Ein Gefühl, die Sehnsucht ... Das Feuer in ihr ... Sie wollte sich nicht mehr zügeln. Es war endgültig. Unumgänglich. Und es war nicht mehr rückgängig zu machen.

Das Tier in ihr war erwacht.

Effie blinzelte. Sie hatte nicht gemerkt, dass sie eingeschlafen war. Ihre Muskeln schmerzten, aber es war erträglich.

Im Flugzeug war es still. Ted saß allein vorne im Cockpit, Eden blickte aus dem Fenster und Choi begnügte sich mit seiner Whiskyflasche.

Das Meer zeichnete sich in einem tiefen Blau unter ihnen ab und glitzerte, als wären Millionen Diamanten ausgeschüttet worden.

Allmählich sank das Flugzeug und vor ihnen taten sich mehrere Inseln auf.

»Die Phönix-Inseln«, sagte Effie mehr zu sich selbst. »Ich habe noch nie davon gehört.« Bestimmt war es einer dieser mysteriösen Orte, die vor der Menschheit geheim gehalten wurden.

»Sie liegen im pazifischen Ozean. Für Menschen sind sie unbewohnbar«, erklärte Ted. »Auf die eine oder andere Insel verirrt sich hin und wieder mal eine Touristengruppe. Aber um ihren Lebensraum haben die Priesterinnen einen Schutzbann gezogen, der unerwünschten Eindringlinge fernhält. Bitte anschnallen«, sagte er dann.

Sie hielt Ausschau nach einem Landeplatz, aber nichts dergleichen war zu sehen.

Stattdessen steuerte er auf die Wasseroberfläche zu.

»Ted?« Ängstlich krallte sie sich in die Armlehne ihres Sitzes. »Bist du sicher, dass wir hier richtig sind?«

»Absolut sicher.«

»Wo ist denn die Landebahn?«

»Es gibt keine. Wir landen auf dem Wasser.«

»Was!?«

»Keine Angst, habe ich schon hundertmal gemacht.«

»Und wie kommen wir dann heraus?«

»Vertrau mir.«

Sehr lustig ... Gut, dass sie bereits verwandelt war und so einen Flugzeugabsturz höchstwahrscheinlich überleben würde. Trotzdem hatte sie keine Lust auf Verbrennungen am ganzen Körper. Selbst wenn sie kurz darauf wieder heilen sollten.

Die anderen waren überraschend entspannt. Gut, bei Choi lag es vermutlich an seinem Alkoholpegel.

Eden nahm ihre Hand und zwinkerte ihr zu. »Ted weiß schon, was er tut.«

Na gut. Wenn er das sagte.

Die Meeresoberfläche kam viel zu schnell näher. Zumindest in ihrer Wahrnehmung. Das Flugzeug ruckelte, holperte und dann setzten sie auf. Grob und schwankend glitten sie über das Wasser. Es spritzte zur Seite, bis sie nur noch die nassen, beschlagenen Fenster sehen konnte. Sie kniff die Augen zusammen, atmete tief ein und sagte sich immer wieder: *Alles wird gut. Alles wird gut. Alles wird gut.*

»Eden, Choi«, hörte sie Ted. »Ich brauche eure Hilfe.«

Sie öffnete die Augen. Das Flugzeug hatte längst angehalten.

Ted drückte die Luke auf und sprang hinaus. Kommentarlos folgte Eden ihm. Choi schwankte.

»Eine Abkühlung gefällig?«, lallte er und hüpfte hinterher. Ob das so eine gute Idee war?

»Was ist mit mir?« Effie rannte zur Luke und machte Anstalten, ihnen zu folgen.

»Du bleibst drinnen«, rief Ted ihr zu.

Dann verschwanden die drei unter dem Flugzeug. Wie von einem Schiffsmotor getrieben, setzte sich die Maschine in Bewegung in Richtung der kleinen Insel, die etwa hundert Meter vor ihnen lag. Unsanft erreichte sie den Sandboden am Ufer. Und dort blieb sie stehen.

Vorsichtig spähte sie aus der offenen Tür. Triefend nass standen die drei Männer im weißen Sand. Ein kleiner Sprung und sie landete neben ihnen. Auch hier empfing sie tropisches Klima. »Warum war es in Nathaniels Reich eigentlich nicht so schwül?« Sie wischte sich über die Stirn, die nass von der hohen Luftfeuchtigkeit war.

»Er verändert das Wetter um sein Schloss herum, so wie es ihm passt«, sagte Eden. »Meist bevorzugt er europäisches Klima.«

Irgendwie vergaß sie immer wieder, dass er über so viele Fähigkeiten verfügte. Sie sah der Sonne entgegen, die weit oben am Himmel stand. Es musste später Nachmittag sein. »Müsste es nicht eigentlich Nacht sein? Hat er etwa auch die Fähigkeit, Tag und Nacht zu beeinflussen?«

Eden grinste über die Frage. »Wir haben in den letzten Stunden mehrere Zeitzonen durchbrochen, erst nach Kolumbien, wo sich Nathaniels Reich befindet, und jetzt hierher.«

Ach so ... Ja, darauf hätte sie selbst kommen können. Es war einfach zu viel passiert... »Also ist der Jetleg vorprogrammiert?«

Eden überlegte. »In Nathaniels Reich wurden wir vermutlich in Elementargeschwindigkeit gebracht. Das ist viel schneller, als mit einem Flugzeug. Hierhin sind wir einige Stunden geflogen. Da könnte man schon einen Jetlag bekommen.«

Okay … sie ließ sich überraschen. Vielleicht blieb ihr das ja erspart, jetzt, da sie sich verwandelt hatte.

»Und das ist die Phönix-Insel?«, fragte Eden Ted.

Dieser schüttelte den Kopf. »Nein. Es ist nur *eine* der Phönix-Inseln. Sie ist Teil einer Inselkette. Aber diese hier gehört der Priesterschaft.«

Er legte die Hand über die Augen, um seine Sicht vor der Sonne zu schützen.

Sie folgte seinem Blick, aber sah nur Palmen.

»Für die Menschen sind die Häuser der Priesterinnen und der Tempel nicht zu sehen. Ein Zauber verschleiert ihre Sicht.«

»Meine auch«, sagte Choi, taumelte zu ihm hinüber, legte wie Ted die Hand über die Augen und versuchte, etwas zu sehen. »Was wollen wir hier? Hier ist nichts!« Er setzte die Whiskyflasche an die Lippen und trank den letzten Schluck aus. »Wir müssen warten, dass die Priesterinnen uns Einlass gewähren«, erklärte Ted.

»Wir sind am Arsch der Welt und ich habe keinen Alkohol mehr! Und ich kann keine verdammten Flüssigkeiten verdoppeln.« Choi nahm die Flasche zwischen seine Hände und blickte angestrengt darauf. Blaues Licht leuchtete zwischen seinen Handflächen auf und die Flasche verdoppelte sich. Er blickte hinein. »Leer«, sagte er. »Das ist doch scheiße!«

»Wir befinden uns hier in einem Naturschutzgebiet«, ermahnte ihn Ted. »Wehe, du wirfst deinen Müll ins Meer.«

»Flaschenpost«, sagte Choi mit einem leicht debilen Lächeln. Er tat, als würde er auf einen Zettel schreiben: »Bitte rettet mich. Bin auf einer einsamen Insel gestrandet und es gibt keinen Alkohol.«

»Ich meine es ernst«, sagte Ted grimmig.

»Schon gut.« Choi packte die Flaschen und lief damit zum Flugzeug. »Ich werf sie brav in den Mülleimer. Aber ganz ehrlich. Ich versteh nicht, warum du so einen Aufstand machst. Ist dieser riesige Müllstrudel, der so groß ist wie Zentraleuropa, nicht sowieso im Pazifischen Ozean? Da ist doch eh nichts mehr zu retten.«

Ted wollte etwas erwidern, aber Effie hielt ihn zurück. Choi warf seinen Müll ja nicht ins Meer. Ihm ging es schlecht. Dennoch war sie froh, dass der Alkohol aufgebraucht war. Den Schmerz über Vespas Verlust konnte er nicht dauerhaft wegtrinken. Vielmehr brauchten sie jetzt einen Plan, um sie zurückzuholen.

»Hast du nicht gesagt, die Insel umgibt ein Schutzzauber, oder so was?«, fragte Choi, als er zurückkehrte. »Warum ist dann dort vorne noch ein Flugzeug gelandet?« Er deutete nach rechts.

Tatsächlich, am Ende des Strandes befand sich eine weitere, viel größere Maschine und es sah nicht so aus, als hätte sie eine Bruchlandung hingelegt.

»Am besten wir fragen sie.« Ted nickte nach vorn.

Zwischen den Palmen traten mehrere Frauen hervor. Sie trugen Leinenkleider und ähnelten ansonsten den Priesterinnen, die sie bei den Pythagoreern kennengelernt hatten.

Ted ging ihnen entgegen. Eden, Choi und Effie folgten ihm langsam.

»Ihr habt es geschafft«, begrüßte sie eine von ihnen. Sie war bereits sehr alt. Ihre hüftlangen Haare waren weiß und voll. Vielleicht lag es an ihren freundlichen Augen oder an ihrem Lächeln, denn trotz vieler Falten sah sie wunderschön aus.

»Ich hatte gedacht, du bringst vier von ihnen mit.«

»Eine hat es leider nicht geschafft«, sagte Ted.

Die Priesterin nickte. »Die anderen sind gerade erst eingetroffen. Es gibt viele Verletzte.«

»Verletzte?«, fragte Effie.

»Nathaniels Elementare haben im Dorf des Geheimbundes stark herumgewütet«, erklärte Ted.

»Der größte Teil der Dorfbewohner konnte in Sicherheit gebracht werden«, sagte die Priesterin. »Sie sind jetzt obdachlos, weil alle Häuser angezündet wurden, aber sie leben. Jedoch wurden elf Wächter und zwei unserer Priesterinnen getötet. Zenon, die Hohepriesterin und fünf Wächter sind schwer verletzt worden. Das Dorf der Pythagoreer ist unbewohnbar.«

Ted ließ den Kopf hängen und faltete die Hände in seinem Nacken. »Wir hätten sowieso nicht mehr dorthin zurückgekonnt«, sagte er dann. »Nathaniel kennt den Ort, wir wären nicht mehr sicher gewesen.«

»Wir haben die Verletzten am Tempel untergebracht.«

»Wenn ihr Hilfe braucht«, wandte Effie sich an die Priesterin, »also, ich könnte euch meine Tränen geben.«

»Das wäre sehr schön.« Auf die Lippen der Priesterin trat ein mütterliches Lächeln. »Ich heiße Rea«, stellte sie sich vor. »Bitte folgt uns.«

Sie traten zwischen die Bäume und schon nach wenigen Schritten taten sich vor ihnen kleine zierliche Strohhäuschen auf. Unregelmäßig standen sie zwischen den Palmen. Es gab sogar vereinzelt Baumhäuschen. In der Mitte der Insel befand sich ein steinerner Tempel. Um ihn herum hatte man das Krankenlager errichtet. Der Anblick war erschreckend. Die Verbände der Verletzten waren blutgetränkt und die Priesterinnen schienen überhaupt nicht hinterherzukommen, die Wunden zu pflegen und die Verbände zu erneuern.

Rea reichte ihr ein Glas und es dauerte einen Moment, bis Effie begriff, was sie damit tun sollte. Sie wandte sich ab und hielt es sich unter die Augen.

Auf Kommando zu weinen, war nicht so einfach. Es war nicht so, dass sie an etwas schrecklich Trauriges denken musste, wobei das mit Sicherheit auch sehr gut funktioniert hätte. Nein, es reichte völlig, sich mit ihrer ganzen Aufmerksamkeit darauf zu konzentrieren. Nach etwa einer Minute begannen die Tränen, aus ihren Augen zu kullern, und sie schaffte es sogar, die meisten in dem Glas aufzufangen. Als sich eine kleine Menge darin angesammelt hatte, blinzelte sie ein paarmal und der Tränenfluss stoppte augenblicklich.

Mit dem Handrücken wischte sie sich die von den Tränen feuchte Wange trocken und reichte Rea das Glas. Dankend nahm diese es an und trug es wie ein Heiligtum vor sich hinüber zu Zenon. Eine Priesterin entfernte den blutgetränkten Verband um seinen Oberkörper und legte eine lange Wunde quer über seinem Bauch frei. Behutsam träufelte Rea einige Tränen auf sein offenes Fleisch. Schon nach wenigen Sekunden stoppte die Blutung und die gerissenen Hautschichten bildeten sich zurück, bis nicht mal mehr eine Narbe zu sehen war. Die Frau nahm einen Schwamm und wrang ihn über seinem Bauch aus, so dass das Wasser sämtliche Blutreste davon spülte. Zenons Atem beruhigte sich und wenige Zeit später war er bereits in der Lage, sich aufzusetzen. Auf diese Weise ging Rea von einem Menschen zum anderen und versorgte alle Verletzten.

***

Effie und einige der Wächter halfen den Priesterinnen, das Abendessen zuzubereiten. Ted und Eden trugen Baumstämme am Strand zusammen und errichteten mit den restlichen Wächtern ein kleines Lagerfeuer.

Obwohl Ted gesagt hatte, er würde nur noch Arias letzten Wunsch erfüllen, Effie auf die Insel bringen und dann verschwinden, war er immer noch hier. Vielleicht lag es daran, dass er sich nicht traute, die anderen Pythagoreer und die Priesterinnen alleine zu lassen. Oder daran, dass er nicht wusste, wohin er gehen sollte, da sein Dorf niedergebrannt worden war. Sie war froh, dass er noch da war, auch wenn er gute Gründe gehabt hätte zu gehen. Ob er Eden jemals verzeihen würde?

Neben ihr sammelte Choi etwas Unterholz zusammen. In weiser Absicht, ihn seinen Schmerz erst einmal vergessen zu lassen, hatte Rea ihn gebeten, den anderen beim Holzsammeln zu helfen. Es tat ihm gut, etwas zu tun und sich abzulenken. Ein kleiner Teil in Effie glaubte, dass Nathaniel Vespa am Leben gelassen hatte. Er hatte sie alle in der Zeit bei den Pythagoreern die ganze Zeit beobachten können und er wusste, wie wichtig Vespa ihnen geworden war. Nathaniel war ein guter Menschenkenner, er musste sich darüber bewusst sein, dass ein Mann, dem man seine Geliebte nahm, alles dafür tun würde, sie wieder zurückzuholen. Vespa diente Nathaniel als Köder. Und angesichts dieser Tatsache nützte sie ihm lebendig doch mehr als tot. Im Moment fand Choi sich noch damit ab, dass sie nicht sofort zurückkehrten, um Vespa zu befreien. Aber sie mussten sich beeilen, bevor er voreilig handelte und auf eigene Faust loszog. Doch sicher war er sich darüber bewusst, wie gering seine Chancen waren, wenn er es allein probierte. Gemeinsam konnten sie es schaffen.

Effie hatte das Obstschneiden, die ihr zugeteilte Aufgabe, erledigt, nahm die Schüssel und stellte sie auf eine große Steinplatte, auf der sich bereits weitere Speisen befanden.

Sie lehnte sich an den Stamm einer Palme und beobachtete die Priesterinnen, die das restliche Essen auf der Platte anrichteten und verzierte Porzellanschalen und Besteck bereitlegten.

Ihr gefiel die Insel, auch wenn das feuchte Klima ihr das Leinenkleid, das die Priesterinnen ihr gegeben hatten, an den Körper pappte. Es war immer noch warm, selbst jetzt, wo der Abend anbrach. Die Sonne stand bereits tief am Horizont und es dämmerte. Nachts kühlte es ab, hatten die Priesterinnen gesagt, aber davon spürte Effie noch nichts.

Sie hielt ihre Nase in die Höhe und nahm einen tiefen Atemzug. Die Luft hier war frisch, viel reiner als in der Stadt. Sie erwischte sich dabei, dass sie sie geradezu inhalierte, weil es sich so gut, so belebend anfühlte.

Die Verwandlung hatte sie gut überstanden. Besser als erwartet. Es war kein Stück vergleichbar mit dem ersten Mal, als sie das Elixier getrunken hatte. Nein, diesmal war es wie ein fließender Übergang gewesen. Ein paar ziehende Schmerzen, Kribbeln, aber ansonsten nichts. Es fühlte sich an, als wären ihre neuen Kräfte das Normalste der Welt. Sie hatte nicht einmal etwas zerstört ... Nun war sie 21. Das Alter, in dem man endgültig als erwachsen galt. Doch was bedeutete Erwachsensein? Die Verantwortung für sich und das eigene Leben zu übernehmen? Unwillkürlich dachte sie an ihre Eltern. Sie fehlten ihr. Genauso wie ihre Geschwister. Sie konnte ihnen nicht schreiben, weil ihr Handy bei den Pythagoreern geblieben war. Bestimmt hatten sie ihr zum Geburtstag gratuliert.

Ob sie sich Sorgen machten? Wenigstens glaubten sie, Effie sei ihm Urlaub. Vielleicht zogen sie ja selbst den Rückschluss, dass sie keinen Empfang hatte ...

Die Priesterinnen eröffneten das Buffet und holten Effie aus ihren Gedanken. Sie stellte sich in die Schlange, nahm sich Schälchen und Besteck und überflog mit dem Blick die Speisen. Gemüse, Kartoffeln, Fisch, Obst, Nüsse und Kerne, die sie nicht kannte, waren aufgetischt.

Schweigend füllte sie ihr Schälchen, ging hinüber zu den anderen ans Lagerfeuer und setzte sich auf einen der Baumstämme.

Das Essen schmeckte. Frisch und intensiv. Während sie aßen, sagte niemand etwas. Nur das Klappern des Bestecks und das Knistern des Feuers waren zu hören. Der Duft von verbrennendem Holz vermischte sich mit der Abendluft.

Als alle fertig waren, erlaubte ihnen Rea mit einem Handzeichen und einem Lächeln, wieder zu sprechen. Um sie herum entstand leises Gemurmel.

Eden kam zu ihr und nahm ihre Hand. »Komm«, sagte er. »Lass uns ein bisschen spazieren.«

Sie erhob sich von dem Baumstamm und sie schlenderten den Strand entlang. Kleine Wellen plätscherten und der Sand knirschte unter ihren Füßen. Vom Meer wehte ihnen eine frische Brise entgegen. Es war längst dunkel geworden und damit auch abgekühlt, wie die Priesterinnen es gesagt hatten.

»Wie geht es dir?«, fragte Eden.

»Ganz gut.« Körperlich ging es ihr wirklich überraschend gut. Nur Vespas Verlust, die Tatsache, dass sie dem grausamen Tod durch Nathaniels Maschine nur knapp entkommen war und dass sie nicht wusste, wann sie ihre Familie wiedersehen würde, saßen ihr schmerzhaft in den Knochen.

»Wir werden Vespa retten. Richtig?« Sie blickte kurz in seine Richtung.

»Ja.« Eden nickte. »Aber wir brauchen einen guten Plan. Und wir müssen uns auf das Schlimmste vorbereiten. Nathaniel wird alle Geschütze auffahren.« Er blieb stehen und wandte sich zum Meer. »Ich weiß nicht, über welche Fähigkeiten er noch verfügt. Wenn wir Pech haben, erschafft er neue Elementare.« Er blickte zurück zum Lagerfeuer, um das die Wächter der Pythagoreer saßen. »Dafür haben wir jetzt Verstärkung. Nathaniel hat zwar das gesamte Betäubungsmittel vernichtet, dass sie hergestellt hatten, aber sie können es nachproduzieren.«

»Meinst du, er hat ...«, sie bekam die Worte nicht über ihre Lippen, »meinst du, Vespa lebt noch?«

Er schwieg. »Ich kenne Nathaniel jetzt über 200 Jahre«, sagte er dann. »Doch ihn einschätzen? Das gelingt mir bis heute nicht besonders gut. Ich habe mich ja genauso in Vespa getäuscht. Ich hoffe einfach, dass er sie, weil sie seine Schwester ist, am Leben lässt. Und das seine Strafe sie nicht zu einem anderen Menschen macht. Denn die Vespa, die ich in den letzten Wochen kennengelernt habe ...« Er sah hinüber zu Choi. »Ich mochte sie.«

Effie nickte. »Ich auch.«

Sie versuchte, die Gedanken daran zu verdrängen, dass Nathaniel Vespa womöglich folterte. Ihr Schmerzen zufügte. Immerhin war Vespa vorerst verwandelt. Aber in ein paar Wochen würden ihre Kräfte wieder nachlassen. Das Elixier hielt nicht ewig. Was würde Nathaniel dann mit ihr machen? Wenn sie ein Mensch war? Er wusste von ihrem Verrat. Alles, was sie über ihn bei den Pythagoreern erzählt hatten. Ob er ihr das verzeihen würde?

Und Choi? Wie sollte er diese Zeit überstehen? Wenn sie sich vorstellte, dass Eden zurückgeblieben wäre ... Nein, diesen Gedanken vertrieb sie ganz schnell wieder aus ihrem Kopf.

Eden ließ sich in den Sand sinken und winkelte seine Beine an. Mit der Hand strich er die Stelle neben sich glatt und deutete ihr an, sich ebenfalls zu setzen. Im Schneidersitz nahm sie in dem mittlerweile kühlen Sand Platz.

Sie lehnte sich zurück und blickte in den Himmel. Ein unglaubliches Bild zeichnete sich dort ab. Tausende Sterne funkelten am schwarzen Nachthimmel, so viele wie sie es noch nie gesehen hatte. Es war unbeschreiblich ... bezaubernd ...

»Ich habe was für dich«, sagte Eden plötzlich und holte etwas aus seiner Hosentasche. »Alles Gute zum Geburtstag.« Er reichte ihr ein kleines Samtsäckchen. Stimmt, sie hatte ja noch immer Geburtstag.

»Danke schön.« Sie streichelte über den weichen Stoff. »Was ist das?«

»Mach es auf.«

Sachte löste sie den Faden, der es umschloss, griff hinein und zog ein zierliches Armband heraus. Es sah dem Armband ähnlich, das sie Eden geschenkt hatte, nur feiner. Behutsam legte sie es sich um ihr Handgelenk.

»Eigentlich ist es ein Fußkettchen«, sagte er.

»Echt?«

Er lachte auf. »Nein, das war ein Scherz.«

Sie grinste.

»Warte, lass mich das machen.« Offenbar konnte er ihren hoffnungslosen Versuch, das Armband zu schließen, nicht mit ansehen. In Sekundenbruchteilen hatte er es befestigt. Mit dem Daumen strich er über ihre Hand.

»Gefällt es dir?«

Sie betrachtete es von jeder Seite. »Es ist wunderschön.«

»Ich dachte«, sagte er und hielt einen Moment inne, »es wäre schön, ein Symbol zu haben, das uns beide verbindet.«

»Ja«, sie lächelte. »Das ist es!«

Eine frische Brise ließ sie erschaudern. »Ist dir kalt?« »Ein wenig.« Wärmend legte er seinen Arm um ihre Schultern. Sie kuschelte sich an seine Brust und atmete seinen frischen, holzigen Duft ein. Eden blickte zu ihr herab und streichelte über ihren Kopf. Was wohl noch alles auf sie zukommen würde? Sie konnte es nur erahnen. Aber erst einmal waren sie hier auf der Insel gut aufgehoben. Sie fühlte sich sicher. Aber vor allem spürte sie plötzlich eine Zuversicht in sich, die zuvor nicht dagewesen war.

ENDE von Band 2

Danksagung

Zuallererst danke ich dem einmaligen *Impress*-Team. Danke, für eure Anregungen, Vorschläge und eure großartige Unterstützung. Danke, dass ich so herzlich von euch aufgenommen wurde. Ich fühle mich richtig wohl bei euch und kann mich nur wiederholen: Nicole, Pia und Diana, ihr seid spitze!

Ein tiefer Dank gilt meiner Lektorin Christin Ullmann, die mit ihrem ganzen Herzblut in die Geschichte eingetaucht ist und mir mit zahlreichen Tipps und ehrlicher Kritik geholfen hat, das Beste aus ihr herauszuholen.

Philipp Kunze, DANKE, dass du auch dem zweiten Band der Reihe ein so wunderschönes Cover gezaubert hast.

Meinen Eltern danke ich, dass sie sich so für meine Leidenschaft fürs Schreiben begeistern, mich mit all ihrer Hingabe unterstützen und mich immerzu darin motivieren, meiner Kreativität keine Grenzen zu setzen.

Ich danke meiner Schwester, meinen Freundinnen und Freunden, die sehr viel Geduld mit mir haben und es mir verzeihen, wenn ich ab und zu gedanklich abdrifte, weil ich mich wieder mal in meiner Fantasie verliere.

Ein riesiges Dankeschön gilt all den großartigen Buchbloggern. Danke, dass ihr bereit wart, ein Buch von einer unbekannten Neuautorin zu lesen und dabei geholfen habt, die ›Verzaubert‹-Reihe bekannt zu machen.

Insbesondere danke ich Michelle, die mich angestupst hat, das Manuskript dem *Impress*-Verlag zuzusenden, was ich mich ohne ihren guten Zuspruch nicht getraut hätte.

Und zu guter Letzt danke ich euch einzigartigen Leserinnen und Lesern, eure Begeisterung für Effie, Eden und die Elementare hat mich überwältigt. Danke schön für all eure Nachrichten, Rezensionen, Posts, Empfehlungen und dafür, dass ihr über die Geschichte geredet habt und sie sich so verbreiten konnte. Ihr seid die Besten! Ich hoffe, ich höre weiterhin so viel von euch.

Anna-Sophie Caspar erblickte 1986 das Licht der Welt und lebt heute in Essen. Obwohl sie schon als Kind gerne kleinere Geschichten erfand, wagte sie sich erst nach ihrem Pädagogikstudium an ihren ersten Roman. Heute arbeitet sie in einem Kinderheim und genießt es, sich in ihrer Freizeit in der Sonne zu aalen und ihre vielen Ideen zu Papier zu bringen.

Nicht genug bekommen?

Leseprobe aus »Heaven. Dem Himmel so nah«, dem ersten Band der Heaven-Reihe von Sarah Stankewitz

202 Seiten

E-Book 3,99 €

ISBN 978-3-646-60231-9

Softcover 12,99 €

ISBN 978-3-551-30071-3

Angeblich kann jeder Ort ein Paradies sein, wenn man sein Herz öffnet. Doch wenn man vor kurzem seine Eltern verloren hat, wird das Leben notgedrungen zur Hölle. Die 18-jährige Hailey weiß das nur allzu gut, denn seit dem verheerenden Familienunglück scheint alle Last der Welt auf ihren Schultern zu liegen. Zumindest bis Jaden, der viel zu attraktive Neue, an ihrer Schule auftaucht und es eindeutig auf sie abgesehen hat. Und das nicht im Guten. Jaden ist anders. Er hat Geheimnisse. Und obwohl es völlig unmöglich erscheint, macht er alles in Haileys Leben noch viel schlimmer. Zumindest am Anfang …

Jeder kennt ihn – diesen einen Tag, der alles erschüttert. Der Tag, der alles aus der Bahn wirft und dabei dein Leben komplett auf den Kopf stellt. Für manche ist es der Moment, in dem man sich das erste Mal Hals über Kopf in den unerreichbaren Jungen aus der Parallelklasse verliebt. Der erste Liebesbrief, den man von ihm bekommt und das erste Mal, wenn er einem das Herz bricht. In dieser Zeit fühlt es sich an, als würde das Leben keinen Sinn mehr machen, als sei alles vorbei und alles Schöne in einem wäre komplett zerstört worden. Für einige ist es der Moment, in dem man das erste Mal in die Augen seines eigenen Kindes blicken kann – all das sind Augenblicke, die einen vollkommen einnehmen. Puzzleteile, die nur zusammengefügt etwas Ganzes und Großartiges ergeben. Es sind Situationen und Erinnerungen, die alles im Leben verändern. Wenn man an diesem Zeitpunkt angelangt ist, wird nichts mehr sein, wie es noch vor einer Sekunde war. Nach dem nächsten Augenaufschlag wird man alles aus einem anderen Blickwinkel betrachten.

Und für mich – für mich hat sich nicht nur etwas verändert, nein. Ich musste es auf die harte Tour lernen. Für mich ist es diese eine Nacht, die ich für immer verfluchen werde, weil sie mich immer wieder daran erinnert, wie ungerecht das Leben sein kann. Mich daran erinnert, wie lächerlich der Schmerz eines gebrochenen Herzens gegen diese Folter ist. Wie sinnlos es ist, das beliebteste und begehrteste Mädchen in der Schule sein zu wollen. Alles ist egal. Denn wenn ich an all die schrecklichen Stunden zurückdenke, dann läuft es mir eiskalt den Rücken herunter. Meine persönliche Kehrtwende hat mir in dieser Nacht ihr wahres, grässliches Gesicht gezeigt. In der Nacht, in der meine Eltern in den Himmel gegangen sind.

Du öffnest deine Augen und von der Welt, die du kennen und lieben gelernt hast, ist nichts mehr übrig – von einer Sekunde zur nächsten. Jetzt gibt es nur noch einen Satz, der mich beschreiben kann: Ich bin zerrissen. Zersprungen wie eine Porzellantasse, die man mit voller Wucht auf den harten Beton hat knallen lassen. Jeder Mensch hat Eigenschaften, die ihn auszeichnen und jeden von uns zu einem Individuum machen. Früher dachte ich ernsthaft, ich wäre etwas Besonderes – dass niemand auf dieser Welt so wäre wie ich. Und jetzt? Jetzt bin ich nur noch ein Mädchen, das seine Eltern viel zu früh ziehenlassen musste, auch wenn es selbst noch keinen einzigen Schritt in ein eigenes, selbstständiges Leben gehen konnte. Ich bin der Schatten meines früheren Ichs, weil ich alles, was ich einst liebte, verloren habe.

Wenn Eltern ihre Kinder alleinlassen, nehmen sie ein riesiges Stück von ihnen mit sich in den Himmel. Meine Eltern haben alles von mir mit sich genommen, als sie mich in dieser Nacht im Stich ließen.

Es gibt viele erste Male, die man in seiner Lebensspanne durchleben kann. Der erste Kuss, das erste Mal Sex, der erste Streit mit der besten Freundin, die erste schlechte Zensur. Manche Dinge werden beim zweiten Mal schwieriger, manche werden leichter. Doch die Nacht, in der einen die eigenen Eltern verlassen, ist und bleibt ein einmaliges, einschneidendes Ereignis. Und auch, wenn man diese Folter nur einmal über sich ergehen lassen muss, bleibt dennoch der Schmerz, den man immer und immer wieder durchlebt. Wenn man Bilder von ihnen sieht, sich an schöne Momente erinnert. Es ist, als würde man selbst innerlich mit jeder Erinnerung Stück für Stück sterben.

***

»Judy ist schon wieder mit Marc unterwegs«, murmle ich in mein Handy und drücke den flauschigsten Teddybären aller Zeiten eng an mich. Ich kann mich noch lebhaft an den Tag auf dem Jahrmarkt erinnern, als mein Dad alles darangesetzt hat, diesen Bären für mich zu gewinnen – und verdammt, ich bin ihm unendlich dankbar, weil Mr Flauschi mir seitdem jeden Abend versüßt.

»Also ich beneide deine Schwester, Ley«, sagt Caroline und seufzt theatralisch in das Mikrofon ihres neuen Smartphones. Caroline ist meine beste Freundin, seit ich denken kann, aber manchmal frage ich mich, was in ihrem Kopf vorgeht. Judy ist nun wirklich nicht zu beneiden. Ich zähle die wichtigsten Fakten einmal auf: 1. Sie schwänzt ständig den Unterricht, um sich dann auf irgendeiner Party komplett volllaufen zu lassen. 2. Sie kümmert sich weder um unsere Eltern, noch um unseren kleinen Bruder Lucas, welcher der mit Abstand beste kleine Bruder der ganzen Welt ist. 3. Sie hat sich zum Ziel gesetzt, mich tagein tagaus zu schikanieren. Wow. Super Schwester! Egal wie viel Mühe ich mir gebe, ich kann mir einfach nicht erklären, was ich ihr angetan haben soll. Schon seitdem ich denken kann, hasst sie mich. Aber auch, wenn ich sie deshalb ebenfalls ignorieren sollte, bringe ich es nicht übers Herz. Wie kann man nur seine eigene Schwester derart verabscheuen? Als ich noch kleiner war, habe ich immer zu ihr aufgeblickt. Jedenfalls bis zu dem Tag, an dem sie angefangen hat sich wie eine verzogene Göre zu benehmen.

Caroline redet am anderen Ende der Leitung, ohne auch nur eine winzige Pause zu machen. Es ist also kein Wunder, dass ich von dem, was sie mir eigentlich sagen will, nur Bruchstücke wirklich verstehen und in meinem Gehirn verarbeiten kann. Kein Mensch ist dafür ausgelegt, solch einen Schwall an Worten in seinen Gehörgang zu lassen – keiner!

»Warte mal, Caro. Ich glaube, unser blöder Nachbar verbrennt schon wieder seinen Müll auf dem Hof. Es riecht, als würden wir in der Hölle schmoren.«

»Dieser Idiot. Weiß der Typ immer noch nicht, dass das verboten ist?«, zischt sie wütend und ich muss an den Tag denken, an dem Caro vollkommen wutentbrannt zu Mr Brians gestürmt ist, um ihm gehörig ihre Meinung zu geigen. Sein Gesichtsausdruck war unbezahlbar – nicht jeder Erwachsene wird von einer dreizehnjährigen Rotzgöre zur Sau gemacht. Caro ist das schlagfertigste Mädchen, das ich kenne, und genau dafür liebe ich sie.

»Ich geh mal nachsehen. Bleib dran«, sage ich, während ich Mr Flauschi behutsam auf mein Kissen bette und aufstehe.

Mit dem Gedanken daran, dass ich jetzt in Carolines Fußstapfen treten sollte, mache ich mich auf den Weg zu dem Fenster, von dem aus man den perfekten Blick auf seinen Garten erhaschen kann. Ich will mich nur vergewissern, ob dieser Typ wirklich so dreist ist, um diese Uhrzeit noch ein Feuer zu entfachen.

Als ich meine Zimmertür öffne, empfängt mich sofort der Geruch von verbranntem Holz und auch wenn ich mir nicht vorstellen kann, wieso diese dichte Rauchwolke in unserem Flur steht, setze ich einen Fuß vor die Tür meiner heiligen Hallen. Der Ort, der mir Sicherheit gibt, wenn ich abends allein mit Lucas zu Hause bin, weil meine Eltern bei Freunden sind und Judy mal wieder betrunken in irgendeiner Ecke liegt.

Sobald ich die Tür zu meinem Zimmer jedoch geschlossen habe, wird mir heiß. Mir wird so heiß, wie ich mich selbst mit 41 Grad Fieber noch nicht gefühlt habe. Es ist, als würde die Luft in diesem Raum brennen und als ich mich endlich aus meiner Schockstarre gelöst habe, sehe ich etwas. Ein Licht am anderen Ende des Flures. Eigentlich gäbe es tausend wichtigere Gedanken, die sich bei diesem Anblick in meinen Kopf krallen müssten, aber ich fixiere nur dieses Licht und frage mich, woher es kommt. Alle Alarmglocken sollten sich in Bewegung setzen, aber ich kann nichts anderes tun, als festgewurzelt vor meinem Zimmer zu stehen.

Feuer. Feuer. Feuer. Überall.

Egal, wohin ich meinen Blick richte, ich sehe, wie sich das orangefarbene Licht immer weiter und schneller ausbreitet. Lucas. Mein kleiner Bruder kommt mir in den Sinn und bevor ich meine Beine in Bewegung setzen kann, höre ich sein entsetztes Schluchzen am anderen Ende des Flures. *Das Feuer ist direkt vor seinem Zimmer.* Als ich versuche, meinen wild umherschießenden Blick auf sein Zimmer zu richten, sehe ich ihn. Mit einem Mal sehe ich nur noch ihn. Mein Bruder steht schreiend und weinend hinter den Flammen, seine Gestalt ist verzerrt durch das flackernde Licht. In meinen Gedanken ist nur noch Platz für ihn und diesen einzigen Wunsch: ihn zu retten. Sofort reiße ich mich los und einen Augenblick später trennen uns nur noch wenige Schritte – und eine Flamme, die so hoch ist, dass ich nicht weiß, wie ich es schaffen soll, diese brennende Barriere zu überbrücken.

»Lucas, ich hol dich da raus! Hab keine Angst, mein Engel«, wimmere ich, obwohl ich mir allergrößte Mühe gebe, stark zu bleiben. Ich darf jetzt nicht anfangen zu weinen – ich muss stark sein, meinen Bruder aus seinem Zimmer holen und meine Eltern wecken. Das ist alles, was ich tun muss. So schnell wie möglich. Ohne zu zögern, nähere ich mich den Flammen ein weiteres Stück und alles, woran ich denken kann, ist mein verängstigter Bruder, der wie ein Häufchen Elend dort drüben steht und schreckliche Angst haben muss.

Ich setze zum Sprung an und lande mit einem Satz auf der anderen Seite. Prompt lege ich meine Arme um ihn, um ihm Sicherheit zu geben. Er soll sich sicher fühlen, er soll mir vertrauen können. Niemals würde ich ihm etwas zustoßen lassen. Nachdem ich ihm über die Flammen geholfen und ihn auf der anderen Seite abgesetzt habe, werde ich wieder vom flackernden Licht gefangen genommen. Alles, was ich mit diesem Haus und meinem Leben verbinde, bricht in dieser Sekunde wie ein Kartenhaus in sich zusammen. Unsicher mache ich einen Schritt auf das Feuer zu, aber die Angst vor dem, was mich dahinter erwarten wird, schlingt sich um mein Herz. Meine Atmung beschleunigt sich so sehr, dass es schmerzt. Meine Beine verlieren augenblicklich jeglichen Halt. Die verweinten Augen meines Bruders holen mich zurück in die Realität. *Er braucht mich.* Unbeholfen setze ich erneut zum Sprung an, aber schon Sekunden später legt sich das Feuer wie eine zweite Haut um meine nackten Beine. Es schmerzt, es brennt, es treibt mir Tränen in die Augen. Der Schmerz durchzuckt mich wie ein Stromschlag. Aber auch, wenn ich am liebsten schreien würde, bleibe ich stumm.

»Mommy, Daddy«, wimmert Lucas und starrt auf die Holztür des Schlafzimmers unserer Eltern. Eine Holztür, die in den letzten Sekunden vom Feuer verschluckt wurde. Ich sehe nichts als Flammen. *Verdammt, ich bin zu spät.* Ohne auf dieses heiße Gefühl auf meiner Haut oder den Schmerz in meiner Lunge zu achten, stoße ich die Tür zum Schlafzimmer auf. Sobald sie mit der Gardine des Fensters in Berührung kommt, verfängt sich das Feuer in ihr und schlängelt sich wie in einem Zeitraffer durch den gesamten Raum.

»Mom! Dad!«, schreie ich ins Innere des Zimmers, das einzig und allein von den Flammen erleuchtet wird. Wieso antwortet keiner? Verdammt, jetzt antwortet doch endlich!

»Moooom! Daaad!«, schreie ich erneut, lauter als je zuvor, doch als ich noch immer keine Antwort bekomme, mache ich einen Schritt über die beinahe brennende Türschwelle. Lucas krallt sich so fest in mein Handgelenk, dass es sich anfühlt, als würde er seine Finger in mein Fleisch bohren. Gerade als ich über die Schwelle trete, bricht der Holzbalken über unseren Köpfen in sich zusammen und schlägt krachend am Boden auf. Sofort weiche ich ein

Stück zurück und schiebe meinen Bruder aus dem Schlafzimmer unserer Eltern heraus. Immer wieder sehe ich panisch zwischen ihm und meinen Eltern hin und her. Die Tränen, die über meine Haut rinnen, zeigen mir, dass ich mich entscheiden muss. Eine Entscheidung, die mich für den Rest meines Lebens begleiten wird. Ein Schluchzen entfährt meiner Kehle, als ich mich umdrehe und Lucas hinter mir her in mein Zimmer zerre. Mit zittrigen Fingern greife ich nach meinem Handy. Es ist zu spät. Es wird zu spät sein. Ich werde schuld sein. *All das wird meine Schuld sein.*

***

Die Feuerwehr kam bereits nach einigen Minuten, Nachbarn haben sie auf das Feuer aufmerksam gemacht. Menschen, die einfach zugesehen haben, wie unser Haus bis auf seine Grundmauern abbrannte. Zugesehen haben, wie meine gesamte Familie in einzelne Stücke gerissen wurde. Sie haben zugesehen, wie meine Eltern in dieser Nacht ihr letztes Licht verloren haben. Und immer wieder halte ich mir vor Augen, dass ich sie nicht retten konnte.

5 Jahre später

»Keine Sorge, Pete. Ich pass auf mich auf«, sage ich und kann mir ein Lächeln einfach nicht verkneifen. Obwohl er keinen Grund hat, sich Sorgen um mich zu machen. Pete wäre nicht Pete, wenn er keinen finden würde. Es ist, als wäre er geboren worden, um mich zu beschützen.

»Wenn Dex dich auch nur einmal dumm von der Seite anmachen sollte, kannst du ihm sagen, dass er seine kostbaren Eier bald los ist«, presst er hervor und auch wenn ich es süß von ihm finde, kann ich bestens auf mich allein aufpassen. Es kotzt mich an, dass alle denken, ich müsse beschützt werden. Warum? Nur, weil ich ein menschliches Wesen bin, das Brüste anstatt Muskeln hat?

»Schätzchen, ich krieg das auch allein auf die Reihe. Wenn er mir etwas zu sagen hat, dann soll er all seiner Wut freien Lauf lassen. Dann habe ich wenigstens einen triftigen Grund, um ihn ebenso an meiner Gefühlswelt teilhaben zu lassen. Mein Fuß wollte schon länger Bekanntschaft mit seinem

Schritt machen«, gebe ich lachend zurück und lasse meinen Blick durch die Frontscheibe meines Peugeots schweifen, der kaum größer ist als ein Rattenkäfig. »Was? Willst du mir sagen, dass du darauf stehst, deinem Freund zwischen die Beine zu treten? Ich glaube, zum Geburtstag bekommst du von mir einen Flogger geschenkt. Dann kannst du deiner Vorliebe freien Lauf lassen.«

»Exfreund!«, korrigiere ich ihn, ohne auf diese masochistische Anmerkung einzugehen. Immer wieder lasse ich meinen Arm klopfend auf die Schaltung fallen – im Takt der Musik.

»Und ja, ich habe schon oft daran gedacht. Dex hätte es wirklich verdient, dass man ihn in seinem monströsen Testosteronnebel mal in seine Schranken weist. Hör zu, Pete, ich muss rein. Meine erste Stunde fängt gleich an«, flüstere ich in mein Smartphone, als würde mir diese Tatsache Schmerzen bereiten.

»Ich kann es gar nicht fassen, dass schon wieder ein neues Schuljahr anfängt. Dein Letztes.«

»Ich auch nicht, glaub mir. Aber ich muss jetzt wirklich. Wir sehen uns heute Abend. Was gibt es zum Abendessen?« Das liebe ich am meisten an meiner derzeitigen Wohnsituation – mit Pete gemeinsam das Abendessen vorzubereiten und mir währenddessen mit ihm eine Folge *The Vampire Diaries* reinzuziehen. Ja, ich weiß, was ihr jetzt denkt: Kein Kerl dieser Welt guckt sich freiwillig diesen Twilight –Abklatsch an. Außer, er steht auf ein Mädchen und will es damit beeindrucken. Aber so ist es nicht zwischen Pete und mir und so war es noch nie. So begeistert, wie er von dieser Serie ist, kann ich mir wirklich nicht vorstellen, dass er sich jeden Abend eine Folge anschaut, nur um mich ins Bett zu kriegen. Ich meine – hey – er müsste nur nachts in mein Zimmer kommen, um es auszuprobieren. Natürlich würde ich ihm eins überzimmern, aber ich weiß, dass ich zu dieser Notwehr nicht greifen muss.

»Bolognese, Baby.« Grinsend beende ich das Gespräch und lasse meinen Blick erneut nach vorn schweifen, beobachte die zahlreichen Schüler, die wie verrückt gestikulieren, weil sie sich sechs Wochen lang nicht gesehen haben. Hallo? Es waren nur sechs Wochen – was kann in dieser Zeit schon so Spektakuläres passiert sein, dass man am Ende eines Gesprächs beinahe eine Sauerstoffflasche umklammern muss? Ich kapier's nicht.

Prüfend schaue ich ein letztes Mal in den Rückspiegel. Nicht, weil ich mein Make –up überprüfen muss. Nicht, weil es mich juckt, was andere über mich denken. Und auch nicht, um irgendeinem Kerl zu gefallen, damit Dex vor Eifersucht platzt. Es ist mir nämlich vollkommen egal, was dieser Typ macht. Es ist mir egal, was er morgen machen wird und vor allem ist es mir egal, wie sein Leben in zehn Jahren aussieht. Ich muss einfach nur wissen, ob ich es schaffe, meine Fassade aufrechtzuerhalten. In den letzten sechs Wochen konnte ich sein, wie ich bin. Vor Pete muss ich mich nicht verstellen. Vor ihm muss ich kein Lächeln aufsetzen, wenn es mir beschissen geht. Hier fühle ich mich beinahe dazu verpflichtet.

Nach weiteren fünf Sekunden, in denen ich in meine leeren Augen starre, gebe ich mir selbst das Gütesiegel, das Du –wirkst –auf –jeden –glücklich – Siegel. Ich binde mir meine blonden Haare zu einem hohen Zopf zusammen. Wenn ich sie offen trage, könnten manche Freaks aus meiner Highschool wieder behaupten, ich wäre deprimiert wegen Dex. Weil ICH ihn verlassen habe. Deshalb müsse ich mich hinter einem Vorhang aus Haaren verstecken. Glaubt mir – das ist kein Witz. Solche kuriosen Feststellungen sind in meiner Stadt gang und gäbe und ich denke, dass ihr euch ausmalen könnt, wie nervtötend das sein kann. Ich schalte das Radio aus und gerade als ich die Hand zum Türgriff gleiten lasse, ist es, als würde die Erde unter mir beben. *Verdammt, was ist hier los?* Ist jetzt der Tag gekommen, an dem die Welt untergehen wird? Doch bevor ich mich an das kleine Erdbeben gewöhnen kann, das mich durchzuckt, ist es auch schon vorüber. Unsicher sehe ich mich um, aber niemand scheint es überhaupt bemerkt zu haben. Mein Blick bleibt schließlich am Rückspiegel hängen und – mein Gott – eben dachte ich noch, dass ich mich in einem Film wie *Krieg der Welten* befinden würde, aber jetzt frage ich mich, ob ich nicht eventuell noch sabbernd in meinem Bett liege und träume.

Der hellblaue Lack sticht mir sofort ins Auge und auch wenn es albern klingt, hat diese Farbe eine beruhigende Wirkung auf mich. Womit habe ich das verdient? Ich stecke meinen Kopf durch die beiden Sitze und schaue nach hinten.

Es muss ein Traum sein, denn egal wie oft ich blinzle, das Bild vor meinen Augen ist und bleibt dasselbe: ein 1969 Chevy Camaro Convertible. Fragt mich nicht, woher ich das so genau weiß. Ich gehöre ganz sicher nicht zu den Mädchen, die auf Autos abfahren, aber dieses hier – das ist der Traum jedes *The-Vampire-Diaries*-Fangirls.

Innerlich bereite ich mich darauf vor, dass er jeden Moment aussteigt. Damon. Hach, was würde ich dafür geben, um einmal in seinem Wagen zu sitzen, um ein Time-out mit ihm zu erleben. Ich glaube, dass jedes Mädchen heimlich diesen Traum hat. Und ich gehöre schließlich ebenfalls zu der Spezies. Damon Salvatore ist der perfekteste perfekte Bad Boy, den ein Autor in der Geschichte der Menschheit erschaffen konnte. Er ist unberechenbar, frech und arrogant, dennoch hat er es geschafft, sich in den letzten Staffeln in etwas viel Größeres zu verwandeln. In einen Mann, der eine weiche Seite an sich hat, wenn er verliebt ist. Ein Mann, der um seine große Liebe kämpft und der jeder sofort den Kopf verdreht. Mir jedenfalls schon – seit ich denken kann. Jetzt mal ehrlich: Will nicht jede Frau diejenige sein, die einen Badboy umpolt? Diejenige, die nicht wie Dreck behandelt wird, sondern wie eine Göttin? Durch die er ein besserer Mensch, ähm – Vampir wird? JA! *Mein Gott, zum Glück kann niemand Gedanken lesen, denn dann wäre ich jetzt vollkommen aufgeschmissen.*

Ungeduldig warte ich darauf, dass sich der Chevy vor meinen Augen in Luft auflöst. Ich warte darauf, dass mein Traum zerplatzt, aber ich warte vergeblich, denn das Auto rührt sich nicht vom Fleck. Als meine hormongesteuerten Gedanken endlich wieder in die Gänge kommen und ich an das Erdbeben von eben denke, trifft es mich wie ein Schlag ins Gesicht. *Fuck. Mein Auto.*

Ich reiße die Fahrertür auf, steige aus, gehe um mein Auto herum und mache mich darauf gefasst, dass ich gleich ins Leere starren werde. Doch stattdessen strahlt mich das Blau des Chevys noch immer freudig an. Im nächsten Moment öffnet sich die Tür und auch, wenn der Typ, der aussteigt, optisch mindestens genauso anziehend ist, weiß ich es. Nennt es weibliche Intuition. Dieser Kerl würde auch in 20 Staffeln keine weiche Seite in sich finden. Dieser Kerl könnte nicht ansatzweise so charmant sein wie Damon und dennoch kann ich meinen Blick nicht von ihm lassen. Es ist nicht so, dass ich bei seinem Anblick weiche Knie bekomme und meine Augen sich in rosa Herzchen verwandeln – auf keinen Fall. Aber irgendetwas an ihm hält mich gefangen. Wie in einem Bann.

»Kannst du nicht aufpassen, verdammt?« Mit diesen Worten begrüßt mich Mister Gott in Person und mein kurzweiliges Interesse löst sich wieder in Luft auf. Ich sehe zu meinem kleinen Rattenkäfig und sofort sticht mir der hellblaue Lack an meinem sonst weißen Wagen ins Auge. Verziert wird dieser kleine Farbtupfer durch eine gut ausgeprägte Delle im Blech.

»Spinnst du? Du bist mir doch reingefahren!«, brülle ich ihn beinahe an, weil ich es einfach nicht fassen kann, wie dreist dieser Typ ist. Um uns herum scharen sich bereits sämtliche Schüler und zwischen den ganzen Köpfen kann ich Dex ausmachen, wie er mich amüsiert und spöttisch mustert. Pff.

»Was? Ich glaube, du solltest mal die Augen aufmachen. Guck dir an, was du angerichtet hast. Shit!«, donnert der Fremde und ich kann nichts anderes tun, als ihn fassungslos anzustarren.

»Mein Motor war nicht mal an!«, verteidige ich mich und gehe einen Schritt auf ihn zu, weil es mir trotz allem leidtut. Dieses Schmuckstück sollte niemals einen Kratzer tragen. Immer wieder starre ich auf die blauen Schrammen an meinem Baby. Vielleicht ist mein Rattenkäfig ja jetzt sogar mehr wert – schließlich klebt ein wenig Camaro an ihm. Ich könnte ihn sogar bei eBay reinstellen. Irgendwelche verrückten Mädels würden sicher ihr ganzes Taschengeld in einen Topf schmeißen, um ihn zu bezahlen.

»Was meinst du, wie hoch ist der Schaden?«, frage ich den Typen, der sich gerade hinkniet, um die Delle an MEINEM Traumwagen zu inspizieren. Wieso ist die Welt eigentlich so ungerecht? Ich war immer ein braves Mädchen, habe im Gegensatz zu meiner Schwester nicht einmal unentschuldigt gefehlt und habe immer alles darangesetzt, mein Leben zu perfektionieren. Und dieser Typ da vor mir? Ich bin mir sicher, dass er nicht einmal weiß, was harte Arbeit wirklich bedeutet, und trotzdem ist er derjenige, der diesen Traumwagen fahren darf – und nicht ich. Allein schon deshalb habe ich das Gefühl, ihn hassen zu müssen.

»Egal wie teuer die Reparatur wird – ich bin mir sicher, dass es dein Budget locker sprengt«, entgegnet er bissig, richtet sich auf und kommt mir im nächsten Moment verboten nahe. Mein Gefühl rät mir, mich ein Stück nach hinten fallen zu lassen, aber mein Selbstbewusstsein befindet sich gerade im Kampfmodus. Was habe ich vorhin gesagt? Ich kann mich selbst verteidigen, auch wenn ich keinen 40er Bizeps habe. Ein gut ausgeprägtes B –Körbchen tut's auch.

»Sag mal, hörst du mir eigentlich zu? Ich kann auch nichts dafür, dass du zu blöd zum Einparken bist! Ich kann verstehen, dass es echt scheiße ist, aber pack dein Testosteron ein und benimm dich wie ein normaler Mensch und nicht wie ein Neandertaler.«

Als ich auf seine Reaktion warte, habe ich endlich die Gelegenheit, ihn genauer unter die Lupe zu nehmen. Nicht weil ich es heiß finde, wenn ein Kerl meint den Obermacho raushängen zu lassen, sondern einfach, weil ich nicht anders kann. Eigentlich will ich mich augenblicklich umdrehen und diesen Volltrottel hier stehenlassen. Doch auf der anderen Seite schaffe ich es nicht, mich von seinem Blick zu lösen. Was zur Hölle ist aus meinem selbst ernannten Killerselbstbewusstsein geworden? Hallo? Bist du noch da?

Wenn er so dicht vor mir steht, könnte man durchaus meinen, er wäre der Dritte im Bunde der Salvatore –Brüder. Seine rabenschwarzen Haare lassen sein Gesicht kalt und unnahbar wirken. Seine Lippen sind zu einer schmalen Linie verzogen und ich frage mich, wie sein Lächeln aussehen muss – sicher zum Kotzen. Ich kenne das Lächeln von solchen Typen. Das Ich –kriege –jede –ins –Bett –Strahlen, das diese Typen aufsetzen, weil sie denken, dass sie unwiderstehlich sind. Seine Augen haben eine so seltsame Farbe, dass ich sie nicht einmal genau definieren kann. Sind sie grau? Oder doch eher grün? Ich habe keine Ahnung, aber wenn ich diesem Mann in die Augen sehe, sehe ich nichts als Ärger. Es ist, als würde in ihnen ein Sturm wüten, der augenblicklich die gesamte Stadt in Schutt und Asche legen kann.

»Ich soll mein Testosteron einpacken? Pack du mal lieber deinen Führerschein aus und zeig mir, dass du überhaupt fahren darfst! Wie kann man, ohne in den Rückspiegel zu schauen, einfach aus einer Parklücke rausfahren«, presst er zwischen den Zähnen hervor und kommt mir dabei noch ein Stück näher. Ob bewusst oder unbewusst, weiß ich nicht. Wie kann er es wagen, mich vor der gesamten Schule so bloßzustellen? Als würde ich in eine Parklücke fahren, um zwei Minuten später wieder abzuhauen. Der Typ muss Drogen nehmen, anders kann ich mir sein albernes Verhalten nicht erklären. Er ist sicherlich auf LSD und denkt deshalb, dass er etwas gesehen hat, was gar nicht da war. Fehlt nur noch, dass er gleich rosafarbenen Einhörnern hinterherjagt.

»Hailey, komm, lass uns reingehen.« Mit diesen Worten werde ich aus meiner Schockstarre gerissen und auch, wenn ich keine Ahnung habe, wer sich gerade an meinem Arm zu schaffen macht, wehre ich mich nicht. Als mein Gehirn wieder in die Gänge kommt, drehe ich mich erneut um, bis ich nur noch wenige Zentimeter von seinem Gesicht entfernt bin.

»Das wird Konsequenzen haben! Und glaub mir, ich bestehe darauf, dass du mir die Reparatur bezahlst!«, donnere ich so laut, dass sicher alle auf dem Parkplatz zusammenzucken.

»Hailey, ich glaube, er hat Recht. Du bist aus der Lücke rausgefahren und kurz nach dem Aufprall bist du einfach wieder reingefahren. Komm, lass uns jetzt erst einmal reingehen. Du siehst aus, als würdest du jeden Moment hyperventilieren«, sagt Miriam, ein Mädchen aus meiner Klasse. Sie packt mich jetzt noch stärker am Ärmel. Wo bin ich hier? In der Truman –Show? Beobachtet mich gerade jemand, um sich über mich lustig zu machen? Ungläubig schüttele ich den Kopf und lasse mich von Miriam wegschieben. Weg von meinem Traumwagen, weg von dieser verqueren Situation und weg von diesem Arschloch, das mich noch immer wütend anfunkelt.

»Du hast Recht, das wird Konsequenzen haben. Wir sehen uns noch«, ruft er mir hinterher und ich feuere ihm meinen Mittelfinger entgegen.

***

»Hast du den Neuen gesehen? Oh mein Gott, sag ich nur. Wenn ich ihn so ansehe, dann würde ich gern für den Rest meines Lebens in dieser Schule feststecken«, quiekt Victoria, meine beste Freundin, wenn man sie so bezeichnen kann. Auch heute denke ich noch oft an Caroline, weil ich weiß, dass niemand sie jemals ersetzen kann – nicht einmal Vic. *Gott, ich vermisse sie so.*

»Hallo, Hailey! Schön dich zu sehen, ach übrigens – du siehst gut aus. Immerhin haben wir uns sechs Wochen nicht gesehen, weil ich mit eintausend anderen Dingen beschäftigt war«, imitiere ich sie und kann dabei selbst nicht glauben, dass diese sechs Wochen schon wieder um sind. Wütend knalle ich meine Tasche auf den Tisch in der letzten Reihe, weil ich hier das Gefühl habe, während des Unterrichts in eine andere Welt abtauchen zu können – fernab von all den anderen Idioten in meiner Klasse, die ich nur zu gern ausblenden würde. Vic springt auf, schlingt ihre zierlichen Arme um meinen Hals und gibt mir einen feuchtfröhlichen Kuss auf meine linke Wange. Ich könnte schwören, dass ich noch Stunden später Spuren ihres knallroten Lippenstifts auf meiner Haut mit mir herumschleppen muss.

Langsam gleite ich auf meinen Sitz und lasse den Blick durch das Klassenzimmer schweifen. Gott sei Dank ist von Mister Ich –fahr –dir –ins –Auto – und –geb –dann –dir –die –Schuld nichts zu sehen. Als ich jedoch wieder Vic ansehe, weiß ich, dass er gerade die Hauptrolle in ihrem Kopfkino spielt.

»Ich hatte mich bis vor einer Minute wirklich noch gefreut dich zu sehen, Vic. Jetzt hast du es zerstört«, flüstere ich ihr ins Ohr und strahle sie eine Sekunde später gehässig an. »Womit hab ich es zerstört?«, fragt sie empört und stupst mir leicht in die Seite, was mich augenblicklich zusammenzucken lässt. Genervt deute ich auf ihr strahlendes Lächeln.

»Ich sehe es in deinem Blick, Süße. Außerdem hast du dieses paarungswillige Lächeln auf deinen Lippen. Das Lächeln, das sagt: Komm, nimm mich mit und spring mit mir hinter den nächsten Busch. Oder nimm mich mit in dein Spielzimmer, Mr Grey! Ich kann dir nur raten, halt dich von diesem Idioten fern! Er ist nicht Mr Grey und du bist nicht Anastasia, also lass es.« Vic lässt kaum merklich ihre Schultern hängen, aber das interessierte Funkeln in ihren Augen lässt nicht nach. Ich weiß es einfach – dieses Schuljahr wird kein leichtes.

»Er sieht aus wie ein Filmstar, Ley! Wie kannst du da nur so kalt bleiben? Meine Güte, Dex muss dich ziemlich versaut haben, was diesen Punkt betrifft«, entgegnet sie mit einem mitleidigen Blick, für den ich ihr am liebsten in ihren Knackpo treten würde. Ich brauche kein Mitleid. Langsam habe ich das Gefühl, dass alle vergessen haben, dass ich den Schlussstrich gezogen habe – nicht er. Wenn jemand in seinem Stolz verletzt ist, dann definitiv Dex.

»Ich kann dir sagen, wie er in meinen Augen aussieht: Wie eine Ausgeburt der Hölle! Nix Filmstar. Schmink dir das ab, Süße, der hat sie nicht mehr alle! Der hat meinem Peugi eine Delle verpasst«, presse ich verbittert hervor und muss mich beim Gedanken daran mächtig zusammenreißen, ihn nicht auf der Stelle aufzusuchen und ihm noch mal meine Meinung zu geigen. Ganz ruhig, Hailey.

Vic reißt ihre katzengrünen Augen auf, wirft ihre tiefschwarzen Locken nach hinten und formt mit ihren Lippen drei Worte: Oh mein Gott.

»Ehrlich? Wie aufregend ist das denn?«

»Erde an Vic? Der Typ ist mir reingefahren! Daran ist garantiert nichts aufregend. Das ist sogar verdammt nervtötend«, sage ich, noch immer mit einem bissigen Unterton in meiner sonst weichen Stimme. Tja, ich kann auch anders.

»Du weißt ganz genau, dass so die große Liebe anfängt! In Filmen jedenfalls«, flüstert sie kichernd, damit niemand etwas von unserer Unterhaltung mitbekommt. »Glaub mir, wenn es sich in diese Richtung entwickeln sollte, töte mich! Ramm mir ein Messer ins Herz, steck meinen Kopf ins Klo, pinkel mir ans Bein! Egal was, nur bitte unternimm etwas – versprochen?«, gebe ich flüsternd zurück und kann mir jetzt mein Lächeln nicht länger verkneifen. Vic zwinkert mir zu, während sie mir antwortet. »Versprochen. Bleibt mehr für mich übrig.« Kopfschüttelnd wende ich mich wieder den wichtigen Dingen im Leben zu. Zum einen wäre das die Tür, immerhin muss ich im Auge behalten, ob die Ausgeburt der Hölle nicht doch noch hier aufkreuzt. Zum anderen wäre das mein Lehrer, Mr Harden.

Bevor die erste Stunde beginnt, zücke ich schnell mein Handy, um Pete eine Nachricht zu schreiben. Dieser Morgen hat so kurios angefangen, dass ich mich frage, was das gesamte Schuljahr noch alles für mich auf Lager hat.

Ich brauche heute Abend eine riesige Portion Bolognese! Gott, hilf mir, diesen Tag zu überstehen.

Bevor ich auf Senden drücke, überlege ich kurz, ob ich ihm von dem kleinen Vorfall auf dem Parkplatz erzählen soll. Aber so, wie ich meinen besten Freund kenne, weiß ich, dass er alles stehen und liegen lassen würde, um sich den Teufel höchstpersönlich zu schnappen. Auch wenn mich der Gedanke reizt, schüttele ich ihn wieder schnell von mir ab, lasse mein Handy in die Tasche fallen und starre auf die Uhr. Noch zehn Sekunden – in nicht einmal zehn Sekunden kann ich mir sicher sein, in welche Richtung sich dieser Tag entwickeln wird. Wenn die Tür zu bleibt, dann stehen die Karten gut, dass mein Tag nicht vollkommen gegen die Wand fährt. *Neun, acht, sieben, sechs, fünf, vier ...*

Bevor ich den Countdown komplett herunterzählen kann – wie an Silvester – wird die Tür mit einem starken Schwung aufgerissen. *Bitte, lass es einfach nur Mitchell sein, der den ersten Tag verschlafen hat.* Doch so sehr ich auch für diesen Gedanken bete, schon einen Augenaufschlag später ist es, als würde die Luft um mich herum gefrieren. Jede Faser meines Körpers beginnt höllisch zu schmerzen, während ich den Eingang des Klassenzimmers anstiere. Wenn ich dachte, dass es nicht mehr schlimmer kommen kann, dann habe ich mich getäuscht. Wie so oft im Leben. Mein schlimmster Albtraum betritt den Raum, mit seinem Rucksack über der linken Schulter, und schlendert gemütlich zu Mr Harden – so, als wäre er der Star des Tages. An den schmachtenden Blicken, die er von all den Mädchen in den vorderen Reihen zugeworfen bekommt, könnte man sogar meinen, er hat jedes Recht dazu, sich aufzuführen, als wäre er Brad Pitt. Wissen diese Weiber nicht, dass sie den Charakter dieser Typen damit komplett ruinieren? Eines Tages erstickt er sicherlich an all den Herzchen, die ihm entgegenfliegen. Ich muss zugeben, dass mir dieser Gedanke sogar sichtlich gefällt – *also los, überhäuft ihn! Werft euch ihm an den Hals, schmeißt Teddys und Schlüppis an die Tafel! Los! Er soll an euren schmachtenden Blicken ersticken und auf der Stelle tot umfallen!* Leider muss ich mir eingestehen, dass er nach einigen Sekunden noch immer quicklebendig mit Mr Harden plaudert und schon von weitem kann ich erkennen, dass er sogar unseren Lehrer in seinen Bann gezogen hat.

»Ganz ehrlich, Ley, du musst zugeben, dass er heiß ist.« Vic stupst mich an und zieht mich dadurch aus meiner zornigen Trance heraus. Ich zucke mit den Schultern und hefte meinen Blick wieder auf das noch leere Blatt Papier in meinem niegelnagelneuen Collegeblock. Als ich jedoch aus dem Augenwinkel erkenne, dass er sich in meine Richtung bewegt, sehe ich wieder hoch. Mein Gott, was ist bloß los mit mir? Es ist, als würde mein Unterbewusstsein mich dazu zwingen, ihn anzusehen. Während er also – vollkommen lässig – auf mich zu schlendert, fresse ich ihn förmlich mit meinen Blicken auf. Nicht mit erotischen oder versauten Blicken, sondern mit hasserfüllten. Ich bin mir nicht einmal sicher, ob ich schon jemals so viel Hass in mir getragen habe wie in dieser Sekunde.

Als er seinen Rucksack auf den einzigen freien Platz fallen lässt, wird mir bewusst, wie schwer dieses Jahr für mich wird. Wenn das erst der Anfang ist, dann werde ich mir entweder einen neuen Platz oder gleich eine neue Schule suchen müssen. Natürlich ist der einzige freie Platz an dem Tisch, der direkt neben meinem steht. Uns trennen nicht einmal zwei Meter voneinander und ich habe keine Ahnung, wie ich mich unter diesen Umständen auf irgendwelche mathematischen Formeln oder biologischen Prozesse konzentrieren soll – absolut keinen Schimmer.

Doch er setzt sich nicht, sondern stolziert sofort wieder nach vorn und baut sich vor der gesamten Klasse auf, als wäre er der Präsident der Vereinigten Staaten. Dass ich nicht lache – jetzt fehlt nur noch das Rednerpult.

»Wie Sie sehen, haben wir einen neuen Mitschüler, der mit Ihnen gemeinsam in diesem Jahr den Abschluss machen wird. Los, erzählen Sie doch etwas über sich, damit wir Sie besser kennenlernen«, sagt Mr Harden und lässt sich dann auf seinem Drehstuhl nieder. Schon immer habe ich ihn dafür beneidet, dass er es so bequem hat, während wir uns auf diesen harten Holzstühlen den Po plattsitzen. »Hey, ich bin Jaden Williams. Abgesehen von einer durchgeknallten Blondine in dieser Klasse, die ihren Führerschein offenbar im Lotto gewonnen hat, könnt ihr mich auch gerne Jade nennen. Ich bin in den Sommerferien in dieses Kaff gezogen und wohne in der Nähe vom Chevialpark. Vorher habe ich in einem noch viel unbedeutenderen Kaff gelebt. Das war's eigentlich auch schon. Ich bin auf jeden Fall heilfroh darüber, dass man hier wenigstens schon mit 18 in eine Bar kommt. Wenn ihr noch irgendwas wissen wollt, fragt mich einfach«, gibt er freudestrahlend in die Runde und ich glaube nicht, dass ich es noch länger schaffe, seelenruhig auf meinem Stuhl zu sitzen. Habe ich mich verhört oder hat er mich gerade indirekt vor der ganzen Klasse beleidigt? Eigentlich sollte man meinen, dass es die Aufgabe eines Lehrers ist, jemanden, der solche Kommentare von sich gibt, in seine Schranken zu weisen. Aber anscheinend befinde ich mich noch immer in einem falschen Film. Mr Harden macht nicht den Anschein, ihn in seine Schranken weisen zu wollen. Ich glaube ernsthaft, dass er den Job verfehlt hat. *Jaden*. Jetzt hat der Teufel endlich einen Namen und eigentlich habe ich diesen immer gemocht, aber jetzt trieft er vor Abscheu. Auf dem Weg zurück zu seinem Platz wirft er mir einen kurzen, aber vielsagenden Blick zu und ich kann nichts anderes tun, als ihm hinter vorgehaltener Hand erneut meinen Mittelfinger zu präsentieren. Ich glaube, in diesem Jahr könnte mein Finger vor lauter Übung richtig muskulös werden. Dann kann ich ihn wenigstens mit meinem Finger k. o. schlagen. Beim Gedanken daran, wie Jaden winselnd vor mir auf dem Boden liegt, stiehlt sich ein kleines Lächeln auf meine Lippen. Als er meinen Tisch passiert, scheint er nicht auf meine Unterlagen zu achten, die etwas über den Rand des Tisches hervorlugen – der gesamte Stapel landet klatschend auf dem Boden.

»Mein Gott, kannst du nicht aufpassen?«, bringe ich aufgebracht hervor, beuge mich nach unten und hebe meine Unterlagen wieder auf. Jaden macht keine Anstalten, sich für sein Benehmen zu entschuldigen, richtet seinen Blick stur nach vorn und treibt meine Wut damit auf ein Level, das ich selbst bis zu diesem Zeitpunkt nicht kannte.

»Hallo, ich rede mit dir!«, sage ich mit so viel Nachdruck in der Stimme, dass sich alle im Klassenzimmer zu uns umdrehen. Mr Harden reckt seinen Kopf in die Höhe, sieht sich um und bleibt an mir hängen.

»Miss Anderson, gibt es irgendetwas, das Sie uns mitteilen wollen?« Unsicher blicke ich mich um und sehe in all die gespannten Gesichter. Dex ist der Einzige, der sich nicht zu uns umdreht und ich bin ihm auch sehr dankbar dafür – das erste Mal in meinem Leben.

»Der Neue hat wohl keine Manieren. Er hat meine Unterlagen heruntergeschmissen und hält es nicht für nötig, sich zu entschuldigen«, entgegne ich und werfe einen Seitenblick auf Jaden. Vic stupst mich von der Seite an, aber ich bemühe mich, meinen Blick nicht von ihm abzuwenden, bis er mir endlich ins Gesicht sieht. Was habe ich diesem Kerl eigentlich getan? Mr Harden steht auf, stellt sich vor die Tafel und schüttelt kaum merklich den Kopf, wobei seine grauen Flusen wie im Takt wippen.

»Miss Anderson, wenn Sie Ihre Unterlagen einfach ordentlich auf den Tisch legen würden, dann könnte man dem aus dem Weg gehen. Es ist sehr gewagt, einem anderen die Schuld in die Schuhe zu schieben. Jaden ist nicht einmal in die Nähe Ihrer Unterlagen gekommen«, erwidert er und sieht mir dabei eindringlich in die Augen. »Aber ...«, beginne ich, werde jedoch mitten im Satz von Vic unterbrochen. »Er hat Recht, Ley. Jaden hat sie nicht berührt. Hör mal, ich kann ja verstehen, dass du wütend auf ihn bist, aber jetzt gib ihm doch wenigstens eine Chance«, flüstert sie mir ins Ohr und langsam frage ich mich ernsthaft, wieso sich die gesamte Welt über Nacht gegen mich gestellt hat.

***

Nach der ersten Stunde, die sich hinzog wie eine verdammte Schulwoche, stürmt Jaden so schnell aus dem Raum, dass man meinen könnte, er wäre niemals da gewesen. Nachdem Mr Harden mich in meine Schranken gewiesen hatte, habe ich den Mund gehalten und mich auf den Unterricht konzentriert. Natürlich haben wir erst einmal einige organisatorische Dinge besprochen. Immerhin ist dieses Jahr unser letztes. Das Jahr, das uns endgültig formt und für die große, weite Welt bereit macht. Genau aus diesem Grund muss ich alles daransetzen, in diesen nächsten Monaten einen Plan aufzustellen. Was wird passieren, wenn ich mein Abschlusszeugnis in der Hand halte? Wo treibt es mich hin? Wo bin ich in zehn Jahren? All diese Fragen beschäftigen mich genau genommen seit fünf Jahren ständig. Weil ich schon damals wusste, dass ich viel früher in ein eigenständiges Leben entlassen werden würde, als andere von uns. Ich würde früher selbstständig sein müssen, würde Dinge wie Spaß und Freizeit hinten anstellen und mich einzig und allein darauf konzentrieren, meine Eltern stolz zu machen. Ich weiß, dass es albern klingt, aber ich bin mir sicher, dass sie mich beobachten. Jeden Abend, wenn ich in meinem Bett liege und in den Himmel sehe, ist es, als wären die Sterne das Abbild all der verlorenen Seelen der Menschen, die wir lieben. Der Menschen, die wir gehenlassen mussten. Und wenn meine Eltern auf mich herabsehen, dann will ich, dass sie stolz auf mich sind. »Hey, alles in Ordnung?« Vic schnipst mit ihren perfekt manikürten Fingern vor meinem Gesicht herum und rüttelt dann an meinem Arm. Widerwillig blicke ich ihr ins Gesicht und sehe sie fragend an. »Was?«, frage ich sie, weil ich vollkommen vergessen habe, was sie gesagt hat. Oder hat sie überhaupt etwas gesagt? Was zur Hölle stimmt nicht mit mir?

»Ob alles in Ordnung ist. Du jagst mir einen ziemlichen Schrecken ein, wenn du dich so seltsam verhältst. Was ist bloß aus meiner besten Freundin geworden? Ich glaube, ich sollte mich mal mit Pete zusammensetzen«, antwortet sie mir grinsend und wickelt sich währenddessen eine schwarze Locke um den Zeigefinger.

»Tut mir leid. Der Tag hat so schrecklich angefangen, dass ich jetzt schon komplett neben der Spur bin. Ich glaube, ich sollte mal mit unserem neuen, mysteriösen Mitschüler reden. Ich muss mich in diesem Jahr echt auf wichtigere Sachen konzentrieren«, gebe ich zurück und stehe unverzüglich auf, um mich auf die Suche nach ihm zu machen. Hoffentlich interpretiert er diese Geste nicht falsch und denkt am Ende noch, dass ich ihm hinterherrenne wie ein Hund, der den Knochen sucht. Ich bin definitiv kein Vierbeiner und selbst wenn, würde ich garantiert etwas Besserem hinterherrennen. Was soll ich mit einem abgenagtem Hühnerbein, wenn ich einen ganzen Schinken haben kann?

Ich will einfach nur diesen Streit aus der Welt schaffen, damit ich mich auf mein Leben konzentrieren kann. Auf dem Flur tummeln sich so viele Schüler der unteren Klassen, dass ich in dem ganzen Gewusel kaum etwas erkennen kann. Glücklicherweise ist Jaden gefühlte zwei Meter groß, weshalb er die meisten anderen deutlich überragt. Als ich ihn an einem der Spinde ausmachen kann, setze ich meine Beine widerwillig in Bewegung und mache mich darauf gefasst, dass diese Unterhaltung erneut eskalieren wird. *Bleib einfach ruhig, Hailey.*

Jaden hat seinen Kopf so tief in seinen Spind gesteckt, dass ich mich frage, ob er jemals wieder heil da rauskommen wird.

»Pass auf, dass du nicht aus Versehen in Narnia landest, wenn du deinen Kopf zu weit reinsteckst«, versuche ich mich an einem lockeren Gespräch und hoffe, nicht zu gehässig zu klingen. Augenblicklich zieht er sich zurück, schlägt den Spind zu, steckt sein Handy in die Hosentasche und beäugt mich misstrauisch.

»Was willst du?«, fragt er mich bissig, lehnt sich mit seiner rechten Schulter gegen den Spind und verschränkt die Arme vor seiner Brust. Ein klares Zeichen dafür, dass er diese Unterhaltung genauso ungern führen will wie ich.

»Ich will Frieden schließen«, antworte ich ihm gelassen, auch wenn in meinem Inneren ein Vulkan kurz vor dem Ausbruch steht.

»Frieden schließen?« Ungläubig sieht er mir in die Augen und ich glaube, dass er in ihnen die Antwort auf seine Frage sucht. Sorry, aber meine Augen sind so leer, dass ich niemandem auch nur einen kleinen Einblick hinter die Fassade gewähre. Das habe ich gelernt, weil ich weiß, wie wichtig es ist, sich selbst zu schützen.

»Ja, Frieden. Es steht nicht auf meiner Tagesordnung, mich mit dir in die Wolle zu kriegen, okay? Das Jahr ist wichtig für mich und ich will, dass alles reibungslos abläuft. Wieso müssen wir uns da dann noch das Leben zur Hölle machen?« Ich habe keine Ahnung, ob er mir überhaupt zuhört, denn sein Blick sieht in diesem Moment verdammt verloren aus. Vielleicht steht vor mir lediglich seine menschliche Hülle, während sein Kopf wirklich in Narnia umherirrt. Wer weiß? Auch wenn es mir schwerfällt, strecke ich ihm meine Hand entgegen und warte darauf, dass er seine in meine legt. Plötzlich fühlt es sich aufregend an, daran zu denken, seine Haut an meiner zu spüren. Vor einer Minute hätte ich ihn nicht einmal mit Handschuhen und Desinfektionsmitteln angefasst, aber jetzt zieht mich seine Haut wie magisch an. Meine Gedanken haben schon den gesamten Morgen über komplett verrückt gespielt und eigentlich habe ich meine Gefühle immer im Griff. Ich verliere nie die Kontrolle über die Dinge, aber jetzt weiß ich nicht mehr, was ich von all dem hier halten soll. Jaden blickt abschätzig auf meine Hand hinab, während er eine Augenbraue missbilligend in die Höhe zieht. Auch jetzt kann ich noch immer nicht sagen, welche Farbe in seinen Augen dominant ist. Seine schmalen Lippen erwecken für eine Sekunde den Anschein, dass sie lächeln wollen, doch schon einen Augenaufschlag später haben sie sich wieder in eine harte Linie verwandelt.

»Ich habe keine Zeit für diesen Kinderkram, Hailey.« Seine Worte peitschen mir ins Gesicht und hinterlassen sofort einen Abdruck auf meiner Haut. Woher kennt er meinen Namen? Ich kann mich nicht daran erinnern, ihn in seiner Gegenwart erwähnt zu haben.

»Ich auch nicht, deshalb bin ich doch hier!«, sage ich betont freundlich, während ich mir die allergrößte Mühe gebe, nett zu bleiben. Ich versuche es wirklich, aber er macht es mir verdammt schwer.

»Nein, ich meine genau das hier. Es ist anscheinend nicht zu übersehen, dass wir nicht auf einer Wellenlänge sind. Ich kann dich nicht leiden, du kannst mich nicht leiden. Warum belassen wir es nicht einfach dabei?«, fragt er mich zynisch, schließt seinen Spind endgültig ab und wendet sich zum Gehen. Endlich nehme ich meine Hand wieder herunter, weil ich mir in dieser Sekunde so unglaublich gedemütigt vorkomme. Jaden bleibt kurz stehen, wirft mir einen Blick über die Schulter hinweg zu und deutet auf mein Gesicht.

»Du hast übrigens Lippenstift auf der Wange.« Bevor ich seine Worte realisiert habe, ist er am Ende des Gangs verschwunden. Schnell mache ich mich auf den Weg zu den Toilettenräumen, wische mir die Spuren von Vics Lippenstift von der Haut und betrachte mein Spiegelbild. Heute Morgen sahen meine Augen noch leer und verloren aus, doch das Mädchen, dem ich jetzt ins Gesicht sehe, ist anders. Ich erkenne sogar eine winzige Regung in meinen Augen und auch wenn ich nicht weiß, was sie zu bedeuten hat, verliere ich mich in der Vorstellung, dass ich innerlich nicht gänzlich leer bin – auch wenn ich es nicht anders verdient habe.

Tauch ein in
romantische Geschichten.
HOL DIR
BITTERSÜSSE
STIMMUNG
AUF DEINEN
E-READER!
E-BOOKS VON IMPRESS HIER:
CARLSEN.DE/IMPRESS
im.
pres
ss
impress IST DAS DIGITALE LABEL DES CARLSEN VERLAGS FÜR GEFÜHLVOLLE
UND MITREISSENDE GESCHICHTEN AUS DER GEHEIMNISVOLLEN WELT DER FANTASY.

Hexen will gelernt sein ...

Valentina Fast
Belle et la magie
Band 1: Hexenherz
362 Seiten
Taschenbuch
ISBN 978-3-551-30089-8

Die 17-jährige Isabelle Monvision lebt in den Tiefen eines so geheimen Walds, dass niemand ihn betreten kann, ohne vorher in einen festen Schlaf zu verfallen. Wie alle Hexenmädchen ihres Dorfs muss sie von Kindesbeinen an nicht nur Rechtschreibung und Mathematik lernen, sondern sich auch in der Zauberei üben. Dass das nicht immer so klappt, zeigt sich, als Belle auf einer Pariser Studentenparty den gut aussehenden, aber viel zu arroganten Gaston in eine Kröte zu verwandeln versucht – was ihr nicht ganz gelingt. Doch Belle ist nicht nur irgendeine Hexe, sondern die Tochter der Hexenkönigin, und hat für ihre Fehler geradezustehen. Um den Zauber wieder rückgängig zu machen, muss sie Gaston in den Magischen Wald bringen. Worauf er nur gewartet hat ...

www.impress-books.de

im.press